新潮文庫

八《や》万《ま》遠《と》

田牧大和著

新潮社版

10816

八万遠

目次

八万遠全図

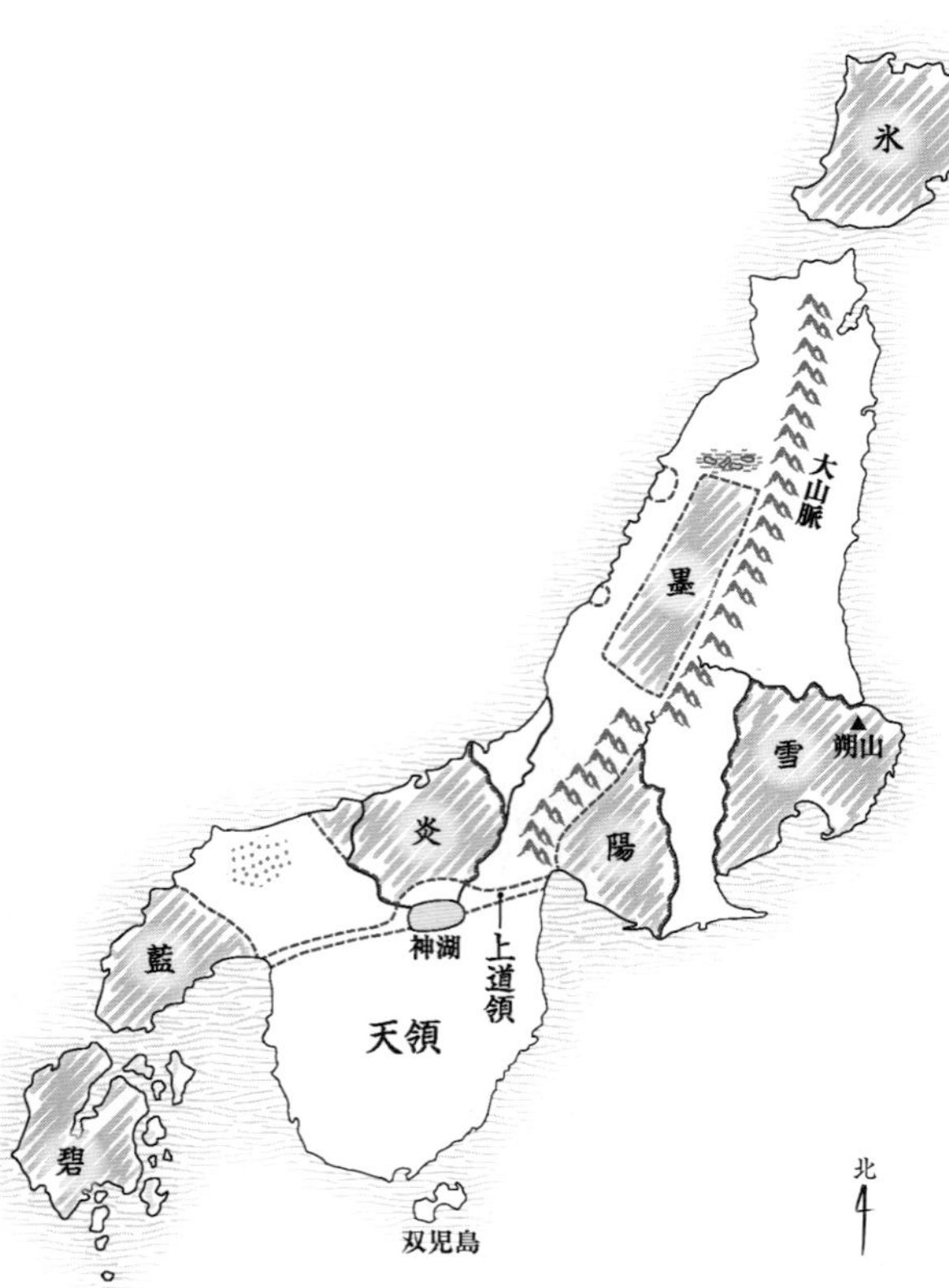

八万と遠
やまと

姫君の語り部――壱

「渡《わたり》様。渡様。どちらにおわしますか」

呼ばれた声に、男はゆっくりと目を開けた。

歳《とし》は二十七、線が細いと言われるが、それだけでなく、目も切れ長で唇も薄い。並の男より頭半分ほど背が高いので、余計に「細さ」が目立つ。

碧《あお》く輝く湖のほとり、庭師からも忘れ去られたような白椿《しろつばき》の木陰が、男――渡のささやかな隠れ家である。丁度小さな入り江になっていて、周りの木々が、白椿ごと渡を隠してくれるのだ。一方、こちらからは湖は勿論《もちろん》、豪奢《ごうしゃ》な神殿、祭壇、そこを行き来する者共までつぶさに眺めることが出来る。

ここは、上道《しょうどう》――この国でただひとつ、公《おおやけ》に認められている信仰と、その神官――の拝領地である。

声の主は、神官ではない。が、やり過ごすことが出来ぬ者だ。

渡は、軽い溜息《ためいき》を吐《つ》いて立ち上がり、木陰から抜け出した。

日向《ひなた》に出ると、梅雨の前、若い力に溢《あふ》れた日差しが頬を打つ。風はからりとしている。鬱陶《うっとう》しい長雨の始まりまで、今少し間《ま》があるだろう。

　自分を呼んでいる者を、渡は疎《うと》んじている訳ではない。

　ただ、この穏やかで長閑《のどか》なひと時を、もう少し味わいたかっただけだ。今は六の月に入ったばかり、夏の始めで、冬から春へ移る折に咲く可憐《かれん》な白い花は見られない。とは言え、肉厚の葉が日毎《ひごと》厚みと緑の色を増していく眺めも悪くない。この季節に、木漏れ日を瞼《まぶた》に感じながら微睡《まどろ》むのが、渡の密《ひそ》かな楽しみなのだ。

　自分だけの隠れ家を知られては敵《かな》わない。足音を立てずに白椿の入り江から遠ざかる。木立を抜けて細かな玉砂利を敷いた道へ出、そこで神官のお仕着せ、丸襟の白い上衣《うわごろも》、直衣《のうし》と、神官の位を色で表す――渡は青だ――袴《はかま》のあちこちに付いた草を払い落した。指貫《さしぬき》という、足首で裾《すそ》を絞る袴は好みではなく、細い渡にはたっぷりとした量の布が邪魔でならないが、草の上で寝転がる時は、都合がいい。

　良い敷布代わりになるし、袴の中まで草や砂が入りこまない。

　帯のずれた結び目を真っ直《す》ぐに戻し、この道を歩いて来たような顔をして、渡は自分を呼んでいる者へ向かって進んだ。

　すぐに、相手が渡を認め、小走りにこちらへ駆けてきた。神官のお仕着せとは異なる暗い色目の直衣に袴、同じ絹製ではあるが、神官より質素なものだ。

王弟、橘《たちばな》の末姫、四《し》の姫の守役をしている、初老の男である。

「ああ、渡様。こちらでしたか」

ほっとしたように笑《え》んで、守役が弾んだ息を整える。

「姫様に、何かございましたか」

渡の問いに、守役は困った風で首を傾《かし》げた。口許《くちもと》と目許の皺《しわ》の深さが増した。

「それが、その。姫様が、どうしても、と渡様をお呼びでございまして」

渡は空を仰いで、軽く溜息を吐いた。

「確か、今日は、国史の授業でございましたな」

「はぁ」

もうひとつ、軽く息を吐き、渡は気の毒な守役に笑い掛けた。

「すぐ伺います」

神官のお仕着せから着替えた平服は、銀鼠《ぎんねず》色の広袖《ひろそで》の袷《あわせ》、紺地に銀の織模様がさざ波の形に浮かぶ、裾を絞らずに穿《は》く切り袴、という、武人寄りの装《よそお》いである。襟に付けた豪奢な結び細工の青い飾り紐《ひも》が唯一《ゆいいつ》、神官であることと、その位を表していた。

これから訪ねる四の姫は、渡の砕けた装いを好むのだ。

王弟、橘の屋敷は、この国の政《まつりごと》の中枢《ちゅうすう》、「朝《ちょう》」の東にあった。

王族個人が持つ地の中で最も広く、最も贅《ぜい》を尽くした住まいだ。王弟の屋敷へ入れる人間は限られ、それを許されている者でも、前もって訪《おとな》いを告げておかねばならぬ。だが渡は案内も請《こ》わず、門番に軽く頷《うなず》きかけたのみでするりと屋敷裡《やしきうち》へ入った。若くして「青《せい》」という高位を得た上道——神官ではあるが、それでも格別の計らいである。

山野を模した壮麗な庭を横目に、白い玉砂利が敷かれた道をゆく。どこもかしこも、抜かりなく手入れがされた、隙《すき》のない屋敷の主を映したような庭だ。

渡が向かったのは、母屋《おもや》ではない。

若芽がほんのりと紅《あか》みを帯びる、紅芽《あかめ》という低木で囲われた西の対屋《たいのや》の敷地へ足を踏み入れた途端、空気がふっと弛《ゆる》んだ。

眺めも、可愛《かわい》らしいものにとって代わる。

色とりどりの花が咲き乱れ、山梔子《くちなし》の白い花が良い香りを辺りに漂わせている。小さな池には赤や白の鯉《こい》が滑らかに泳ぎ回り、時折尾鰭《おひれ》で水面を弾《はじ》いては、涼やかな水音を立てた。

庭や池を望む白木の回廊の手前で、渡は屋内へ声を掛けた。

広々とした畳敷きの部屋の奥、下げられた御簾《みす》の向こうへ。

「姫様。渡にございます」

渡、とはこの男の通り名だ。

王族は、苗字《みょうじ》を持たない。

それに倣《なら》って上道も苗字を持たず、通り名で呼び合う。苗字、通り名、諱《いみな》といくつもの名を持つ武人とは対照的だ。

錦織《にしきおり》の飾り布の付いた御簾が、勢いよく跳ね上げられた。

ほんのりと桃色に染まった頰、丸く大きな黒い目。前髪を眉《まゆ》の上で切り揃《そろ》え、横髪をこめかみでひと房ずつ結った娘髪《むすめがみ》。淡い橙《だいだい》の打掛の袖と鮮やかな朱の女袴——勿論、極上の絹製だ——の裾を翻《ひるがえ》し、姫は真っ直ぐ渡へ向かって駆けてきた。

渡は、その場に片膝《かたひざ》を突き、頭を下げる。

「待ちかねました、渡」

少し大人びた物言いの声は、高く澄み、あどけない。

今年、八歳になった橘の末姫、四の姫である。

「挨拶《あいさつ》などよい。早う、お上がり」

渡は顔を上げた。片眉を上げて、少し厳しい顔をして見せる。

「国史の授業はいかがなさいました。お相手をする学士は。お付きの女官の姿も見えませぬが」

四の姫はぷう、と頰を膨らませた。

「学士の話はつまらぬ。女官達も聞き飽きた小言しか言わぬ。だから、追い払った」

幼さを残したまろやかな指が、回廊から、庭の渡へ伸ばされる。背の中ほどまで伸びた真っ直ぐな黒髪が、ふわりと姫の身体《からだ》の周りを舞った。

「早う、渡」

仕方のないお方だ。

末姫だからだろうか、父の橘はこの可愛らしい姫をひたすら甘やかしている。

「勉学ならば、渡とやる。そう言って、皆追い払ったのだ。渡が国史を教えてくれねば、わらわは嘘《うそ》をついたことになるぞ。そなたはわらわを嘘つきにするつもりか」

たまらず、渡は笑った。それから大真面目《おおまじめ》な顔で立ち上がる。

「それは、一大事。姫様を嘘つきにする訳には、参りませぬな」

「で、あろう」

だから、早くと、急《せ》かす姫に従い、渡は回廊へ上がった。

庭から女人の住まいに上がるなぞ、恋人に夜這《よば》いを掛ける男のようだ。だが、西の対屋の者は、姫の我儘《わがまま》にも、渡の砕けた振る舞いにも慣れきっている。

四の姫は、ぱたぱたと部屋へ駆け戻り、御簾の前に置かれた脇息《きょうそく》の側に落ち着いた。上質な砂糖に、草色、桃色、淡い山吹、様々な色をつけ、丸めた干菓子の盆を傍らへ引き寄せ、渡を見上げる。

向かいに座れ、という意味だ。

お望みのままに、と渡は一礼して、四の姫の差し向かいに座した。

「さて。何の話を致しましょう。本日の国史はどのあたりを――」

「始めがよい」

四の姫は、渡の言葉を遮って告げた。

「また、あれでございますか」

あれ、というのも不遜《ふそん》極まりない物言いだが、そうも言いたくなる。四の姫が繰り返し聞きたがる、あの件《くだり》だ。

「まずは、始めじゃ。渡の良い声で、八万遠《やまと》建国神話の始めが聞きたい」

微苦笑交じりで渡は溜息を吐き、姫に応じた。

「畏《かしこ》まりました。では、その後に本日の国史の辺りをお話しいたしましょう」

姫は、うん、うんと、嬉《うれ》しそうに頷き、さっと居住まいを正した。

干菓子には眼もくれない。

やはり、王族は王族。建国神話には幼き姫でも礼を尽くすか。

少し皮肉に考えてから、渡は息を吸った。

軽く目を伏せ、謳《うた》うように諳《そら》んじる。

「八万里《はちまんり》の遠き彼方《かなた》より――」

八万里の遠き彼方より、星至る。
星は大海に堕《お》ち、水柱と火柱が上がった。
水と火、二つの柱が交わったところから、『天神《てんしん》』が生まれた。
『天神』は初めに海の塩水を清い真水に変え、神湖《かむうみ》を創《つく》った。
次に海の底を持ち上げ、八万遠の地を創った。
次に自らの髪で、我子《わがこ》、上王《しょうおう》を創った。
次に吐息で、山と川、森を創った。
最後に森の木の枝で、人と獣《けもの》を創った。

姫君の語り部――弐

「さて。本日の国史のご予定は、どのあたりでしたでしょうか。姫様」

建国神話の「始めの詞《ことば》」を語ってから、渡《わたり》は切り出した。四《し》の姫は束《つか》の間《ま》、顔を顰《しか》めたが、

「まあ、よい。渡の話なら、退屈にはならぬであろう」

と嘯《うそぶ》き、答えた。

「『直轄《ちょっかつ》七州』の始め」

「雪州《せっしゅう》の『御地継承《ぎょちけいしょう》』、でございますな」

直轄七州。

八万遠《やまと》の頂点「『天神《てんしん》』の子孫たる上王《しょうおう》」から拝領地を賜り、自治を正式に許された地は「州」といい、七を数える。

最古参の雪《せつ》、炎《えん》。温暖な陽《よう》。北の果ての氷《ひょう》。南国の碧《へき》と藍《らん》。新興の墨《ぼく》。

直轄七州よりも小さな地は「郷《さと》」と呼ばれる。王族と朝《ちょう》にとって、勝手に集落を作り、

暮らしを営んでいるものの、捨て置いても八万遠統治に障りのない、「取るに足らぬ地」である。

国史の『直轄七州』は、拝領地、州のそれぞれの成り立ちを記した箇所で、始めならば、雪州に関してだ。

四の姫は、眼を輝かせて渡を急《せ》かした。

「渡であれば、面白う聞かせてくれよう。言っておくが、『王族と上道《しょうどう》の威光に、雪州が平伏《ひれふ》した』なぞという、つまらぬ話は要らぬぞ」

ここ八万遠で、現在公に認められている神は、「八万遠を創《つく》り賜いし『天神』」のみだ。『天神』の直系の子孫、上王が八万遠の頂点に立ち、上王の血縁、つまり『天神』の血を引くとされる王族が朝を作り八万遠の政《まつりごと》を行っている。上道は、『天神信仰』そのものであり、また信仰とその体現者である上王、王族の守護を担《にな》う神官を指す。

つまり八万遠の支配者は、『天神』に繋《つな》がる上王と王族、上道であり、その威光は何に代えても守らなければならないものなのだ。

渡は、大きく二つ、頷《うなず》いて確かめた。

「なるほど。それで、学士を追い払いましたな」

桃色の頬が、再び可愛《かわい》らしい形に膨らむ。

「退屈な話だから、ついうとうとする。うとうとしながら聞いておるのに、学士《あのもの》は、わらわが聞いていないと、言い張る。だからいつまでたっても、『直轄七州』から先へ進まぬ」

「雪州」とは、さても、厄介なところよの。

心中、渡はぼやいた。

最古参二州の一、東の雪州と、王族、朝の間には、古来より今日《こんにち》に至るまで、消し様のない蟠《わだかま》りが存在している。

さて、何をどこまで話せばよいものか。

渡が思案を決める前に、四の姫が脇息《きょうそく》を転がす勢いで近づいてきた。きらきら輝かせた瞳《ひとみ》でこちらの顔を見上げ、早口で言い募る。

「今の雪州領主は、幼い頃炎州《えんしゅう》に預けられていたと聞く。それはまことか。領主はひとり故郷《ふるさと》から離れ、見知らぬ国でどのように過ごしておった。長じてどのような者になった」

矢継ぎ早の問いに、渡は苦笑いを零《こぼ》した。

七州の成り立ちや国柄などをすっ飛ばして、一気に雪州の当代領主——雪州殿が炎州の虜囚であった頃の話をせよとは、いかにも四の姫らしい。

けれど、この奔放で無邪気な姫君に何かを教えるには、知りたいところから始めるのが肝要だと、渡は考えていた。敏《さと》さも知りたがりの性分も、王弟の子女随一。ひとつを知れば、その先、そこから繫がる知識へも手を伸ばすだろうし、何を知ればよいのかも、この姫であれば、敏く察するはずだ。

渡は、にっこりと笑って告げた。

「では、雪州殿が炎で暮らしていた頃の話から、始めましょうか」

うん、と嬉《うれ》しそうに四の姫は応じて、脇息まで戻った。思い出したように桃色の干菓子を口に入れ、さあ、良いぞ、とばかりに渡を見遣った。

そういえば、あの頃の雪州殿は今の姫様と同い年であったな。改めて思い出しながら、渡は語り出した。

「只今《ただいま》の雪州殿が、炎州の碧水《へきすい》城に入られたのは十四年前、八歳の折でございました。雪州からの供は誰ひとり許されず、たったひとりで御入城されたそうです」

一章――雪州の源一郎

――飽きもせずに、よくも眺めているものだ。

――眺めることにもならぬわい。何せ、ここからでは見えぬのだからな。

――だから、厄介なのではないか。上道《しょうどう》への裏切りのはっきりした証《あかし》には、ならぬ。

源一郎《げんいちろう》は、聞こえよがしに囁《ささや》かれる皮肉を、静かに聞き流した。

今は、下世話な敵意を気に掛ける時ではない。

この城のこの座敷から、少し北寄りの東、遥《はる》か先に、故郷《ふるさと》の山、朔山《さくざん》がある。

どんな歪《ゆが》みもない『御山《おやま》』。周囲に山脈を従えることなく、たったひとつ、平野からなだらかで美しい円錐形《えんすいけい》を描いて立ち上がり、真夏でも頂《いただき》の根雪を喪《うしな》うことのない、蒼《あお》き神山《しんざん》。春の終わり、若葉の今頃は、頂から四分ほどまでが白い綿帽子に覆《おお》われていよう。

たとえ姿が見えなくとも、どれほど遠く隔たっていようとも、『御山』と向き合う時には、心を乱してはならぬ。湧水《わきみず》のような澄みきった心で、向き合わねばならぬ。

父の教えだ。雪州《せっしゅう》に住む武人なら誰でも、幼い頃から教えられることでもある。

八万遠《やまと》の地は、ほぼ中央を基点にして弓形に曲がり、一端は北へ、もう一端は南西へ伸びている。その基点辺り、八万遠の東端に位置する拝領地、雪州の跡取り、巽《たつみ》源一郎晴兼《はるかね》が今住まうのは、雪州の城ではない。

八万遠の北半分を東西に割る大山脈南端の西側に広がる寅緒《とらお》一族拝領地、炎州《えんしゅう》の碧水《へきすい》城である。

炎州の北は、海だ。

南の国境《くにざかい》は上道の拝領地と接している。上道拝領地の南には、八万遠創世神『天神《てんしん》』が八万遠の地よりも先に創《つく》ったとされる神湖《かむうみ》、そして更に南、広大な天領――王族の住まう地が続く。その先は南の海、そして八万遠の頂点、上王《しょうおう》が住まう「双児島《ふたごじま》」だ。

炎州は、神湖から流れ出て、領地東端を流れる滑川《なめかわ》と西の連川《つれかわ》がもたらす豊かな水、平坦《へいたん》な地、穏やかな日差し、全《すべ》てに恵まれ、土はよく肥えている。

時折、連川の西に広がる砂原から吹き付ける砂嵐《すなあらし》に悩まされはするものの、それも防砂林が粗方《あらかた》押し留めてくれている。

穏やかな気候と肥沃《ひよく》な地、そして隣接する「神聖な地」が、八万遠最古参拝領地の一、「炎州」の絢爛《けんらん》たる文化と、洗練された人々を生み出した。

そしてその文化と人々は、上道や、天領に住まう王族の持つ、品の良さと隙《すき》のなさ、腹の裡《うち》を見せない「得体の知れなさ」もまた、孕《はら》んでいる。

　とはいえ、源一郎の持つ「炎州」に対する知識は、ほとんどが伝え聞いたもの、そして城の片隅に設けられた「雪州館《やかた》」と呼ばれる幽閉の地で見聞きし、感じたことばかりだ。

「炎州」の城は、他の州と違って平屋の造りで、天に向かって聳《そび》え、有事の物見と国力の誇示を兼ねる「天守」もない。

「間違っても、上王、王族を見下ろしてはならぬ」という、配慮ゆえだ。

　守りの要《かなめ》は、城下町の外から幾重にも張り巡らされている堀だろう。だが水面に広がる同心円の輪のような美しさばかりが目立つ堀の数々が、いざという時、役にたつかどうかは怪しい。源一郎は、そう踏んでいる。

　一番内側、一の堀なぞ、馬鹿馬鹿《ばかばか》しさの最たるものだ。城内から水面が美しく見えるようにと、堤の縁の間際《まぎわ》まで水がなみなみと湛《たた》えられている。そしてその眺めを常に保つため、雨が降った折には溢《あふ》れぬよう、雨が少ない折には川から水を引き込めるよう、堀のいたるところに——つまり敵が容易に触れられる場所に——水位を調整するための水門が、設けられている。

　堀の裡には、堅牢《けんろう》で無骨な石垣製の城壁なぞない。品のいい板塀が立てられているのみだ。材は玉檀《ぎょくだん》と呼ばれる木で、陽に当て続ければ、時と共に白銀《しろがね》に輝きだすという。

なるほど、美しい木塀だとは思う。美しくなるのを時を掛けて待つあたりも、「風流」好みの寅緒らしくもある。

そんな等閑《なおざり》なものばかりで、炎州が自国の守備を済ませている訳は、ひとえに上道領、神湖、そして天領が、南の背後にあるからだ。

畢竟《ひっきょう》、王族の威を借る格好で有事の備えはおろそかになる。寅緒自慢の城は、甍《いらか》の波が織りなす曲線、点在する館の開放的な作り、館同士をつなぐ回廊、館や回廊から眺められる凝った庭の数々、どれをとっても、優美と洗練のみに心を砕いたものになっていた。

その眺めも碧水城へ入った日、ただ一度案内してもらった折に目にしたのみ。今、源一郎は、たったひとりで雪州館に留め置かれている。

どれほど贅《ぜい》と技を尽くし、趣味の良い住まいを宛《あて》がわれ、幾人もの側仕えを付けられたとしても、周りにいるのは、全て寅緒の者。

源一郎の敵だ。

八歳の春、上道、王族への二心なき証に、寅緒へ預けられてから八年。

ひたすら静かに過ごすこと、目立たぬようにしつつ鍛錬を怠らぬこと、そして、上道と異なる神を頂く心裡《こころうち》を悟られぬこと、その三つを心がけ、息を詰めるようにして過ごしてきた。

棘《とげ》のある皮肉なぞ、今更いくら聞いても、源一郎の心は髪一筋ほども乱れぬ。

東に向いた自室の広縁に立つと、息が詰まるこの館の上空を、必ず鷹《たか》が舞った。

いつも同じ、尾に一筋鮮やかな白い羽が混じる鷹だ。

今日も、来たか。

源一郎が気づくと、鷹は、ぴーぃ、と一声澄んだ声で鳴き、真円を空に描いてから、雪州の方角へ飛んでいくのだ。導いてくれていると、源一郎は感じている。

だから鷹の後を追うようにして、意識を向ける。

複雑で美しい形に枉《ま》げられた枝の松、咲き誇る薄紫の藤《ふじ》、神湖を模した池、華美な庭を通り抜け、鷹が飛び去った東の方《かた》、故郷雪州へ。

潔《いさぎよ》い、澄んだ美しさが満ちる地。男も女も、勲《いさおし》と慈《いつくしみ》の心を重んじる人々の住む地へ。

そして、遠き『御山』、朔山へ――。

「お前か。雪州が上王怖《かみ》さに差し出したという、『寅緒の人質』は」

朔山へ気を向けていた源一郎は、刹那《せつな》、誰に何を言われたのか、分からなかった。

自分とさして年の変わらぬ、男の声だ。

「炎州」を統《す》べる寅緒一族は皆、王族をずっと間近で見てきたせいか、常に気取った上品さをよしとする。何をするにも、何を伝えるにも、遠回しに。

源一郎がこの館で暮らし始めて以来、ついぞ聞いたことのない、飾り気のない、いや、身も蓋《ふた》もない言葉だ。

それが、やけに清々《すがすが》しく耳と心に響いた。

聞き覚えのない声の主へ、振り返る。

「ほう、凛々《りり》しい男前ではないか」

声の主は、源一郎を見るなり品定めの口調で呟《つぶや》いた。

そういうお主は、また随分と奇矯《ききょう》な。

思ったものの口に出さないのは、この八年で身についた煩《わずら》わしい処世術、というより悪癖だ。

上背は、源一郎よりも頭半分低いだろうか。王族、上道、武人の成人男子の印である髷《まげ》らしきものは、結っているようだ。だが、その形は上道、王族とも、源一郎や寅緒とも、また他の武人のものとも、違っていた。

炎州では、武人も、王族や上道を模し、頭の高い位置で組み紐《ひも》を使って髪をひとつに束ね、鬢付油《びんつけあぶら》で纏《まと》めて綺麗《きれい》に切り揃《そろ》えた髷を作り、前へ撫《な》でつける。礼装の折の冠にも綺麗に収まり易《やす》い形にするのだ。対して、目の前の若者は――幼く見えるが、落ち着きぶりや肌の様子、眼の光の強さ、深さから推して、先刻の声に感じた通り、自分と同じか、ひとつふたつ年嵩《としかさ》であろう――、髪を括《くく》る位置こそ同じなものの、物は麻縄だ。鬢付油を使わず、毛先を切り揃えることもしていない。ただ、二つに分けた髪の束を縒《よ》って毛先近くを麻縄で縛り、背へ垂らしている。長さは肩と腰の間ほどだ。前髪は童《わらべ》のように降ろして柔らかく額を隠している。

身なりは武人の装《よそお》いと同じで、袖《そで》が短く丸い、また袖口も狭い「小袖」と呼ばれる上衣《うわごろも》に足首までの切り袴《ばかま》。色味は鉄紺《てっこん》の揃えで、綿製だが良い物だ。着こなしにもそつがない。

一角《ひとかど》の武人の身なりに、奇矯な髪が何とも不釣り合いだ。

器量よしの女子《おなご》のような、色白で美しい顔だちをしているのに、勿体《もったい》ない。

源一郎の胸の裡を見透かしたように、若者は源一郎を上から下まで眺めまわし、「お前こそ、勿体ないな」と、居丈高《いたけだか》に評《な》した。

周りにいた寅緒の家臣は、顔色を失くし、目を白黒させて、ようやく傍若無人な若者を止めにかかった。

「若様」

「墨州《ぼくしゅう》の若様、どうかお待ちを」

「こちらは、雪州の御嫡男《ちゃくなん》にござりますれば――」

「わかっておる」

癇性《かんしょう》に、若者は寅緒の家臣を遮った。

「お前らの耳は只《ただ》の穴か。それとも耳糞《みみくそ》で詰まっておるのか。初めから、こ奴《やつ》に訊《き》いておろうが。『雪州が差し出し、寅緒が見張っている人質はお前か』と」

——み、みみくそと仰《おお》せか。

——下品極まりない。

——御領主跡取りに向かって、ここ、こ奴、とは。何と礼儀を逸した——。

「領主」とは、「直轄《ちょっかつ》七州」の主を指す。その跡取り、つまり源一郎のことだ。

普段は慇懃《いんぎん》無礼《ぶれい》な応対をし、聞こえよがしの皮肉を平気で投げつけてくる癖に、よくも自分達のことは棚に上げて「礼儀」だの「下品」だのと言えるものだ。

源一郎は腹が立つより感心したが、風変わりだと噂《うわさ》に聞く墨州の長男は、心を動かされた様子さえない。しれっとした顔、さっぱりした物言いで、言ってのけた。

「人質に差し出された跡取りなぞ、跡取りのうちに入らぬわ。いざとなったら殺してもよいと、父君の雪州殿は考えておられる。そういうことだろうが」

上道や王族の猿真似《さるまね》で、上品を気取っている家臣達は、小気味よいほどの口の悪さに太刀打ちできないらしい。池の鯉《こい》よろしく、口をぱくぱくと動かすのみで、一向に言葉が出てこない。

源一郎は笑いながら、墨州の長男と、寅緒の家臣の間に割って入った。

「確かに、墨州の若様の仰せの通り。もうひとつ申せば、若様は某《それがし》よりも二つ年上と伺っております。どうぞ堅苦しいお気遣いは、ご無用にて」

墨州の長男に向かって告げる振りで、煩わしい寅緒の家臣を黙らせる。

「して、某が『勿体ない』とは、どういうことでございましょうか」

これは、正真正銘、墨州の長男への問いだ。若者は、繊細な顔立ちに似合わぬ不敵な笑みを浮かべ、小馬鹿にした音で鼻を鳴らした。

「その、形《なり》よ」

吐き捨てるように言い、視線で辿《たど》りながら、ひとつずつ、こき下ろしていく。

ぽってり足首で絞った、できそこないの茄子《なす》のごとき指貫《さしぬき》。

刀を振るうのに邪魔にしかならぬ、ぞろりと長い袖。すでに小袖とは呼べぬな。

それから何だ、襟についている何の用も為《な》さぬ紐は。お主、子守の馬役でもするつもりか。

源一郎は思わず、若草色の小袖の襟を彩《いろど》る、濃い苔《こけ》色をした自分の飾り紐の房を手に取った。神官の飾り紐と違って、結び細工のない渋い色目のものだ。

「せっかくの美丈夫が、台無しだぞ」

どうやら、褒めて貰《もら》ったらしい。意外に思った源一郎の耳に、再び寅緒家臣の皮肉が届いた。

――そちらこそ、あの髪はなんだ。

――まるで、祀殿《しでん》の結界縄のようではないか。

寅緒の者達は、源一郎を庇《かば》ってくれているのではない。常々「野蛮だ」と蔑《さげす》んでいる墨州の長男を、嘲《あざけ》っているのだ。

源一郎は、手にした房を弄《もてあそ》びながら「確かに、背に乗せた童の手綱にするには、ちょうど良いですね」と、敢《あ》えて同意を示す。それから、墨州の長男へ、静かに頭を下げた。

「申し遅れました。某は、雪州領主が長子、巽源一郎と申します」

源一郎が「跡取り」ではなく「長子」と名乗ったのは、墨州の長男の危うい立場を慮《おもんぱか》ってのことだ。

源一郎の気遣いを知ってか知らずか、墨州の長男は胸を反らし、闊達《かったつ》に名のり返した。

「俺は、墨州の跡取り、奥寺甲之介《おくでらこうのすけ》だ。甲之介でいい。若様だのなんだの、面倒臭いし、誰が呼ばれたのかはっきりせぬ」

性懲《しょうこ》りもなく騒ぎ始めた寅緒家臣を眼で黙らせ、源一郎は甲之介へ向き直った。

「では、某のことも源一郎とお呼びください」

「おう」と答えた甲之介は、嬉《うれ》しそうだ。それから思い出したように、じろりとひとところに固まって二人の「跡取り」の遣《や》り取りを見守っていた寅緒家臣に向かい、ひらひらと手を振る。

「源一郎と二人で話がしたい。去《い》ね」

寅緒家臣の顔色が、あからさまに変わった。言い返す間を与えず、源一郎が言葉を添える。

「墨州の御方の仰せの通りに」

実状はどうあれ、家臣共は主、寅緒当主から源一郎の身の回りの世話と警固をせよと命じられた、付け人だ。表向きは、源一郎に従わなければならない。

さっと目配せをし、示し合わせたように慇懃無礼に腰を折り、では、と踵《きびす》を返す。

去り際、ひとりの家臣が、往生際悪く皮肉を置いて行った。

――人質風情《ふぜい》と、攫《さら》われ妾《おんな》の子が、偉そうに。

墨州長男は、頭に血が上りやすい、粗暴な性質《たち》だ。そんな評判は源一郎の耳にも届いている。甲之介が腰に差した太刀の柄《つか》に手を遣るのではと、ひやりとした。

ところが、甲之介はくだらない、というように鼻をひとつ鳴らしただけで、源一郎を促した。

「座らぬか」

言い様《ざま》、源一郎が立っていた広縁にどかりと胡坐《あぐら》をかく。考えて、源一郎も甲之介の少し離れた傍らに腰を下ろした。

「あれしきの陰口なら、物心ついた時から散々聞かされてきた」

それから、源一郎に人の悪い笑みを向けて訊く。

「お前こそ、あ奴らに雷のひとつも落とさぬのか。ただの付け人であろうが」

源一郎も、悪戯《いたずら》な笑みで甲之介に応じた。

「甲之介殿に腹を立てなかった某が、あの者共を叱《しか》っては、公平さに欠けましょう」

甲之介は、一度目を丸くしてから、豪快な笑い声を上げた。

「聞きしに勝る、堅物だな。源一郎は」

楽しげに笑っている甲之介へ、源一郎は「ところで」と、ひと目見た折から気になっていたことを切り出してみた。この小気味よい男との遣り取りを、楽しく感じていたのだ。

「そのお髪《ぐし》は、墨州《おくに》の装いでござりまするか」

幼い頃から炎州の地に人質として送り込まれ、自由が利《き》かない身の源一郎は、温暖な炎州の城中と、四季の移り変わりが豊かな生国《しょうごく》、東の雪州しか知らない。

墨州は、北西の海風が大山脈に当たって降らせる大雪に、一年の半分は閉ざされると聞く。髪を伸ばすのは寒さを凌《しの》ぐためかと思ったのだ。

甲之介は、にやりと笑った。

「こんな髪をしているのは、墨州でも俺ひとりだ」

源一郎は、束《つか》の間《ま》言葉を喪った。甲之介が気を悪くした風もなく続ける。

「これは、戦《いくさ》の折に首を守るための、防具代わりよ」

直轄七州のうち、最北の氷州《ひょうしゅう》は、氷と雪、冷たい海峡に守られ、今の王族が台頭する前と変わらず「我が道」を貫いているものの、形ばかりの恭順は示していて、王族や上道に刃向うつもりはないように見える。

南の碧州《へきしゅう》と藍州《らんしゅう》は、豊かな海に囲まれているせいか、漁場や、珊瑚《さんご》に真珠などの宝物を巡って小競《こぜ》り合いが続いていると聞く。が、これも所詮《しょせん》は「小競り合い」、ちょっとした喧嘩《けんか》の類《たぐい》だ。

残る雪州、炎州、上道領に領地の西側を接している陽州《ようしゅう》、拝領地ではない郷《さと》を含めても、大きな戦は絶えて久しい。

なのに、「戦の備え」とは。

墨州、謀反《むほん》。

源一郎の頭に、不吉な言葉が過《よぎ》った。

けれど、墨州の領主は、自国が拝領地「州」となること、また自身が「州殿」の尊称で呼ばれることに、並々ならぬ執着を持っていたと聞く。それらを与えてくれた王族に、自ら弓引く真似をするとは、思えない。

そんな今の世に、十八の未《ま》だ頼りない年頃で戦仕度とは。乱世ならいざ知らず。

「髪なぞ、一朝一夕に伸びるものではない。今から備えをしておくのよ」

源一郎は、肝が厭《いや》な冷え方をするのを感じた。

また、顔色を読まれた。

心裡を悟らせぬ。そのことに何より心を砕き、炎州での八年を過ごしてきたというのに。

警戒した源一郎にまるで気づかない顔で、甲之介は闊達な笑顔を見せた。

「源一郎は、『朔山信仰』を捨てられぬか」

答えは、決まっている。だが答えられるはずがない。どこに、上道や寅緒の耳があるか分からない。墨州の長男、甲之介も信の置ける男かどうか、まだ見定めていない。

だが甲之介は、旧友のような気安さで、「答えずとも構わぬ」と告げた。

ふいに、空を見上げる。そうして天に向かって宣言しているように、声を張った。

「俺は、墨州を継ぐ。『攫われ妾』の子であろうが、親父殿《おやじどの》が弟を溺愛《できあい》していようが、構わぬ。必ず、頂に立ってみせる」

それから、ついと源一郎に近づき、そっと耳打ちをした。

「次は、戦が始まる。炎州は獲物として申し分ない。さすれば上道の言いなりに人質を取り、見張っている暇なぞ、寅緒には無くなる。源一郎は生国へ帰り、思う存分山でも川でも、拝めるということだ。だから、俺の味方になれ」

咄嗟《とっさ》に、源一郎は素早く周囲を見回した。

聞かれたとしても、甲之介が「墨州を継ぐ」と言ったところまでだ。「山でも川でも」の件《くだり》を、甲之介は酷《ひど》く小さな声で語ってくれた。大丈夫だ、心配ない。

こっそり溜息《ためいき》を吐《つ》きながら、源一郎は訊いた。甲之介だけに聞こえるように。

「なぜ、会ったばかりの某に、そこまで腹を割って語られるのです。戦をするから味方になれ、と穏やかではない話を」

甲之介は、飛び切り無邪気な眼で、あっさりと答えた。

「源一郎《おまえ》が、気に入ったから。そもそも、俺は源一郎に会いに、なよなよ、ごてごてと薄気味悪い炎州まで、来てやったのだからな」

源一郎は、やんちゃな面影を残した甲之介を、改めて見遣った。

この小気味よい若者に出会えたことが、理屈抜きに嬉しかった。けれど一方で、得体の知れない暗闇《くらやみ》が心の隅に巣食った気がして、ぼんやりとした胸騒ぎを覚えた。

姫君の語り部——参

渡《わたり》は、自分の屋敷の門前に止められた輿《こし》を見て、軽い眩暈《めまい》を覚えた。

輿は、身分の高い女の乗り物だ。朱の漆に螺鈿《らでん》が嵌《は》め込まれた贅沢《ぜいたく》な飾り、六人担《かつ》ぎの長柄という、輿の中でも取り分け豪奢《ごうしゃ》なものに乗って渡を訪ねる人物は、ひとりしかいない。

門の外に控えていた下人と女官の数を見ても、明らかだ。

会釈《えしゃく》をしてきた女官に頷《うなず》き返し、渡は屋敷の中へ急いだ。

案の定、屋敷の者達は顔色を失《な》くして右往左往している。

いくら無邪気で奔放とはいえ、四《し》の姫が屋敷に渡を訪ねてくるなぞ、今までなかったことだ。

浮足立ってはいても、屋敷の者達は日頃から、急な客人、出来事にも抜かりなく対応できるよう、躾《しつ》けてある。

「姫様には、南の庭が見渡せる客間でお待ちいただいております」

蒼《あお》い顔、硬い声で用人は渡に伝えた。一番広い客間だ。

「分かった」

すぐに南の客間へ向かおうとして、思い直す。今の装束は上道《しょうどう》のお仕着せ、姫の好みには合わない。

「まずは、着替えを」

用人は目を丸くしたが、余計なことは問わない男だ。畏《かしこ》まりました、とすぐに応じて渡の居間へ先んじる。

切り袴《ばかま》に小袖《こそで》、武人と同じ装《よそお》いを手早く整え、南の客間へ向かうと、四の姫は上機嫌で、出された梨《なし》を頬張っていた。

「姫様。お待たせ申し上げました。渡にございます」

渡が庭に面した広縁で片膝《かたひざ》を突き、四の姫に向かって頭《こうべ》を垂れる。

「面倒な作法は構わぬ。近《ちこ》う」

は、と応じ部屋へ入る。姫はまたひとつ、薄く切った梨を口に入れた。

姫が言う。

「我が屋敷で食すものより、美味じゃの」

天領で食べられるのは、炎州《えんしゅう》の砂丘近くで栽培されている黄緑色の梨が主だが、渡は陽州《ようしゅう》の海沿いから取り寄せている。赤みの強い、明るい茶色をした梨で、柔らかで上品な「炎州もの」と違い、心地よい歯触りに強い甘味と滴《したた》る果汁が売りだ。

「恐れ入ります」

頭を下げた渡に対し、姫は鼻を鳴らした。庭先の萩《はぎ》の花へ眼をやり、張り合うように言い放つ。

「萩の花は、わらわの庭の方が美しいぞ」

渡は、笑いをそっと堪《こら》えた。

ほんに、負けず嫌いでいらっしゃる。

「姫様のお庭に敵《かな》う庭なぞ、この八万遠《やまと》のどこを探しても、ございますまい」

うん、うん、と嬉《うれ》しそうに頷いてから、四の姫は幼さを多分に残した面を改め、話を変えた。

「『夏の始め』の話、もう少し詳しく聞きに来た」

「夏の始め、でございますか」

「惚《とぼ》けるでない。雪州《せっしゅう》の領主の話じゃ」

何の憚《はばか》りも、躊躇《ためら》いもない言葉に、渡はたじろぐ。自分の屋敷だからいいようなもの の、あれ以上詳しい話なぞ、都《みやこ》でなかなか出来るものではない。

渡の戸惑いをまるで斟酌《しんしゃく》せず、姫は考え込むような顔で、続けた。

「あれから、不思議に思うてな。そもそもなぜ、先の雪州領主は、大切な嫡男《ちゃくなん》を炎に人質に出さねばならなかったのか。墨州《ぼくしゅう》の息子は何故《なぜ》、雪州の嫡男に逢《あ》いに出向いたのか」

「姫様」

軽く窘《たしな》めた渡に、姫は無邪気に笑って見せた。

「堅苦しいばかりで、ちっとも面白うない『国史』ではなく、渡の知っておることを、聞きたい。それには、わらわの屋敷では具合が悪い。だからこうして訪ねて参ったのじゃ」

政《まつりごと》を深く知る、大人の言い振りだ。

渡は、内心でひやりとした。

あどけない外見や振る舞いに騙《だま》されがちだが、八つの子供だと侮《あなど》っていると、足許《あしもと》を掬《すく》われる。無邪気な笑みには酷《ひど》く不似合いな深い瞳《ひとみ》に、気を抜いたら吸い込まれてしまいそうだ。

父君に、よう似ておられる。

渡は、頭を下げた。

「では、ここだけのお話、ということにて、ご無礼申し上げまする」

この話は、少し長くなりそうだ。

姫気に入りの、「始めの詞《ことば》」を語る折の声よりも少し力を抜いた調子で、語り始めた。

「そもそも、我が八万遠の王族の御始祖、『碧湖《あおうみ》の一族』が碧湖、今の神湖畔《かむうみほとり》に国を興《おこ》されたのが、おおよそ一千年ほど前だと言われております」

渡は、語る。

「碧湖の一族」の統《す》べる地もまた、始めは雪州や炎州のような、数ある国のひとつであった。

その頃、八万遠の地では、雑多な神を、それぞれの地で無秩序に信仰していた。

山や川、雨風、雷《いかずち》、獣《けもの》に鳥。時には、永い年月を過ごした釜《かま》や皿、石くれまで「神」として扱われ、本当に神の声を聴いているのかどうかも分からない呪《まじな》い師が、その地を統べていた。

そこへ、はっきりとした人格と叡智《えいち》を持った神、『天神《てんしん》』が、人を統べる存在として現れた。『天神』は人に通じる言葉を使い、『我《われ》がこの国を創《つく》りし神なり』と「名乗りを上げ」、神話という「細部まで筋道の通った物語」を使って、この国の所有者は自分であると「主張」した。

「八万遠」というこの地の名を、正しく具現している建国神話が何よりの証《あかし》だ、と。

今、八万遠で唯一公《ゆいいつおおやけ》に許されている信仰とその神官、「上道」の誕生である。

その圧倒的な存在感は、獣や山河、物、直《じか》に人と意思の疎通《そつう》ができない「神」に太刀打ちできるようなものではなかった。

『天神』と、その子たる上王《しょうおう》の許に、大勢の人間が集まった。

信仰が広がるにつれ、『天神』を崇《あが》める者達はこう考えるようになった。

『天神』を信じ、その聖なる血筋を崇めれば、死して後も『天神』の許で魂は救われる。

この「真実」の信仰を、間違った神を信じる人々に遍《あまね》く伝えるべし。

そうすれば、この国の民を豊かに、幸せにすることが出来る。

それこそが、『天神』を信仰する我等の務めだ。

『天神』の信者達は、そう本気で信じた。今の上道が声高に唱える「信念」の出来上がりだ。

そして、その信念の許、「布教」という名の侵攻が始まった。

あちらこちらで戦火が上がっては消えていた乱世とは比べものにならない程の血が流れ、大地は荒れた。

神から与えられた使命を胸に抱いた将兵は、鬼神の如《ごと》き強さであった。

その争いに終止符を打ったのは、今は雪州と呼ばれている、「朔山《さくざん》の一族」だった。

まず何よりも『天神』を崇め、碧湖の一族に下り、臣下の礼を取る。

その代わり、父祖から引き継いできた地と信仰を、残して貰《もら》いたい。

争いを好まぬ、物静かな一族らしい英断だろう。

碧湖の一族は、朔山の一族の長の申し出を受けた。

互いに、長く続く戦で疲弊しきっていたから。

「朔山の一族」が、雪州として「碧湖の一族」に下ったのを切っ掛けに、ことは決した。

「碧湖の一族」は「『天神』の子孫」を名乗り、碧湖――神湖と名を変えた湖を囲む地は「天領」と呼び名を変え、八万遠の地すべてが、「神湖の一族」のものとなった。

上王や王族に仕え、「布教の戦」に尽力した将兵達が、上道の祖。今天領に住む都人《みやこびと》が、「碧湖の民」の子孫である。

上王、王族は、「八万遠の統治者」「正しい信仰の具現者」として。

上道は、「正しい信仰に命を賭《か》ける聖職者」として。

強大な力と自負を持って、八万遠平定に当たった。

ふう、と四の姫が小さな溜息《ためいき》を吐《つ》いたことで、渡は語りを止めた。

「そんな黄金の代《よ》も、遥《はる》か昔の話、よの」

幼い口ぶり、大人びた言葉で、姫が呟《つぶや》く。それから、少し皮肉な眼をして、続けた。

「渡が語ってくれる、『碧湖の一族』が持っておいでだった溢《あふ》れるような気概や誇りは、とうに今の王族、朝《ちょう》、上道から消え去っておるではないか」

確かに、と渡はこっそり相槌《あいづち》を打った。

天領の外の出来事から眼を背け、ひたすら栄華のみを追い求める、王族。父祖の功績の陽炎《かげろう》のような名残にしがみつき、建国神話のみで力のある州や郷《さと》を大人しくさせられると疑わない、朝。古い神々を下道《げどう》と蔑《さげす》むことで威厳を保ち、自らが恃《たの》む信仰の「正しさ」に思いを巡らせることを忘れ去った、上道。

「じゃが、これでよう分かった」

四の姫は、呟いた。

「朝は、雪州の信仰を怖《おそ》れた」

渡は、ほろりと笑い、唇に人差し指を当てて見せた。

「それは、王族たるお方が口にして良いお言葉では、ありませぬぞ」

四の姫は、再び、ふん、と鼻を鳴らした。

「だから、父上様のお目を盗んで、渡の屋敷まで足を運んだのではないか」

「やはり、お父上のお許しを得ておいでではありませんでしたか」

溜息交じりに、渡は呟いた。

「大事ない」

大威張りの四の姫は涼しい顔だ。

一体、何がどう大事ないのやら。

で、と姫が話を戻した。

「なぜ、只今《ただいま》の領主が炎に出された。代々人質を送っていた訳ではなかろう。何を今更、という気がしてならぬが」

「切っ掛けのようなものは、取り立ててございませなんだ。強いて申し上げれば、積もり積もったものがとうとう崩れた、が正しいかと」

渡は、四の姫に「『下道』のことは、ご承知しておられますな」と、確かめた。姫が小さく頷くのを見て、再び語り始める。

天神を頂く「神湖の一族」が八万遠を統治して以来、それまで民が信じ敬っていた、風や土、空、獣、あらゆるものに宿るとされる『神』は「下道」と呼ばれ、『『天神』が創りし子供神」、つまり格下のものとして大目に見られている。

とはいうものの、領地を持つ武人、ましてや、上王から拝領地、州を安堵《あんど》されている領主とそれに連なる者は、上道を信仰しなければならない。

王族の住まう都から遠く離れた藍州《らんしゅう》、碧州《へきしゅう》や氷州《ひょうしゅう》でさえ、自分達の信仰する神は、『天神』の子供神である、信仰の源は上道であるという立場を、表向きにはとっている。

雪州もまた、上王に恭順した以上は、そうあるはずであった。

けれど、他の下道と『朔山信仰』は、明らかに一線を画しているのだ。

八万遠で一番高いとされる朔山、『御山《おやま》』を、領主から領民までが大切にしている。

ここまでは、他国の下道と変わらない。

朝が雪州の『朔山信仰』を気にするのは、雪州の民が朔山、ただ一柱《ひとはしら》を崇めている、つまりは上道と同じ『一神信仰』だからだ。本当なら、相容《あいい》れない信仰同士である。

そこを雪州は、「八万遠に住まう者として、上道には『礼を尽くす』」という名目で無理矢理折り合いを付けている。

対して、朝側の理屈は、こうだ。「礼を尽くす」、つまり雪州も信仰の主《しゅ》は上道、朔山はあくまで下道ということで納得しているはずである。

ここに、二者の間の溝があった。

上道の確立、台頭よりも『朔山信仰』の方が遥かに古いということも上道と相容れず、王族、上道の気を尖《とが》らせる一因となっていた。

——炎州と並ぶ最古の拝領地である、雪州が上道を軽んじることがあってはならぬ。

——我等は、拝領地となる遠き昔より、この朔山の地に国を興し守ってきた。充分な恭順、礼は上王、王族、上道に尽くしている。そこから先のことは、他の国々同様、お捨て置きいただきたい。

こんな遣《や》り取りが、短くはない年月繰り返されては、なし崩しになっていたが、とうとう上道が痺《しび》れを切らした。雪州に大逆《たいぎゃく》——王族に対する謀反《むほん》の疑いありと、声を上げたのだ。

このままでは戦になる。雪州が、再び乱世を呼び戻す切っ掛けになってはならぬ。

そう考えた穏やかな性分の先代雪州領主は、苦し紛れの言い訳を捻《ひね》りだした。

すなわち、

「国史では、朔山に『天神』が降り立たれ、しばしの休息を取られたとされている。朔山を崇め、祈りをささげるのは、すなわち『天神』を崇め、祈りをささげるに同じ」

その言葉の「証」として、英邁《えいまい》と誉れの高い跡取り、源一郎を上王や王族とつながりの深い炎州の寅緒《とらお》一族へ人質に差し出した、という訳だ。

四の姫が、鼻を鳴らした。

「つまり、上道が童のような癇癪《かんしゃく》を起して喧嘩《けんか》を始めようとした。それを雪州が大人の振る舞いで往《い》なした。そういうことだな」

するりと口にした四の姫を、渡が苦笑交じりに窘める。

「姫様」

「墨州の息子は、どうじゃ」

渡は、苦い息を吐いた。

「さ。そちらは何とも」

「渡」

「本当でございます」

六年前の晩春、墨州の長男が初めて雪州の嫡男を炎州に訪ねて以来、雪州の嫡男が跡目を継ぐまでの二年、二人の間には親しい付き合いがあった。

それは、炎州から朝に知らせが入っている。

だが、いつも他愛ない話に終始していたのだそうだ。

本当に「他愛ない付き合い」だったのか。あるいは、余程周りの耳目に気を遣っていたか。

渡はそっと、唇を噛《か》んだ。

いずれにせよ、奇矯《ききょう》な振る舞いばかりが目立つ墨州の長男、気に掛けておかねばならぬ。

涼しさを含んだ秋の風が、萩の赤紫の花を揺らして通り過ぎて行った。

二章――墨州の市松

墨州奥寺家《ぼくしゅうおくでら》の家臣、市松《いちまつ》は、姓を東海林《しょうじ》、諱《いみな》を重善《しげよし》といった。

諱は真《まこと》の名であり、魂を直《じか》に表す重いものとされているから、公《おおやけ》の名でありながら、諱で人を呼ぶことは王族以外禁じられている。

「東海林殿」「東海林氏《うじ》」、気の置けない仲間からなら「市松」、と呼ばれるのが道理だ。

けれど市松は、誰からも「いち」と呼ばれる。

それは専《もっぱ》ら、市松の主である墨州領主長男、奥寺甲之介《こうのすけ》の振る舞いから来ている。

いち、いち、と犬でも呼ぶように呼び、それに市松も嬉《うれ》しそうに返事をするのだ。市松に尾があれば、千切れる程に振っていることだろう。甲之介が市松を強引に自分の側仕えにした時から、それは変わらぬ。

だから、目上の者が「いち」と呼ぶのは勿論《もちろん》、同輩や目下の者まで、「いち殿」と呼ぶ。

それにもまた、市松は嬉しそうに返事をする。

城の端《はした》や下男、市井《しせい》の民にまで、「いちの旦那《だんな》」と声を掛けられては、ほいほい気軽に応じる始末だ。挙句、生真面目《きまじめ》な連中が「市松」「東海林殿」と呼んでも、市松は自分のことだと気づけず、返答に遅れてしまう。小柄で童顔、北国生まれには珍しい赤銅《しゃくどう》色《いろ》の肌に、人懐《ひとなつ》っこく絆《ほだ》されやすい市松に似合いの呼び方だと、主である甲之介も、放《ほう》っている。

そもそも市松は、勘定役として代々奥寺家に仕えてきた東海林の四男坊で、家督を継ぐ可能性は殆《ほとん》ど無かった。二親は、いずれ豪商のところへでも婿《むこ》にやり、主家の台所を支える助けをさせようと、目論《もくろ》んでいたのだ。

幼い頃から民と交わり、遊び回ってばかりいた子だ。堅苦しい武人のしきたりに縛られるより、当人にとっても幸せであろう、と。

それを、五年前、甲之介が何の根回しもないままひとりで東海林家へ乗り込み、「いちを貰《もら》い受ける」と切り出した。市松、十七歳の春の終わりのことだ。

奥寺長男の気まぐれと強引さは、今に始まったことではなく、止められるものでもない。周囲の者は皆、諦《あきら》めている。市松の父も同じだった。

——若様に眼を付けられた不運を、嘆くでないぞ。

不忠極まりない言葉で息子を諭したが、当の市松の心は弾んでいた。

破天荒で乱暴者、癇性《かんしょう》な扱い難い若様。けれど、一旦《いったん》懐《ふところ》に入れた者、気に入った者はとことん守り、心を砕くという。何物にも縛られず、囚《とら》われない。群れをつくらず、腹が減った時だけ狩りをして生きる、雪虎《せっこ》のような男。そんなお方を主に仰いで、どんな面白いことが待っているのだろう。考えただけで、わくわくした。

側仕えとして城へ出向いた初日から、甲之介は供も連れずにふらりと出かけたきり、どこへ行ったのかも分からない。物怖《ものお》じしないのが自慢の市松も、あの時ばかりは身の置き処《どころ》に困ったものだ。

それから六日、ようやく甲之介は戻ってきた。

「どちらへおいででしたので」

訊《き》いた市松に、甲之介は、

「炎《えん》だ。友を見送りに行っておった」

と、答えた。

普通なら馬を使って墨州岩雲《いわくも》城から炎州寅緒《とらお》の城まで片道四日。若様と白虎《びゃっこ》——甲之介の愛馬だ——なら、雪も粗方溶けたこの季節、三日あれば充分だと、厩《うまや》番から教えて貰った。

つまり、六日なら行ってすぐに帰ってきた、ということになる。本当に「友を見送りに行った」だけなのだな、と市松は呑気《のんき》に考えた。

「見送った友」が雪州《せっしゅう》跡取りの巽源一郎《たつみげんいちろう》と知れるや、奥寺の家中は騒然となった。守役の佐久間《さくま》なぞは、頭で湯が沸かせるのではないかと思うほど、禿《は》げ上がった額まで真っ赤に染め、「若様」を諫《いさ》めた。

――よろしゅうございますか。雪州は、上道《しょうどう》への裏切り、朝《ちょう》への謀反《むほん》を疑われ、長きの間寅緒へ御世嗣を人質に差し出しておられたのですぞ。その疑いは未だ晴れたわけではござりませぬ。雪州様のお加減がいよいよ思わしくなくなり、炎州においでの若様が跡目を継がれることとなった。寅緒はやむ無く、留め置いていた若様を雪州へお戻しになられた。それを、『友の見送り』なぞと、まるで雪州様に肩入れするような、軽々《けいけい》なるお振る舞いをなさるとは。爺《じい》は、情けのうて、情けのうて。涙も出ませぬわい。

言いながらおいおいと泣く守役を、甲之介は困り顔で宥《なだ》めた。

爺が思っているほど大袈裟《おおげさ》なことではない。案ずるな、と。

守役は一転、「これが、案じぬようなことでござりまするか」と、怒りだした。

上道、朝の疑念を晴らすため、炎州の人質となっていた雪州の跡取り、まもなく「雪州殿」となる源一郎を、甲之介は友と呼んだ。そして、疑いの晴れぬまま国へ帰ることを祝うように、わざわざ見送りに出かけた。墨州まで謀反の疑いを掛けられたら、なんとするのだ、と。

そりゃあ、城中ひっくり返るような、大騒ぎになる訳だ。

雪州と朝、上道の危うい関わりを知らなかった市松は、初め、他人事《ひとごと》のように考えた。けれどすぐに、これはいかんぞ、と思い直した。

自由闊達《かったつ》な甲之介に仕える者は、「阿呆《あほう》」「無知」では務まらぬ。

甲之介が興味を示したものが、どういうものか。その本性を常に摑《つか》んでいなければならぬ。

得難いものか、下らぬものか。穏やかなものか、嵐《あらし》を呼ぶものか。

嵐にも二つある。根こそぎ奪って行くのみの憎たらしい奴《やつ》と、去った後に肥えた土を残してくれる、有り難い奴。

本性を摑むために入用なのは、深く広い知識、時の趨勢《すうせい》を読む洞察力、そして鼻、勘だ。

甲之介が炎州から戻った日から、市松はひたすらその技を身に着け、磨き上げることに尽力し、五年が過ぎた。

世の中は、墨州一国でさえ、驚きと心浮き立つ愉《たの》しさに満ちていた。どれほど学び、勘を鋭くさせても、物珍しいこと、思いもよらないことは、減るどころか増えるばかりだ。

一年の半分を、寒さと重い雪に閉ざされる、生国墨州が、市松は好きだった。

冬は、噂《うわさ》に聞く海の向こうの氷州《ひょうしゅう》と同じくらい厳しいだろう。

乾いた土の匂《にお》い、湿った雪の匂い、肌を切るような北風。

冬は雪ばかりで、陽の光を拝むこともない。その間、市松は民に藁綯《わらな》いや、草履、虫《むし》籠《かご》づくりなど、「冬の仕事」を教わった。

駆け抜けるように過ぎて行く春と夏と秋は、華やかで愛《いと》おしい。

花々は雪溶けを待っていたように一斉に咲き、賑《にぎ》やかな色と香りを墨の地にもたらす。夏の日差しで草木は葉を茂らせ、秋には実りと紅葉《もみじ》がこの地にやってくる。

浮き立つような三つの季節には、民と混じり、泥まみれになって野良《のら》仕事や牛馬の世話に精を出した。墨州は陽のあたる時間が少ないため、葉物の野菜や甘い果物はなかなか育たぬが、米だけはどこにも負けない、旨《うま》いものが出来るのだ。秋に飛び切り旨い米にありつけるとなれば、特に稲の世話には力が入った。

ただ、市松は心裡《こころうち》を誰にも言わないことにしている。

丹精込めて作った当人達の口に、その米が入ることはない。つまり、旨いかどうか、知らないからだ。

農民は州貢《しゅうぐ》として、六分を奥寺へ納めなければならない。他の州や郷《さと》は四分が殆《ほとん》ど、多くても五分だ。

手元に残った四分の米も、次の年の種籾《たねもみ》を残し、金に換えてしまう。その金で買うのは米より安い稗《ひえ》や粟《あわ》だ。そうして少しでも暮らしを楽にする。

墨州の州貢が重いのは、州から朝へ納める朝貢が重いゆえだ。朝から求められてのことではない。州に格上げして貰った礼なのだそうだ。

そんなに「州」が偉いものかい。割を食うのはいつも、民だ。

こんなことは、奥寺に仕える身として、口が裂けても言えない。

誰にも言えない申し訳なさと、誰にも言えない鬱屈《うっくつ》を腹の奥底へ押し込めながら、市松は民の中に入り込み、明るく振る舞う。

農民だけではない。豪商からひとりで荷物を背負って歩く旅商い、様々な商人とも交流を持った。

下道《げどう》達と親しく交わり、墨州のあらゆる下道を頭に入れた。

下道とは、上道ではない信仰すべてと、それに携わる者を指す。

雪州の『朔山《さくざん》信仰』や、八万遠《やまと》北限の氷州から墨州の北の郷に根付く『犬神信仰』、南の碧州《へきしゅう》や藍州《らんしゅう》で盛んな『龍神信仰』など、しっかりとした神話があり、信仰の形も確立している信仰だけではない。占い呪《まじな》いに雨乞《あまご》い、病除《やまいよ》けの類《たぐい》まで、全《すべ》てひとくくりで下道と呼ばれる。そして、陽の光や風に雨、炎や水にも神を見出《みいだ》す民達にとって、遠い王族が唱える上道よりも、日々の暮らしに馴染《なじ》んでいる下道が、身近で信じられる『神』なのである。

墨州の裾野を知り尽くした市松が、民と地を治める上で肝心だと痛感しているものは、二つ。

　まずは何と言っても「豪商」だ。

「豪商」の持つ金、他国の商い仲間との間に張られた網目のような繋《つな》がりは、国を豊かにし、またいざと言う時の戦で欠かせない。

　それは、国——八万遠全体であろうと、州であろうと、拝領地ではない郷であろうと、統治者と家臣、土地、民で作られている塊にとっては、同じことだ。

　物が生み出され、金が動いて、初めてその地は潤《うるお》う。

　もうひとつ、侮《あなど》れないのが下道——。

「は、いや、サッ」

　威勢のいい女の掛け声で、市松は我に返った。

　無垢《むく》の白木で設《しつら》えられた四角い舞台の上、生麻《きあさ》の小袖《こそで》を着た女が、高く美しい跳躍を手始めに、軽やかな舞を始めた。

　わっと、周りを囲んだ民から、歓声が上がる。市松は、その輪の少し外で「種播《たねまき》月の奉納舞」を眺めていた。

　古くから八万遠の民草で呼び慣わされている月の呼び方を上道が定めた暦に直せば、「種播月」は一年に十二ある月のうち三番目、八万遠「三の月」に当たる。

　小袖の裾《すそ》は、膝《ひざ》が覗《のぞ》く短いもの、赤い帯と首の後ろで括《くく》った黒髪は、膝下辺りへ垂れている。

手にした銀の鈴が、しゃん、と軽い音を立てた。

鼓《つづみ》と横笛が、陽気な調べを奏《かな》でる。

くるりと、つま先ひとつで女が回る度、赤い帯と黒髪が、女の周りに円を描く。

白木の舞台を取り囲んだ民は、笛や鼓、鈴の調子に合わせて舞う巫女《みこ》を囃《はや》し立て、中にはその場で踊り出す者もいる。

お上品で堅苦しい祭祀《さいし》尽くしの上道が見たら、眉《まゆ》を顰《ひそ》めるか、鼻で嗤《わら》うか、中には目を回す者もいるかもしれない。

だが、北の信仰は陽気なのだ。

できるだけ陽気にし、賑やかに騒いで神様──「種播月の奉納舞」は、豊穣《ほうじょう》神『もみ』に捧《ささ》げられるものだ──に気づいてもらい、楽しい気分になってもらい、恵みを与えてもらう。

そういう祈り、信仰である。

奉納舞は、毎月朔日《ついたち》、それぞれ違う神に捧げられ、年の終わりの「大祓月《おおはらえ》」、八万遠「十二の月」の朔日は、奉納舞でお願いをしたすべての神への礼として、飛び切り盛大な祭が行われる。

わあっと、一際《ひときわ》大きな歓声が上がった。

奉納舞を終えた巫女が、もみ殻――豊穣神『もみ』の子とされている――を少しずつ入れた小さな袋を撒《ま》き始めたのだ。

これを、稲や穀物の種入れに入れておくと、一緒に入れた種から豊作がもたらされるという。

墨州の春は遅い。まだ種播きには間があるが、町や村のあちらこちらで、伎楽師《ぎがくし》による「種播月の奉納舞」が行われると、気分だけでも春がきたようで、民は、そして市松も浮き立つ。

同じように、長雨が続いて流行病《はやりやまい》が増える「小祓月《こはらえづき》」、八万遠「六の月」には、炎火《えんか》神『たたら』への炎を使った奉納舞で病の気を焼き払い、鍛冶《かじ》職の安寧を願う。「霜降《しもふり》月」、八万遠「十一の月」には、雪や寒さで命を落とすものが無いよう、雪神『ふうき』へ、穏やかに降る雪を模した舞が奉じられる。

上道の眼を避けて一団を小さく纏《まと》め、朝を逆撫《さかな》でしないよう政《まつりごと》には関わらず、気を遣い、息を詰め。

墨州の下道は伎楽師だけではない。吉凶を占う占術師。病や災いを祓い、札《ふだ》を描き、時には怪しい術を施すこともある呪《まじな》い師。

朔山や龍神、犬神のように、主となる対象を持つ信仰になっていなくても、身近な祈りを聞き届けてくれる存在として、墨州の下道は、民にも、縁起を担《かつ》ぐ者が多い武人にも、深く根付いている。それは墨州に限らず、形や色合い、名を変えて、どの州や郷にも息づいているはずだ。

目の前に、もみ殻を入れた白い袋が飛んできて、市松は思わず摑んだ。恨めしそうな視線を感じて見下ろせば、すぐ近くで頬を赤くした男の童と眼が合った。五歳ほどだろうか。

「ほら、やろう」

童の顔が、ぱっと明るくなる。

「ほんと」

「ああ。儂《わし》は播《ま》く種を持っておらんからな」

「わあ、ありがと。じっちゃん、じっちゃんっ。お武家様に、もみ殻袋、貰ったよお」

振り向いて駆けだした先にいた初老の男が、市松に気づき目を丸くした。

「お、こりゃあ、いちの旦那」

「おう、五平《ごへい》のとっつぁんの孫だったか」

恐縮した風もなく、五平と呼ばれた初老の民は、孫の頭をぐい、と下げながら市松に応じた。

「米吉《よねきち》っていいましてな。ちょこまかと、眼が離せんわい」

市松が、微笑《ほほえ》ましい祖父と孫の姿に笑いながら言い返す。

「いい名じゃないか。坊主《ぼうず》。名前の通りに、いい米を作れよ」

しゃきっと背筋を伸ばし、米吉は大きく頷《うなず》いた。

「へえ、いちのだんな」

褒めてやろうとした市松の手を、誰かが後ろから引いた。振り向くと、顔見知りの伎楽師の男がにんまりと笑って、こちらを見ている。

「いちの旦那、ほぅら、ほらほら、よ」

おどけた風に手を挙げ、揺らし、足を出したり、ひっこめたり。

「種播き」を模した踊りに、男の伎楽師は市松を誘っているのだ。

「よし、きた」

市松は、袖を肩までまくり上げ、民と伎楽師が一緒くたになって踊っている輪の中に、入った。

刹那《せつな》、雪が溶けて顔を出したばかりの湿った土から、生臭い血の臭《にお》いの幻が立ち上った気がして、市松の胸は、ざわりと騒いだ。

墨州の城、岩雲城は、北の切り立った崖《がけ》を背にし、山の中腹に建っていた。

厳しい冬の北風を避けるために選んだ立地であったのだろうが、甲之介は、城攻めに遭い難くていいと、喜んでいる。

そうして、市松やごく近しい家臣ににやりと笑い掛け、必ずこう続けるのだ。

――もっとも、俺なら軽く十ばかりは、この城を攻め落とす方策を考え付くが、な。

他の連中は、また若様の悪ふざけが始まったと、笑って聞き流しているが、市松だけはぼんやりとした危惧《きぐ》を抱いていた。

その言い振りに、微《かす》かな本音と先日の「種播月の奉納舞」で感じたものとよく似た血の臭いを覚えるようになっていたからだ。

実際、十とは言わないまでも、市松にもこの城を落とす手立てはいくつか思い描ける。それほど、単純で穴の多い城なのだ。後ろから敵はこない。いざとなったら、崖と城の間に掛けた吊《つ》り橋を落とせば、籠城《ろうじょう》できる。その油断が様々な付け入る隙《すき》をこの岩雲城に作っていた。

第一、籠城策では、田畑も民も助けられない。

市松は、「種播月の奉納舞」で血の臭いの幻に触れて以来、そんなことばかり考えるようになっていた。

それに、気になることがもうひとつ。

若き雪州領主、巽源一郎だ。

甲之介との出逢《であ》いは、市松が甲之介の臣になる前まで遡《さかのぼ》る。「炎州に囚われている雪州跡取り」に興味を持った甲之介が、自ら逢いに行った。考えていたよりも面白い奴だったのだそうだ。未《いま》だに文の遣《や》り取りをしたり、気が向くとふらりと雪州まで出かけて行く。

つまり、かなり巽源一郎のことを気に入っているのだ。

自分より古い付き合いで、気難しい甲之介が好ましく思っている、となれば、側仕え風《ふ》情《ぜい》に口を挟める余地はない。

けれど、と市松は唇を噛《か》んだ。

一度だけ、甲之介の供をして雪州へ赴き、源一郎に見《まみ》えたことがある。

あの時は、苦手な乗馬で振り落とされそうになりながらようやくたどり着いて、気が動転していたのだ、と思っていた。

だが、つらつらと思い返すにつけ、動転した挙句の気の迷いとは別の考えが首を擡《もた》げる。五年を掛けて磨いた勘と鼻が、頻《しき》りに警告を発する。美丈夫で切れ者。打てば響く遣り取りに、突飛な話にも耳を傾ける深い度量。なるほど、甲之介が面白がるはずだ。

けれど。いや、だからこそ。

あの男は、甲之介を危うくする、と。

その一方で、市松もまた、源一郎を好ましい男だと、甲之介の良き友でいてくれて嬉しいと、思ってしまうのだ。

王族と張り詰めた間柄であるがゆえ、甲之介や市松のような武人を、静かに強く惹《ひ》き付ける。

そこを、危ういと感じるのかもしれない。

そしてそろそろ、甲之介が苛立《いらだ》ち始めていた。

先代の巽家当主、源一郎の父が急な病で身罷《みまか》った事情があるとはいえ、甲之介は「跡取り」で源一郎は「領主」、という差が出来て五年が経《た》つ。

今のところ、公の場で見えることがなく、友として逢う折には、源一郎が年長の甲之介を立ててくれるから、誇り高く負けず嫌いの甲之介は、機嫌よく源一郎と接している。

けれど、市松には見えてしまうのだ。

甲之介の苛立ち、いや、焦《あせ》りが。

甲之介は、国の裡でも外でも、「跡取り」より「長男」と呼ばれることの方が多い。

長子相続は武人の家系に深く根付いているから、「跡取り」と「長男」は同義だとも取れる。けれど長子相続自体に、明確な定めは存在しない。

慣例といっていい程の、緩い取り決めなのだ。

甲之介の母は、見目の良さだけが取り柄の妾《おんな》だった。父、奥寺良右衛門《りょうえもん》が雪虎《せっこ》狩りのついでに、墨州の北の郷から攫《さら》ってきた女で、武人の娘の癖に、自分を攫った相手に抗《あらが》うこともせず、かといって墨州で逞《たくま》しく生きようとする気概もない。ただ故郷を懐《なつ》かしがり、泣いてばかりいた。甲之介曰《いわ》く「使えぬ女」だ。一方、弟、良之丞《りょうのじょう》の母は、才女の誉れ高かった正室だ。息子の才気も母によく似ていると評判である。ゆえに、良之丞を跡取りにと推す家臣も多い。何より、父、墨州領主が「母に似た、女のような見てくれ」の甲之介よりも、武人然とした弟を溺愛《できあい》している。

いくら甲之介が、太刀、馬術は勿論、墨州では右に出る者がいないと言われるまで槍《やり》の腕を磨いても、父は見向きもしない。

そんな足場の脆《もろ》さが、甲之介の焦りを掻《か》き立てている。

源一郎の武人らしい姿、立ち居振る舞い、そして「雪州殿」「雪州様」と領主に許された尊称で呼ばれ、若いながら磐石《ばんじゃく》の治世を布《し》いていることが、その焦りに火を点《つ》けるのかもしれない。

ひょう、と、強い東風《こち》が吹き、軽い市松の身体《からだ》を押した。

甲之介の許《もと》へ向かう渡り廊下の中ほど、崖の岩が足許でぱっくりと口を開けている辺りだ。

北風は防げる分、春先に吹く強い東風は、我が物顔で岩雲城を吹き抜けてゆく。

よろけた身体を欄干《らんかん》で支え、つい崖下を覗いてぞっとした。

「梅の香、梅の香、桜は未《ま》だじゃ」

思わず、風除けの呪い——風神は梅の香りを優しく運び、桜の花弁を悪戯《いたずら》に散らす、と言われている——を唱え、砕けた腰を「よっこいしょ」と、持ち上げた。

「さて、急がにゃ、風神様に吹き飛ばされる代わりに、若の雷で真っ黒焦《こ》げじゃ」

声に出してぼやき、気を落ち着けて、市松は気短な甲之介の許へ急いだ。

三章――簒奪者《さんだつしゃ》、甲之介

甲之介《こうのすけ》は、苛立《いらだ》っていた。

自分の思い通りにならないことが起きると、腹の底からどろどろとした苛立ちが湧《わ》き上がってくるのは、いつものこと。

――なぜ、分からぬのか。

――どうして、俺の邪魔をするのか。

――俺ばかりが、足踏みをしている。何が違うのだろう。

感心しない性分なのは承知していたが、律しようとすればする程、苛立ちは腹の中で膨らみ、やがて周りを巻き込んで、大きな破裂を起こす。

それよりは、下らぬ辛抱なぞせずに、その都度苛立ちを小出しにした方が、自分のためにも、周りのためにもいい。

所詮《しょせん》、自分は徳人《とくじん》にはなれぬのだ。

だが、ここ数日感じている苛立ちは、どうも毛色が違う。

既に、風も水も肌を切るように冷たい。今日、明日には初雪が散らつくだろう。初雪が降れば、あっという間に墨州《ぼくしゅう》も周りの郷《さと》も、雪に閉ざされる。墨州が動きを封じられる、冬の訪れ。

その閉塞《へいそく》感が、甲之介の苛立ちを呼んでいるのだろうか。

いや、これは生まれてから毎年のことだ。吹雪の最中《さなか》や、よほど一度に降り積もったりしなければ、白虎《びゃっこ》の脚と自分の乗馬の技なら、出かけていくのは大して難しくない。

では、この苛立ちは何だ。

盆の窪《くぼ》の辺りがちりちりとし、肘《ひじ》や膝《ひざ》、節という節が、ざわざわと波立っている。まるで、誰かに「今すぐ動け」と言われているようだ。

——動け。今すぐ。でないと——。

「でないと、何なのだッ」

小さな癇癪《かんしゃく》を起した途端、目の前に控えていた市松《いちまつ》が、後ろへ転がりそうな勢いで仰《の》け反《ぞ》った。

相変わらず、大仰な奴《やつ》だ。

思ったものの、大仰なのは甲之介の方かもしれない。人払いまでして市松を呼び出した癖に、眉間《みけん》に皺《しわ》を寄せて何も切り出さない。太平楽な市松でさえ、甲之介の一挙手一投足を息を詰め、見守っていたのだろう。

「あの、若」

恐る恐る声を掛けてきた市松をひと睨《にら》みし、一旦《いったん》黙らせておいて声を掛ける。

「いち」

「は、はは」

「お前は何か、感じぬか」

市松は、話が早い。こちらが何を言いたいのか察することにも長《た》けている。

父や弟の家臣のように、間抜け顔で「感じるとは、何を、でござりまするか」なぞと訊《き》き返してはこない。それは、甲之介が側に置いている他の者共も同じだが、市松の勘の良さは、群を抜いている。

期待に違《たが》わず、市松は即座に面を改め、一言答えた。

「血の、臭《にお》いを」

すぐに、明るく笑って「多分、気の迷いでござりましょう」と言い直した。

ふむ、と甲之介は考え込んだ。

本当に、気の迷いだと思っているのなら、市松は甲之介に告げはしない。

一旦伝えて打ち消したのは、「確かに感じはしたが、証《あかし》も根拠もない」と言いたいのだろう。

「その臭い、どこからした」

ほんの少し迷うような間を空けて、答える。

「今年の早春、『種播月《たねまき》の奉納舞』の折にござりまする」

甲之介は、呆《あき》れた声を上げた。

「お前は、また民に混じって舞っておったのか」

この叱責《しっせき》には、市松はびくともしない。

『種播月』に限りませぬ。毎月朔日《ついたち》には、必ずどこかの伎楽師《ぎがくし》を覗《のぞ》き、舞いまする。誘われれば、謡《うた》いもいたしますし、撥《ばち》を差しだされれば、大太鼓のひとつも――」

「分かった、分かった」

甲之介は、うんざりして市松の言い分を遮った。

それが、東海林《しょうじ》市松という男なのだ。

老若男女《ろうにゃくなんにょ》を問わず、誰もがこの男に心を許す。市松の人懐《ひとなつ》こい気性は、身分の貴賤《きせん》を軽々と飛び越えるが、むしろ、ややこしいしがらみの無い民達の方に、より効き目があるらしい。

だが、この男の力は、「人に好かれる」ことではない。

自分と甲之介にとって使えるものを、「人から好かれたまま」吸い上げてくることだ。武人や上道《しょうどう》、王族、相手に合わせた振る舞いがそれなりにこなせることもあり、市松には、他の側仕えよりも自由に動くことを許している。それを面白く思わない同輩を巧《うま》くあしらうのも、市松に密《ひそ》かに課した鍛錬のひとつだが、いまのところそつなくこなしているようだ。

不機嫌な眼つきで、一番信を置いている側近をもうひと睨みし、甲之介は話を戻した。

「他には」

目を丸くすることで誤魔化そうとしているのが、丸分かりだ。甲之介は無造作に続けた。

「先刻、少し詰まっただろうが。他にも心当たりがある。でも言いたくない。そういう詰まり方だったな」

市松が、迷っている。今打ち明けて良いものかどうか、と。

「いち。言え」

言葉は、これだけでいい。市松が逆らえないのは、先刻承知だ。

いつもよりほんの少し待たされたものの、市松から諦《あきら》めたような、微《かす》かに言い難《にく》そうな応《こた》えがあった。

「若をお訪ねする、折に」

ふっと、甲之介は息で笑《え》んだ。

荒《すさ》んだ音にならなかったことに、思いのほかほっとする。

「俺が、臭ったか」

「弟君、良之丞《りょうのじょう》様に変わった動きはございませぬか」

市松の明るい声音が、いつもよりほんの少し固い。

「ない」

すぐに答えたものの、本当にないのか、正直甲之介には分からない。

父は、弟に跡目を継がせたいと、いよいよ明らかにし始めている。となれば、良之丞方に付くのが得策と考える者も、出てくるだろう。弟が静かなのは、見えている通りなのか、それとも自分の側にいる者共が、見せないようにしているのか。

甲之介の心中を察したか、ふむ、と市松が頷《うなず》いた。

「そうなりますと、かえって何もないのが、怪しゅうございまするな」

寝返った者から、真実の知らせが届くはずがない。

いきなり市松が、どん、と自分の胸を拳《こぶし》で叩《たた》いた。

「よろしゅうございます。このいちめが、まずは御側仕え皆々様のお心裡《こころうち》を確かめましょう」

「できるか。お前を良く思っていない者もおるだろう」

歯を見せ、にっと笑った顔が、胡桃《くるみ》を見つけた栗鼠《りす》のようだ。

「某《それがし》をなんとお心得か。『人たらしのいち』、にございまするぞ」

正直、市松には荷が勝ちすぎるか。迷いが胸を過《よぎ》った。だが今、岩雲城《いわくも》で無条件に信が置けるのは、市松と口うるさい爺《じい》、佐久間《さくま》の二人だけだ。

「やってみるがいい。但《ただ》し日限《ひぎり》は二日」

無茶とも言える日限をあっさり告げた甲之介に、市松もまた、さっくりと答える。

「承知」

閉めた障子の向こうに何か感じ取ったらしい市松が、「おや」と顔を巡らせた。軽く甲之介に頭を下げて立ち上がり、障子を引き開ける。

灰色の空から、細かな白い粒が、ちらちらと舞い落ちていた。

「初雪でござりまするな」

やってくる。

甲之介は脈絡もなく考えた。

何が、と自問して、すぐに答えを見つける。

国ごと雪に閉ざされる、長い季節だ。

けれどその一段下に、違う何かが蠢《うごめ》いていた。

市松の言う、「血の臭い」か。

半ば望むところだと開き直り、半ば眼を背けるようにして、市松に不平を言った。

「何の足しにもならんことに、いちの勘を使わんでいい。肝心な時にとっておけ」

「何も減るものではなし、よいではござりませぬか」

他愛のない主従の軽口が、ここ暫《しばら》く、甲之介の数少ない息抜きのひとつになっていた。それを市松も心得ていて、折に触れ、佐久間が耳にすれば目を三角にしそうな砕けた物言いで、他愛のない遣り取りを仕掛けてくる。

小さく笑った拍子に、精悍《せいかん》な男の面影が甲之介の脳裏を過った。

雪州《せっしゅう》の跡目を継いだ、友。

晴れて炎州《えんしゅう》から解放され、生まれ故郷に戻るのを見送ってから五年と半年。甲之介には変わらず礼を尽くして接してくれるけれど、会うたびに領主らしい落ち着いた貫禄《かんろく》が、源一郎《げんいちろう》には備わってきている。王族や上道、寅緒《とらお》がしかける意地の悪いちょっかいも巧く躱《かわ》しているようだ。

雪州は今、秋の盛り。春と同じほどよい季節だ。きっと今年も有能な家臣と頼もしい領主の差配《さはい》で、民達は豊かな実りを享受《きょうじゅ》していることだろう。

米の味は大したことがないが、雪州は葉物の野菜や、瓜《うり》、果物、様々な作物が採れ、そのどれもが旨《うま》い。掛け合わせや土、育て方を巽《たつみ》家直々の指図で工夫をしているのだそうだ。

「若」

不意に厳しい声で市松に呼ばれ、源一郎の面影、朔山《さくざん》を頂く豊かな実りの地の幻は、霧散した。

「何だ」

不機嫌に応じることで、甲之介は惚《とぼ》ける。

市松は、今甲之介が何を考えていたのか、お見通しなのだろう。返事もせずに、ひたと真摯《しんし》な視線を主である自分に当てている。

お調子者に見えるが、その実、主大事で細やかなところまで気を配るこの側仕えは、自分は民に知己や友を作る癖に、甲之介が「面白い」と感じている源一郎を、遠ざけようとしている。

至って単純な、「王族と上道に目の敵にされている国と、何も仲良くすることはない」という理由からだ。

甲之介は、ふん、と鼻を鳴らして開き直った。

「仕方なかろう。王族に睨まれることと天秤《てんびん》に掛けても、あの男は面白い。それに俺もちゃらちゃらした王族と上道、寅緒の奴らは、好かん」

「甲之介様」

市松の声が、咎《とが》める響きを帯びた。

「お前まで、爺のような小言をぬかすのなら、城から追い出すぞ」

勿論《もちろん》、本気で追い出すつもりはない。

源一郎のことには口出し無用、この話はここまでにせよ。

その合図だ。

市松は、苦く短い溜息《ためいき》を吐《つ》き頷いた。

「某とて、あのお方々は性に合いませんけれどね」

だろうとも、という風に頷き、甲之介は考えた。

取り分け、王族と上道に追従し、猿真似《さるまね》に必死の寅緒は、虫唾《むしず》が走る。

いつか。墨州を手中に収め足許《あしもと》を固めたら、手始めにあの一族を炎州から追い出してやる。

そうして、また心は雪州と雪州を統《す》べる男へ戻っていく。

源一郎は、今頃どうしておるだろう。


初雪から八日後、今年三度目の雪が午《ひる》から降り始めていた。

甲之介は、雪の降り初めの匂《にお》いが酷《ひど》く嫌いだ。

乾ききった土と、雪がもたらす湿り気が混じる、埃臭《ほこりくさ》いようなかび臭いような匂い。

どうせ降るのなら、冬の雪ではなく、作物が育つ夏に雨が降ればいいものを。

墨の夏は、旱《ひでり》が多いのだ。

けれど市松は、からりと笑って言い返す。

——よいではございませぬか。雪も有難いもんです。春になって少しずつ溶ければ、その水は、肥えた土と共に川に流れます。豊かな川があれば、民はいくらでも工夫をしますので。

甲之介は、ふん、と鼻を鳴らすことで市松の説教めいた言葉を頭から締め出した。この匂いも、雪がしっかり積もれば嗅《か》がなくて済む。それまでの辛抱だ。

ふと、愛馬の様子でも見に行くか、と思い立つ。

いくら豪胆な白虎でも、埃臭い雪が降る中を走らせては可哀想だ。退屈しているだろうし、せめて手入れでもしてやろうと、甲之介は厩《うまや》へ向かった。白虎は、気性が荒い。他の馬とは別の厩を、白虎だけに宛《あて》がっている。

甲之介を認めた白虎が早速、編んだ髪を食《は》もうと、悪戯を仕掛けてくる。

「こら、白虎。大人しくしないと、手入れをしてやらんぞ」

笑いながら白虎の顔を避けた時、誰かが厩へ近づいてくる気配があった。

厩番の親爺《おやじ》か。

そう思ったが、すぐに違うと気づく。

二人。この足取りは、いちか。もうひとりは、誰だ。

主の様子が変わったことに敏《さと》く気づいたのだろう、白虎も大人しくなった。

馬の低い鼻息、蹄《ひづめ》で砂を掻《か》く音だけが、小さく響いている。

『市松』

低い響きの声が、市松を呼んだ。甲之介は勿論声の主を知っている。この城の中で市松を「いち」と呼ばない、数少ない男だ。

『これは、良之丞様』

慇懃《いんぎん》に応じた市松の声が、僅《わず》かに硬い。

白虎が、荒く鼻を鳴らす。嫌いな男が来た、と言いたいらしい。

白い鼻面《はなづら》を撫《な》でて落ち着かせながら、甲之介は耳をそばだてた。

『兄上は、未《いま》だ雪州と関わっておいでなのか』

『はぁ』

生真面目《きまじめ》な良之丞に、微かに気の抜けた調子で市松が答えている。

『雪州は危うい。それはお前も分かっているであろう』

市松の声はない。恐らく頭を下げて誤魔化したか。

『兄上のお側にいるお前達が、お諫《いさ》めせずに何とする』

厳しい叱責が飛んだ。

『面目次第もございませぬ』

とは、市松の返答。良之丞の叱責は続く。

『俺は、朝《ちょう》や上道の眼ばかりを気にしているのではない。臣達が兄上を蔑《さげす》み、疎《うと》んじ始めているのが気がかりなのだ』

市松ひとりを咎めるにしては、無駄に声を張っている。良之丞は切々と市松に訴えた。

『雪州と交わるのは、危うい。皆がそうと知っている。つまり雪州と交わる兄上が、墨を危うくしていると考える臣もいる、ということなのだぞ』

甲之介は、腹を抱えて笑いたいのを、いよいよ不機嫌になってきた白虎を宥《なだ》めることで堪《こら》えた。

頑《かたく》なに、市松の声は聞こえない。表向き殊勝な様子を作りながら、決して「承知」の返事をしない。奴はあれでなかなか、強《したた》かな狸《たぬき》だ。

『よいか。次に兄上が雪州へ赴こうとされても、命を賭《と》してお止めせよ。それが兄上のためぞ』

市松の狸芝居にすっかり騙《だま》されたのだろう、満足げな声で、兄上を頼んだぞ、と言い置き、良之丞の足音は、遠ざかって行った。

しばらくして、軽やかな足音が近づいてくる。

白虎が、目に見えて穏やかになった。また、軽く鼻を鳴らす。

今度は、「玩具《おもちゃ》が来た」ほどの意味合いだ。

「こちらに、おいでですか」

厩の外で、潜めた声が訊いてきた。

「おお、いち。入れ」

「は」

短い返事ひとつを置いて、市松が厩へ滑り込んできた。辺りを気にしている。

「案ぜずとも、良之丞や腰巾着《こしぎんちゃく》の気配は、もうない」

「はあ、恐れ入ります」

すっかり弱った様子で、市松が甲之介と白虎に近づいた。

「某はどうにも、あのお方が苦手で」

「奴は、堅苦しいか」

「いえ、あのあからさまな猿芝居を間近で見ると、笑いを堪えるのに酷く苦労――うひゃあ、おい、白虎っ」

小柄な市松の頭のすぐ上で、白虎が、ぶひひん、ぶるるる、と嘶《いなな》きながら首を振ったのだ。白虎のよだれが、市松の頭へ狙《ねら》い澄ましたように降り注ぐ。

白虎の企みを察していた甲之介は、勿論いち早く避けている。

こいつめ、とぼやきながら、額や顔を手拭《てぬぐ》いで拭《ふ》いている市松に、甲之介は応じた。

「俺も、危うく大笑いしそうになったぞ」

「若が、お珍しい」

白虎の二波を危ういところで躱し、市松は面白そうに呟《つぶや》いた。甲之介が言い添える。

「良之丞は、いちではない、俺に聞かせたのだ」

「はあ、分かります。ですがそりゃ、いつものこと。何がそんなに可笑《おか》しゅうございましたか」

首を傾《かし》げた市松に、甲之介は懐《ふところ》から文を取り出した。

「源一郎からだ。昨日、届いた」

「雪州殿」の文と知って、市松は恭《うやうや》しく一礼してから受け取り、開いた。

読んでいる間に、市松の顔色が変わってゆく。

「驚いたか」

「いえ。呆れ申した」

口調はふざけている。だが、顔色、目つきは真剣そのものだ。

源一郎の文は、ごく短いものだ。


火急の件につき、取り急ぎお知らせ申し候《そうろう》。

御弟君より、当方に密かに使者来たり。

御嫡男《ちゃくなん》には秘した上、御弟君と好《よしみ》を通じられたし、との由《よし》。

御弟君におかれては、朝、上道に数多《あまた》の知己をお持ちとのこと、我等雪州の助けになる旨《むね》のお申し出を頂戴《ちょうだい》し候。

市松は、丁寧に文をたたみ直し、甲之介に返しながら呟いた。

「あちらもいろいろ、やって下さりますな。しかし、雪州様はよくぞお知らせ下さりました」

「当たり前だ」

すぐに言い切った甲之介を、市松が心配そうに見ている。源一郎との密な交わりを案じたか、それとも源一郎の厚意を「当たり前」と言ったことを、咎《とが》めているのか。

だが今は、それどころではない。

いよいよ、良之丞が動く。

弟が、遠回しに皮肉を言ったり、甲之介を諌めたりするのは、市松の言う通り、今に始まったことではない。

だが、今日のあれは、少し違う。

良之丞は、兄を案じる風を装《よそお》って、脅してきたのだ。「家臣は、自分に付いている」と。

「いち。お前の鼻が、また当たったな」

「若」

「血の臭いだ」

嫌いな冬の匂いを吹き飛ばす、鉄錆《てつさび》のような臭い。

上等だ。

「若、それは――」

慌《あわ》てて何か言い掛けた市松を遮り、甲之介は命じた。

「出かける。供をせよ」


白虎を駆り、へっぴり腰の市松を従えて甲之介が訪ねたのは、城下の町を北に外れた、山中《さんちゅう》だ。

城を出てすぐ、雪は止《や》んでいる。細くくねった道を行くと、ふいに視界が開けた。広い敷地にいくつもの小屋や、屋根だけ葺《ふ》いた四阿《あずまや》のような建物が並んでいる。四阿の下では、いくつか窯《かま》に火が入っていた。

甲之介は、村の入り口の木の近くで白虎を降りた。おっかなびっくり、市松もそれに倣《なら》う。白虎と、市松の騎馬、大地《だいち》は賢い馬だ。繋《つな》がなくとも甲之介の命が無い限り、ここを動かない。

見慣れた景色の中を、市松と共に進む。

澄んだ鎚《つち》の音、火を焚《た》く匂い、進むにつれて頬で感じる熱。砂埃を舞い上げ、忙しく、陽気に動き回る、生成りの作務衣《さむえ》に身を包んだ職人達。

ここは、鍛冶《かじ》の村だ。

墨州が誇る『墨紋鉄器《ぼくもん》』づくりを、一手に引き受けている。

『墨紋鉄器』の持つ濃い灰色、艶《つや》やかな肌に浮かぶ、微かな波紋は各地の武人に好まれ、墨州に貴重な財をもたらしている。

大声で何か言い合いながら、走り回る男達。その尻《しり》を叩き、細々《こまごま》と世話をする女達。火から離れたところでは、子供達が遊んでいる。

いつ来ても活気に溢《あふ》れている村だ。

けれど。

甲之介は、村の東の隅を見遣った。

そこだけ、凛《りん》とした静かな気配を纏《まと》っている。

あの一角は、取り分けしっかりした作りの小屋も四阿も、閉められて久しい。火床も冷えたままだ。なんとも、寂しい眺めである。

「おお、いちの旦那《だんな》。おや、こりゃまた、若様もご一緒で」

野太い声に、甲之介と市松は、揃《そろ》ってそちらを向いた。

小柄で髪が薄く、恰幅《かっぷく》のいい男が、福々しい顔を綻《ほころ》ばせ、近づいてくる。

村長《むらおさ》の勘兵衛《かんべえ》だ。

村の隅まで響きそうな長の声を合図に、あちらこちらから陽気な声が飛ぶ。

「若様。いちの旦那。ようこそおいでくださいました」

「丁度、いい塩梅《あんばい》の鉄瓶が仕上がったとこで。ご覧になりますかい」

「それより、お腹《なか》がおすきではないかね。握り飯と熊汁《くまじる》をこしらえたとこです」

それに軽い笑みで答え、甲之介は勘兵衛へ向かった。

「相変わらず、ここは喧《やかま》しいな」

「お褒めにあずかりまして」

村長は、にっこりと笑って応じた。職人は忙しく立ち働くのが何よりだ。甲之介の無愛想な言葉の意味を、この男も市松と同じく、違わず受け取ってくれる。

「お二人揃ってお出ましとは、どんなご用で」

職人好き、市井《しせい》好きの市松はしょっちゅう顔を出しているらしいが、甲之介が顔を見せるのは珍しい。もっとも、父や弟の良之丞なぞは、墨州が誇る鉄器を生み出すこの村を、一度も訪れたことはないが。

甲之介は、にっと笑って勘兵衛に答えた。話が早いのも、市松や他の側仕えと同じだ。

「握り飯と熊汁は、後でゆっくり貰《もら》うとしよう」

そう言い置いて、甲之介は東の一角に、再び眼を向けた。

あそこは、鋳物《いもの》の鉄器を作る場ではない。

刀鍛冶――槍《やり》の刃や太刀、武器を仕立てる場だ。

「東の小屋と火床を、起こしてくれぬか」

村長の顔が強張《こわば》った。だがすぐに、福々しい顔を不敵に、嬉《うれ》しそうに綻ばせる。

「こりゃ、嬉しいお指図だ。火の神、たたら様もお喜びでしょう」

刀鍛冶は、神事だ。村長と年長の弟子が身を清め、神と共に刃を鍛える。

「いつから、やれる」

甲之介の問いに、村長の答えははっきりしていた。

「明日からでも。白木綿《しろもめん》の装束も鎚も、仕度に抜かりはございませんよ、若様」


庭木の形を分からなくするほど積もった真白《ましろ》の雪に、鮮やかな血が散る。

大槍を一振りする度、風は歪《ゆが》んだ唸《うな》りを上げ、白を汚す赤は点々と増えてゆく。

甲之介は、両刃《もろは》の大槍を突くだけには使わない。刀のように、横へ薙《な》ぐようにして肉や骨を絶つ。刃の勢いを殺さず、間合いと向きさえしくじらなければ、さほど力を入れずともひと薙ぎで、相手を倒すことが出来る。

「若、お気を確かにっ」

「若様、御乱心じゃ」

弟、良之丞の手の者が、裏返った声で叫ぶ。

その後ろに、顔色を失《な》くし、怯《おび》えた眼をした弟が庇《かば》われていた。

「俺は、乱心などしておらぬ」

静かに、甲之介は答えた。

ふくらはぎまで埋まる柔らかな雪を踏みしだき、素足の足許を固める。

足は、冷たくなかった。

痛みも感じぬ。

怒りとも昂《たかぶ》りともつかぬ熱が腹と胸を満たし、頭だけが冷たく冴《さ》えてゆく。

大槍で屠《ほふ》ったのは、既に十人。そろそろ、刃こぼれが酷くなっている。十人目の頸《くび》を刎《は》ねるのに、力が要った。

ここまで保《も》ったのは、勘兵衛が鍛えた刃だからだ。恐らくひとりで大勢相手にせねばならぬ。そう踏んで、雪で辺りが閉ざされる前に甲之介は勘兵衛を訪ねた。

福々しい顔の村長は、甲之介の求め以上の刃を鍛えてくれた。

普通の刃の倍保ったと告げれば、勘兵衛は喜ぶだろうか、まだまだと、悔しがるだろうか。

甲之介は福々しい顔をちらりと思い浮かべ、軽く大槍をひと振りした。白い雪に、紅い血糊《ちのり》の斑点《はんてん》が真っ直《す》ぐに並んで散る。その先、血で汚れていない辺りの雪の上へ、大槍を放った。勘兵衛自慢の槍だ。無駄に汚し、傷つけては申し訳ない。

得物を捨てるとは。一体何のつもりだ。

そんな風に、良之丞とその配下が素早く目配せをする。

敵の刃の状態にも察しがつかぬとは、なんと呑気《のんき》な謀反人《むほんにん》共か。

甲之介は嗤《わら》った。嗤いながら、呟く。

「毒、とはな」

良之丞の眼が、泳いだ。

「兄上、何の話をされているのか、某には——」

兄なぞと、呼ぶな。

吐き捨てる代わりに、視線の定まらない弟の目を見据える。

口許に笑みを刷《は》き、眼は笑わずに。自分で言うのも何だが、さぞかし弟は恐ろしい思いをしていることだろう。

「忘れたか。いちは鼻も勘も、獣《けもの》並に利《き》く。今日の朝餉《あさげ》は危ない、と血相を変えて飛んできおったぞ。ところで、お前の妻《おんな》の化粧箱に、今日の朝餉と同じ匂いの薬包が入っているらしいな」

がたがたと、良之丞が震えはじめた。

弟を守る配下は、あと四人。愚図愚図していると、新手《あらて》が来る。

市松達側仕え——意外なことに、弟、父方に寝返っている者はいなかった。揺れている者も、人たらしの市松がこちらへ引き戻した——には、別の命を下してあるから、助けは望めない。

「毒を盛るなぞ、非力な女子《おなご》の取る手ぞ」

父と腹黒い家臣に唆《そそのか》され、あっさりその気になって謀反を企《たくら》んだ、姑息《こそく》で阿呆《あほう》で、哀れな弟。

源一郎と、良く似ているとは思うたに、の。

腹の裡のみで呟く。

甲之介は、五人で小さく固まっている敵に、大股《おおまた》で近づいた。

雪が、足に纏わりつく。

腰に差している勘兵衛の太刀に、手を遣った。

鞘《さや》から放ち様、四人を一気に葬《ほうむ》る。

命を手放した骸《むくろ》が、どう、と横倒しになるのを待って、甲之介は優しく弟を諭した。

「武人たる者、敵を倒す時は、このようにせねばならぬ」

力任せに、太刀を真横に揮《ふる》う。

一際《ひときわ》鮮やかな赤が、雪に散った。

一拍遅れて、怯えた眼を、これ以上はないほど大きく開いた弟の頸が、ぼす、と心細げな音を立て、柔らかな雪に埋まった。

城の地下に密かに作らせた、座敷牢《ざしきろう》の前に、市松がひとりで甲之介を待っていた。

他の側仕えは、指図通り、城内を掌握するべく動いているはずだ。

無骨な格子《こうし》の向こうには、背筋を伸ばし、横顔をこちらへ向けた父、良右衛門《りょうえもん》の姿があった。

一回り萎《しぼ》んだように見えるのは、ここが薄暗いせいか。格子を頑丈に作り過ぎたのか。良右衛門は、甲之介の気配を察しているだろうに、罵《ののし》りもせず、顔をこちらに向けもしない。

少し考えて、甲之介から水を向けた。

「良之丞が乱心し、某の朝餉に毒を盛り申した」

それで、というように、投げやりな間が空いた。

父は知っていたはずだ。

知っていて、甲之介が呑気に好物の芋汁を啜《すす》り、のたうちまわった挙句命を落とす刹《せつ》那《な》を、楽しみに待っていたはずなのだ。

甲之介は、平坦《へいたん》に告げた。

「今しがた、成敗いたしました。父上には奥寺《おくでら》家当主の座、本日只今《ただいま》を以《もっ》て、お降り頂く」

長く重い静けさが、場を支配した。

市松は、影にでもなったように、気配を殺し、動かない。

ようやく、父がこちらを見ぬまま、ぽつりと呟いた。

「簒奪者」

さんだつしゃ。

その言葉が意味を持って頭に届いた刹那、甲之介は思い知った。

叫びだしそうになるのを、歯を食いしばって堪える。

源一郎は、嫡男として父を見送り、堂々とその座に就いた。

自分は、仕掛けられたこととはいえ、弟を殺し、父を幽閉《とじこ》め、その座を奪い取った。

源一郎と肩を並べられる座まで上ったつもりが、源一郎と同じ高みには決して届き得ぬ者に、自分はなってしまった。

刃を揮った手で、自らをも追い込んでしまったのだ。

大祓《おおはらえ》月二十日、年の終わりも間近、大粒の雪が降りしきる、早朝のことであった。

姫君の語り部――肆《し》

碧《あお》く輝く神湖《かむうみ》は、繭《まゆ》の形をしている。

南岸を天領と接し、他の岸は上道《しょうどう》領が囲んでいる。

色合い、形、強い風が滅多に吹くことのない、凪《な》いだ湖面。何もかもが優し気で穏やかな神湖の周りは、その実、ずっときな臭さを孕《はら》んできた。

かつて王族は、墨《ぼく》州《しゅう》や雪《せっ》州《しゅう》の倍ほどもある、南の海に張り出した八万遠《やまと》一気候が穏やかな半島丸々ひとつと、神湖を囲む地を天領と定め、『天神《てんしん》』の恵みと威光を八万遠の地に遍《あまね》く知らしめる」ための壮麗な都を造った。

けれど。

王族が八万遠を平定し、天領に朝《ちょう》を立てた後も。

上道を受け入れさせ、全《すべ》ての国の当主や兵をひとくくりに武人と呼び、民と共に自分達王族の下に置いた後も。

武人達は、変わらず強大な力を保っていた。

八万遠を平定し、頂点に君臨した途端、「勲《いさおし》」を捨て、華美と豪奢《ごうしゃ》に走った王族、上道とは大きな違いだ。

だから王族と朝は、武人を、とりわけ自らが「拝領地」として下したはずの州を治める領主を、怖《おそ》れるようになった。

王族は、天領内で暮らしていた上道へ、武人の領地と天領の境に当たる、神湖の北岸一里分、東西に伸びる帯状地を「上道領」として下賜《かし》した。

表向きは、「信仰の大きな象徴となる神湖を、上道の気と神事で常に祀《まつ》る」として。

実状は、上道を武人に対する「王族の盾」とするために。

王族の手厚い庇護《ひご》の許《もと》、上道は力を集めた。武人に後れを取らぬように。八万遠を平定した古《いにしえ》の「勲」を取り戻すように。

だから今、上道自身は軟弱になった代わりに、大勢の私兵を抱えている。

初めは、州や郷《さと》を出奔した武人を雇い入れていたが、やがて下位の上道で腕に覚えのある者が加わり、兵を育てるようになり、今では州も侮《あなど》れない武力を持っている、という訳だ。

そんな風に、きな臭く血腥《ちなまぐさ》い顔を持ちながら、上道領は、天領と同様、隅々まで壮麗であった。

神湖を祀る巨大な白木の祭壇は、黄金の箔《はく》で飾られ、昼は陽光、夜は月光を弾《はじ》き、澄んだ湖面と呼び合いながら、きらきらと煌《きら》めく。

柱と柱の間に渡された錦繍《きんしゅう》の幕。湖に向かって並べられた碧玉《へきぎょく》や紅玉、藍玉《らんぎょく》には、『天神』が神湖に降り立った折の神話が、精緻《せいち》な彫刻で描かれている。

今、祭壇の南の幕が、上がっている。橙《だいだい》、朱、瑠璃《るり》、金、銀。綾《あや》な織物は、柔らかな曲線を描きながら左右の天井に括《くく》られ、そこから神湖へ向かって、若い武人がひとり、平伏していた。

渡《わたり》は、その祭壇から少し離れた気に入りの場所、今が盛りの白椿《しろつばき》の木陰から、平伏したままぴくりとも動かない武人を眺めていた。

上道のお仕着せを身につけているものの、この盛大な「御地《ぎょち》継承の儀」――州の当主が代替わりする折、新しい当主に改めて拝領地の安堵《あんど》を『天神』の名において許す、という祭祀《さいし》だ――の祭司も務めず、供も連れず、他人事《ひとごと》のように見物している。

これには、訳があった。

天領側の南岸から、一艘《そう》の船が、平伏した武人の待つ祭壇目指して、滑り出て来た。

船首は、『天神』の乗り物、黄金の翼龍《よくりゅう》の首を模した細工が施されている。

船に乗り込んでいるのは、白絹のお仕着せに身を包んだ二人の上道と、同じ白絹ではあるが、一面に銀の刺繍を施した長衣《ながぎぬ》を纏《まと》い、頭には黄金の冠、冠から下がる黄金の玉飾りで面を隠した、祭祀長の三人だ。

渡は、祭祀長、王弟 橘《たちばな》に命じられて、離れた場所からこの祭祀を、取り分け新しい当主の一挙手一投足、目配りまで、見届けているのである。

渡は、周りに人の気配がないことを確かめ、口に出してひとりごちた。

「王弟殿下も、物好きな。『継承の儀』程度の祭祀に、御自《おんみずか》らお出ましになることもあるまいに」

それから、ふっと笑んで、独り言を続ける。

「まあ、分からぬでもないが。新しき墨州領主は、殿下が気に掛けそうな男ではある。野蛮な簒奪者《さんだつしゃ》と蔑《さげす》んでいた巫女《みこ》共が、あの男の、武人にしてはましな類《たぐい》の見目と、まあまあ典雅な立ち居振る舞いに、あっという間になびいてしまったのだからな」

実際、上道の中には、新しい領主の「簒奪」をあからさまに蔑み厭《いと》う者がいたが、総じて、上品で美しい見目の男が好みの巫女達は皆、「墨州殿」に寝返ってしまった。

立ち居振る舞いの質は、雪州殿が少し上。見た目の麗《うるわ》しさは、墨州殿が大層上、と。

だが、新しき墨州領主、奥寺甲之介貞順《おくでらこうのすけさだより》は、鋭い牙《きば》と爪《つめ》を持っている、と噂《うわさ》だ。

さもあろうと、渡は頷《うなず》く。

父と弟から仕掛けたとはいえ、あっさりと弟を誅《ちゅう》し、父を「重き病」と称して隠居、幽閉させるなぞ、牙と爪なしにできるものでもない。

「さて」

渡は、再び声に出して呟《つぶや》いた。

「よくよくつぶさに、見届けなければならぬ。殿下だけではない。四《し》の姫様からも、この祭祀の様子を根掘り葉掘り訊《き》かれることになろうからな」

鈴がかき鳴らされ、笛や琵琶《びわ》が雅《みやび》な音曲を奏《かな》でる。

王弟橘を乗せた翼龍船は、奥寺甲之介貞順の目の前まで来ていた。

四章――亀裂《きれつ》の端緒《たんしょ》

甲之介《こうのすけ》が市松《いちまつ》に声を掛けたのは、種播《たねまき》月の下旬、温かく晴れた朝のことだった。銀鼠《ぎんねず》の小袖《こそで》に、幅狭の小袴《こばかま》は留紺《とまりこん》。上弦の月の形をした野掛笠《のがけがさ》を目深《まぶか》に被《かぶ》り、短い鞭《むち》を手にした出《い》で立ちである。

「いち、出かける」

つまり甲之介は、乗馬、それも遠駆けをするつもりだということだ。

どこへ、とも、供は、とも、市松は訊《き》かなかった。

甲之介がこの装束で、わざわざ「出かける」と告げに来たということは、市松に「遠出の供をせよ」と命じているのだ。

そうなると、何か問うよりもまず、市松にはしなければならないことがあった。

主の身仕度は、既に済んでいる。

慌《あわ》てて、遠駆けの装束を引っ張り出した。当主側仕えともなれば、小姓に仕度をさせ、自分は突っ立っているのが倣《なら》いだが、今は一刻を争う。小姓を呼んで指図をし、おっとりした手さばきを急《せ》かして、なぞとやっているより、自分で着替えた方が早い。気短な甲之介を待たせる訳にはいかないのだ。

大急ぎで仕度を済ませた市松を見て、甲之介は楽しげに笑った。

「ばたばた、どたどたと、いちいち騒がしいくせに、相変わらず早い身仕度よの」

「お、おお、恐れ入ります」

息を整えながら下げた頭を上げた時には、既に甲之介の姿は消えている。厩《うまや》へ向かっただろう主を、市松は仕度より大慌てで追った。勿論《もちろん》すれ違う者を片端から捕まえ、甲之介と自分が遠駆けに出かけると伝え、留守の間の細かな指図を出すことは、忘れなかった。

市松は、白虎《びゃっこ》を駆る甲之介の後ろ姿を幾度も見失いそうになりながら、必死で従った。

どうにも馬術と剣術は苦手だ。「だから、雪が溶けるまで待ってやったのではないか」と、甲之介は言ったが、溶けてなぞいない。白虎と同じ色の景色が、右にも左にも遥《はる》か先にも、広がっている。そのくせ、足許《あしもと》の細い山道は半端《はんぱ》に雪が溶けてぬかるんでいるから、むしろ遠駆けには、そして馬術が「目の覚める程」下手くそな市松にとっては、不向きな季節なのだ。

賢く、気性も穏やかなはずの、栗毛《くりげ》に黒の鬣《たてがみ》の馬——名を、大地《だいち》という。色合いが墨《ぼく》州《しゅう》の土の色によく似ているから、だそうだ――も、下手くそを乗せた上、ぬかるみと凍った雪の混じる道を行かなければならないとあって、どうにも機嫌が悪い。いつものように、振り落とされないようしがみついているだけでは、前の白虎とその主を追ってくれない。

　手綱を引いてはずり落ちかけ、恐る恐る鞭を当てるたび、不服げに嘶《いなな》かれる。なのに甲之介は、墨州岩雲《いわくも》城から大山脈を越え、雪州《せっしゅう》の西国境《くにざかい》までの、普通三日は掛かる道のりを、自分と白虎の速さ、つまり二日で行こうとしているのだ。

　大地ならば、付いてくると甲之介は言う。厩番も頷《うなず》いたが、乗り手は市松だ。市松の技量を少しも差し引きしてくれない主に、不覚にも泣きそうになる始末である。

　そんな乗り手を察したか、大地はやれやれ、という風情《ふぜい》で脚を止めた。

　殿を見失ってしまうじゃないか。

　怒る前に、大地が、再びぬかるんだ道を蹴《け》った。

　いきなり風のように駆け出した栗毛の馬に、慌ててしがみつく。

　お前は我の首にでもしがみついておれ。妙なところで鞭など揮《ふる》って、我の邪魔をするなよ。

　大地の確かな足取りは、そう市松に命じているようだった。

「仰《おお》せのままに」

声に出して大地に応じ、舌を嚙《か》みそうになって慌てて口を噤《つぐ》む。

多分、と市松は考えた。

大地は、白虎を追っているだけでなく、甲之介が目指す先も分かっているのだろう。悪路に下手くそな乗り手。その憂《う》さをそっくり吹き飛ばす行き先。

いつだったか、甲之介から聞かされたことがある。

——白虎も、彼の地を大層気に入っておってな。出立の折から、どこへ行くのか分かるらしい。足取りが取り分け軽く確かで、鞭も手綱も要らぬ程よ。

大地の足取りも、先ほどまでの機嫌の悪さはどこへやら、ぬかるみと固い雪の混じる中を駆けているとは思えぬほど、軽やかで迷いがない。

そして市松もまた、馬達の様子に気づく前から承知していた。

この道のり、ぎりぎりまで遠出は疎《おろ》か、出かける素振りひとつ見せなかったこと、そのくせ、人馬とも万全に整えられた冬山越えの仕度。

普段は供も連れず、甲之介ひとりで向かう地。友であり、同じ地位にありながら好敵手と呼ぶには何もかもが違っている、相手。

巽源一郎晴兼《たつみげんいちろうはるかね》が治める地、雪州だ。

市松に供が叶《かな》ったのは、今までただの一度。此度《こたび》はどんな気まぐれか。それとも、何か秘めた策を胸に抱いているのか。

甲之介は、自分に毒を盛った弟を弑《しい》し、後ろで糸を引いた父を隠居、幽閉へ追い込んで墨州の頂に立った。「次の一手」を、どうするのか。その胸の裡《うち》は、市松にも読めないままだ。

もしや、「次の一手」に、雪州を巻き込むつもりか。だから「口先三寸」の市松——自分で言っているのでは、断じてない。普段の甲之介の言である——を連れ出した。気短の甲之介が、雪が溶けだすのを待って。

それまで宙を飛ぶようだった大地の足取りが、緩んだ。

そっと目を開けると、薄笑いを浮かべた甲之介と、涼しい顔の白虎がすぐ目の前にいた。

「と、とと、殿」

「目を閉じたまま、この道を駆けてくるとは、大したものだ」

目を閉じていたのは、軽業や馬術の腕試しをしていたからではない。開けていると、速さと間近に迫る枝や雪の壁が恐ろしくなって、無駄に手綱を引いてしまいそうになるからだ。

自分の馬術の腕は信用ならないが、主の後を追う大地には、信が置ける。

「いえ、そのこれは、某《それがし》ではなく——」

「いちではない。大地の賢さと脚を褒めたに決まっておろうが」

「はあ、ごもっともで」

甲之介は、軽く鼻を鳴らし、白馬から降りた。ゆったりと大地に近づく。

「苦労をかけるな」

ひひん、と軽く嘶いた大地が、市松には「諦《あきら》めております」と答えたように、聞こえた。

「まだ、行けるか」

首を軽く叩《たた》きながらの優しい問いに、大地が嬉《うれ》しそうに鼻を鳴らした。

「よし。この下手くそを頼むぞ」

さらりと言い置き、再び軽やかに馬上の人となる。馬首を道の先、雪州の方角へ向け様《ざま》、甲之介は上機嫌で市松に命じた。

「大地の邪魔はするなよ。先刻のように、目を瞑《つぶ》り舌を噛まぬよう口を噤んで、付いて参れ」

文句のひとつも言いたかったが、叶わなかった。

すぐに白虎が、次いで大地が駆け出したのだ。

農家で馬の世話を頼み、寺に宿を得たのは一晩のみ。どちらも互いに気心が知れた様子だ。

分かってはいたものの、雪州までの旅程がしっかりと出来上がっていることを改めて目《ま》の当たりにし、市松は零《こぼ》れかけた溜息《ためいき》を呑《の》み込んだ。

城のご老体達が知ったら、目を剝《む》くぞ。

苦々しく考える一方で、市松もまた、馬達と同様に心が浮き立つのを感じていた。

大山脈を越えると殆《ほとん》ど根雪は見られなくなり、馬を進めるごとに、春の匂《にお》いが濃くなる。頰に当たる柔らかな日差しが、心地いい。

拝領地からあぶれた森の中の小さな郷《さと》を二つ通り抜け、雪州の西国境、霞川《かすみがわ》の畔《ほとり》の開けた地に出た刹那《せつな》、高い山がその雄姿を見せた。

頂から四分ほどまで雪を纏《まと》い、なだらかで優美な曲線を麓《ふもと》に向かって描き出す、円錐《えんすい》形《けい》の美しい神の山。

この景色を、自分は見たかったのだ。市松は改めて思った。

雪州の信仰の中心、朔山《さくざん》が、雪州の地を、そして市松を、静かに見下ろしている。

その様は、『朔山信仰』とはまるで無縁、様々な神を身近に、気軽に、自分の都合のいいように拝んできた市松をも、敬虔《けいけん》な心持にさせた。

もっとも甲之介は、何の感慨もないらしく、ようやく着いたか、ほどの視線を朔山にほんのひと時向け、再び先へ進んだ。

橋のない霞川を、浅瀬を選んで騎馬のまま渡り、霞川の境守《さかいもり》に一声かけただけで、甲之介は雪州の領地へ気軽に足を踏み入れた。市松も続く。

途端に、空気が変わった。

冬の名残の凜《りん》とした冷たさはあるが、墨州のように、肌を切るような鋭さはない。

澄んだ空気に包まれ、芽吹き始めた草木も、早春の花も、みな活《い》き活きとしている。

それが、墨州のように賑《にぎ》やか、言葉を変えれば、ごちゃごちゃしていないのだ。

雪州では、墨州よりも様々な花が、早春から秋にかけ、少しずつ、順を追って咲くのだそうだ。

今は、万作《まんさく》という花木が盛りらしい。あちらこちらで、目に沁《し》みるような濃い黄色をした華奢《きゃしゃ》な花が咲いている。

色目が少ない分　潔《いさぎよ》くさえ思える景色に見惚《みほ》れながら、市松は先へ進む主を追った。

森を抜け、長閑《のどか》な農地を過ぎ、城下町へ、そして雪州の城、白鷹《はくたか》城へ。

その間一度も、止められることも、誰何《すいか》されることもなかった。

堀の手前で白虎から降りた甲之介に続き、市松もへばりついていた大地からずり落ちるようにして、地に足を着けた。

馬の轡《くつわ》を取って、堀に下りている跳ね上げ橋を渡る。堀裡すぐ、城壁の門のうち、表門とも呼ばれる厳《いか》つい西の大外《おおそと》門を守る門兵は、こちらが口を開く前から「主がお待ち申し上げております」と頭を下げ、甲之介と市松を通してくれた。すかさず厩番が駆け寄ってきて、二頭の駿馬《しゅんめ》を受け取り、厩まで引いていく。

美味《うま》い餌《えさ》と水。行き届いた手入れ。何より厩の前にある広い草地が、墨州の二頭の馬を惹《ひ》きつけているらしい。調子よく振られる尾が、白虎と大地の喜び様をよく表していた。

門の裡脇《うちわき》にはちょっとした庭があり、そこでは鷹が飼われている。城の名にちなんでいるからではなく、城主である源一郎が、ことのほか鷹を好んでいるからのようだ。炎州《えんしゅう》で人質の憂き目に遭っていた時に、空を舞う鷹に大層慰められたそうで、城内のあちこちに贅沢《ぜいたく》な庭が設けられ、鷹がのびのびと暮らしている。

大外門裡では、二人の鷹番が庭の両隅に立っていた。口笛の合図で、二人の鷹番の間を行き来させる、という訓練が行われているようだ。良く仕込まれた鷹達は、折に触れ、狩りにも使われるらしいが、訓練の様子は市松の目に酷《ひど》くおっとりと映った。

先導の案内人がおらぬのは、多分甲之介が初めてここへ足を運んだ折に、面倒がったからだろうが、鵜呑《うの》みにする方もどうかしている。他人事《ひとごと》ながら市松は思った。墨州領主とはいえ、甲之介は風変りの型破りだ。自ら城の内部を探らないとも限らない。

こんなに無警戒で、いいものだろうか。

「雪州と源一郎を、迂闊《うかつ》、呑気《のんき》と取っているのなら、お前の目は節穴だぞ」

甲之介は、唇を殆ど動かさず、市松にだけ聞こえるように窘《たしな》めた。普段、他者の耳目に縛られることなく喋《しゃべ》り、動く主にしては珍しい。

「面目次第もござりませぬ」

迂闊だの、呑気だのとまでは思っていなかったものの、当たらずといえども遠からず、ではあったので、市松はそっと頭を下げた。

それきり甲之介は何も言わない。

だから、市松は自分で確かめることにした。

白鷹城へ足を踏み入れたのは、今日で二度目。前回、甲之介の供をした折は、「王族、上道《しょうどう》と折り合いの悪い一族」ということばかりに考えが行っていて、領主から下働き、城外で見かける民まで、「人」を見ることで手一杯になっていたのだ。

市松は殊勝な随身の振りをしながら、さりげなく周りを確かめた。

何も考えず眺めるなら、華美とは無縁なのにこれほど美しい城は、滅多にない。溜息のひとつも吐《つ》きたいところだ。

炎州の碧水《へきすい》城なぞは、ごてごてと要らぬ飾りばかりが目立ち、回廊が回りくどくややこしい。武人の端くれである市松は、どうしても好きになれぬ。対してこの城は、剣術の類《たぐい》が苦手な自分だけでなく、武勲で名を挙げた将達も、美しいと思うはずだ。

けれど改めて、「敵城を検分」するつもりで、あるいは「味方の城の修繕」を託されたつもりで隅々まで眺めると、様々なことが分かってくる。

入ってきたばかりの門を振り返ると、滑車や鎖が内側に隠されている。重い門戸をすばやく閉める仕掛けだ。門の上には櫓《やぐら》。攻め込んでくる敵を、ここから矢で迎え撃つ。

大外門から登ってきた石階段は、途中で急に幅が狭くなった。一番目の門を破った兵達は、怒濤《どとう》の如《ごと》く城内に駆け込む。そこで道が一気に狭くなるのだ。寄せ手をいきなり城内に入れないためばかりではない。一番手柄は自分が、と先を急ぐ兵達は互いに道を譲らず、混乱をきたすだろう。階段の段の高さがまちまちなのも、敵の足取りを乱す目論見《もくろみ》あってのことだ。

美しく化粧され、優美な曲線を描いている石垣は、足場なしに上るには滑りやすく、ひとつひとつの石が大きすぎて、道具なしでは次の足場に届かない。

飾り窓に見えるものは、大外門の櫓と同様、矢窓として使える。

階段の途中に設けられた小さな踊り場には、景色を楽しむようにと四阿《あずまや》が設《しつら》えてあるが、一度《ひとたび》事が起これば、物見台にも、石つぶてを落とすための櫓にもなる。

巧妙に隠された幾つもの裡門。堀に掛けられた橋は、全《すべ》て内側に仕舞える、跳ね上げ橋だ。

堀も、込み入った形で幾重にも張り巡らされている。そこを泳ぐ鯉《こい》や長閑に浮かぶ水鳥に騙《だま》されがちだが、水の色からして、場所によって敢《あ》えて深さを違えていると見た。

密偵からの知らせによれば、白鷹城は元来、広大な平野に位置し、風光明媚《めいび》な城として知られていた。一番外側に位置する三の郭《かく》からは、東の大海を遮るものなく眺められ、その内側の二の郭は朔山を望む向きにある。城内の中心に当たる一の郭は、雪州全てを見渡せる。

先代の当主は、豊かで美しい雪州の地の眺めを、白鷹城の何よりの自慢にしていたようだ。

息子の源一郎は当主の座に就くなり、父の愛した城に手を入れたのだという。

白鷹城は、東西南北、どの大外門から入っても、外から裡に渦を巻くように道が造られている。そこから、階段や坂を上り、三の郭、二の郭、高台にある一の郭と進んでいくことになる。源一郎は、途中途中に一息つく瀟洒《しょうしゃ》な四阿、月見台を設け、庭に手を入れ、石垣の曲線を整え、更に石の表面まで滑らかに仕上げた。

白壁を新しく塗り替え、瓦《かわら》の葺《ふ》き換えも、すべての郭で行った。

三の郭、二の郭は鋼《はがね》色の渋い色味に、一の郭は空の青とも、雪を頂く朔山の麓《ふもと》の蒼《あお》ともとれる色の瓦だ。それは、炎州の城の上品さや華美の匂いが漂う。源一郎当人も知らぬ間に、寅緒《とらお》一族に感化されていたのだろう。

そういった密偵からの報告を、市松は疑《うたぐ》り始めている。

確かに、碧水城の匂いが感じられる場所はある。四阿や月見台、矢窓の作りや形などがそうだ。

市松の眼には、感化されたのではなく、源一郎は敢えて炎州風にしているように見える。「炎州風」の作りのものは、戦になればあっという間に取り去られ、使い道を変えられるものばかりだ。「青色の瓦は、燃え難《にく》い」と、いつだったか、鍛冶《かじ》の村長《むらおさ》、勘兵衛《かんべえ》が教えてくれた。

表の皮一枚で、王族と上道への「恭順、迎合」を繕い、そのすぐ下で雪州の伝統的な美しさを保持し、有事の備えを隠している。

爪《つめ》を隠した鷹、か。

軽い寒気と共に市松が考えた時、甲之介が笑った。三の郭を過ぎ、二の郭へ続く石畳の急な坂道を半ばほどまで上ってきた辺りだ。緩く曲がっている道の両脇は苔《こけ》むした土の壁が人の背丈の倍ほども立ち上がっていて、上から岩を転がされたら、攻め上がる兵は、ひとたまりもない。

「顔つきが、変わったな。いち」

市松は、声を潜め、口の動きを取り分け小さくした。この万全な備えを見た上は、そうせざるを得ない。どこで雪州側の眼が光っているか、知れたものではないのだ。

「密偵共の眼を、もっと養わねばなりませぬな」

「密偵頭を叱《しか》っておくとしよう」

少し迷って、市松は更に声を潜めて言い添えた。

「雪州様、やはり侮《あなど》れませぬ」

　ふん、と甲之介が鼻を鳴らした。

「一の郭までの目の回るような道のり、苛々《いらいら》するほど込み入った堀。この城が堅牢《けんろう》なのは、幾代も前からよ。全てが源一郎の手柄ではないわ」

「ですが、この太平の代《よ》でなお、あのお方は備えを怠っておりませぬ」

「俺と、揃《そろ》いだな」

「殿のは、備えとは言わないでしょう」

　市松の砕けた物言いに腹を立てるでなく、甲之介は「備えでなければ、何だ」と訊き返した。

「ありゃ、『火種』と呼ぶんです」

　高笑いされるかと思ったが、甲之介は生真面目《きまじめ》な面持ちで頷いた。

「なるほど、覚えておこう」

　いつもと違う主の反応の理由《わけ》に、市松はすぐに気づいた。ようやく坂を上り切り、二の郭の門に辿《たど》り着いたのだ。

　西の大外門と同じように、心得顔をした門番がこちらと眼が合うや、丁寧に頭を下げた。

　自分達の足取りは、そう遅いものではない。伝令が放たれた気配もなく、狼煙《のろし》が上がった訳でもない。なぜ、誰も彼もが、「万事承知している」という振る舞いで迎え入れてくれるのか。

殿と儂《わし》の人相書がご家中に出回っていたりしたら、ぞっとしないぞ。

口の中の皮肉を、甲之介は気付かなかったようだ。二の郭のすぐ裡で待っていた案内役に頷き、気さくに声を掛ける。

「源一郎は息災か」

訊かれた方も、主が呼び捨てにされたことを気にもかけず、「は、お蔭様《かげさま》にて」と澄まして答えている。続いて市松に軽い目礼を寄越したこの案内役は、前に市松が白鷹城を訪ねた折にも、二の郭の門扉《もんぴ》で待っていて、巽家当主の待つ広間まで連れて行ってくれた。

甲之介によると、源一郎の懐刀《ふところがたな》、「左腕」と呼ばれる筆頭の側仕えらしい。「左腕」とは、知略策謀において一の家臣を指す。武芸において一の者は「右腕」だ。

この源一郎の「左腕」、名は沖右京助昌克《おきうきょうのすけまさかつ》という。歳《とし》は源一郎の四歳上、二十八。

上背は源一郎とさして変わらないだろう。武人然とした源一郎に比べ、穏やかな顔立ち、穏やかな声、穏やかな立ち居振る舞いで、優しい男のように見せているが、食わせ者なのは承知だ。

あの源一郎の懐刀というだけでも推して知るべしだが、それに加え「面倒ゆえ不要」と、全て断ったはずの案内を甲之介に許し、気軽に遣《や》り取りまでしている。

甕覗《かめのぞき》の淡い青の小袖に藍《あい》の羽織、粋《いき》な色とされる深い紺、留紺の袴を品よく着こなした右京助は、埃《ほこり》まみれの遠駆け装束の客に嫌な素振りひとつ見せず、甲之介のすぐ傍らを歩いている。

これも甲之介の意向で、気に入った者と話す折には、すぐ脇にこさせる。一々首を巡らせて話をするのが面倒だから、だそうだ。いつもの自分の居場所を右京助に譲り、三歩ほど後ろを付いて行きながら、市松は二人の遣り取りに耳を傾けた。

源一郎の奥方と嫡男《ちゃくなん》に話が及んだところだ。

「今日こそ、引き合わせて貰《もら》えるのだろうな」

楽しげな甲之介の言葉に、刃が覗いている。それに気づいておるのか、おらぬのか、「雪州殿の左腕」は、優しげな微笑で応じた。気易《きやす》い物言いだ。

「さて。御方様のお振る舞いばかりは、我殿《わがとの》のご意向もそっくり全て通る訳ではござりませぬので、どうなりますことやら」

甲之介が、おどけた顔を作った。刃は抜身のままだ。

「何だ、源一郎め、相変わらず奥方の尻《しり》に敷かれておるのか」

笑うだけで答えない右京助をちらりと見、甲之介は高らかに笑った。

「これは、いよいよ会いとうなったぞ」

表向き上機嫌な甲之介を、市松はこっそり見遣った。

こいつは、驚きの驚き、だ。

ひとつめの驚きは、源一郎と親しくしている風なのに、未《いま》だ奥方と嫡男に甲之介が引き合わせて貰えていないこと。

二つめは、甲之介が「女子供に会いたい」とせっついていること。

女だから、元服前の童だから、というだけで軽んじたり、蔑《さげす》んだりするのではない。

むしろ見る眼は厳しい。外見にはさほど重きを置かない。ただ、「使える程敏《さと》いか、否《いな》か」を冷徹に見極める。阿呆《あほう》ならば、捨て置く。敏ければ自分が「使う」時まで大切にする。そして、一番の使いどころに、その手札を切る。

手駒《てごま》としてしか見ておらぬのだから、軽んじ蔑むより、性質《たち》が悪いのかもしれない。

もっとも、眼鏡に適《かな》えば大切にしてもらえるのだ、割り切れる女なら、悪い話ではない。

ともかく、女好き、童好き、とは程遠い甲之介が、自分の手駒になる見込みのない女子供——相手は、雪州領主の正室と嫡男だ——に興味を示すなぞ、今までなかったことなのだ。

隠されるから、むきになって見せろと駄々を捏《こ》ねておいでなだけか。それとも。

どれだけ盗み見ても、甲之介の存念は、その美麗な横顔から読み取れない。

「確か若様は、御年——」

堪《たま》らず、市松は前を行く二人の遣り取りに割って入った。

穏やかな声で、右京助が答える。

「この年で六歳におなりあそばされた」

それから、ふと思い出した風で、甲之介に向けて、

「その節は、産湯《うぶゆ》の祝、五歳《ごとせ》の祝を頂戴《ちょうだい》し、かたじけのうござりまする」

と添えた。甲之介が、つまらなそうに鼻を鳴らす。

「俺ではない。このいちが、勝手にやりおったことよ」

「そうでござりましたか。いち殿が」

他国の重臣に「いち」と呼ばれると、さすがの市松も居心地が悪い。加えて、源一郎の嫡男の年を本当は承知していて訊いたのが、知れてしまった。

殿、お恨み申しまするぞ。

腹の裡で不平を零し、市松は「いや、その」と口ごもった。

「殿がお戻りになられてすぐ、御方様とご婚礼を挙げられ、次の年にお生まれになりました」

右京助が何事もなかったかのように話を進めてくれたことに、ほっとする。ええ、と相槌《あいづち》を打った市松へ、右京助は律儀《りちぎ》に微笑《ほほえ》みを返し、続けた。

「大殿に若様をお見せできればと、我殿、奥方様はもとより、家臣一同願っておりましたが」

「保《も》たなんだか」

無造作な甲之介の物言いに、市松は仰天した。

「殿」

苦笑いの右京助に目顔で詫《わ》び、主を止める。けれど甲之介は全く悪びれない。どころか、

「もっとも、『大殿様の生まれ変わりじゃ』なぞと有難がる者は、大方誰もおらなんだのであろう。何しろ、大切な嫡男を人質に差し出した腰抜け当主だ。生まれ変わられては、困る」

なんということを、お言いなさる。

強く諫《いさ》める前に、右京助が笑んだ。今までとは違う冴《さ》えた微笑に、市松はぎくりとした。甲之介も、おや、という顔で傍らの案内役を眺めた。

「某は、ただただ我殿大事の不器用者でござりまする故《ゆえ》、聞き流すことも、ご一緒に笑うこともいたしますが、一の城内に入られた後、取り分け我殿の御前では、そのような戯言《ざれごと》はお心裡《こころうち》に留めていただいた方が、よろしいかと存じまする」

沖殿、それは火に油を注ぐ、というもの。市松は慌てた。

「ほう」と受けた甲之介は、案の定、実に楽しげで物騒な眼をしている。

「口に出せば、どうなる」

「ととと」

ひっくり返った声で、市松は再び割り込んだ。ともかく、少しでも話を逸《そ》らさなければ。

「徳之進《とくのしん》様、と。雪州様の御嫡男におかれましては、御名をそのように変えられた、と伺っておりまするが」

右京助の細めた目は、「お気遣い、いたみ入る」とも「いち殿も、ご苦労なさりますな」とも、言っているようだった。

口に出しては、

「ええ。五歳の祝の折に」

と静かに答えるのみだったが。

「六歳ならば、そろそろ元服か」

甲之介が、受けた。逸らした話に大人しく乗ってくれたことに、市松は心の底から安堵《あんど》した。

「我殿の元服が八歳の年でしたので、それより前に、とはお考えのようですが」

源一郎八歳といえば、人質として炎州にひとり入った歳だ。

右京助殿。そりゃあ、ないでしょう。せっかく某が話を逸らしたというのに。なんだって、「人質話」を蒸し返されますか。

恨めしい視線を向けたが、「雪州殿の左腕」は、甲之介へ倣ったように知らぬ振りだ。甲之介が鋭く右京助を見た。その言葉の存念を探るつもりなのだろう。けれどすぐに飽きた、という風で視線を逸らした。

「源一郎も苦労の多いことよ。まだ童だと誤魔化すためになかなか元服させてもらえず、どうにもならなくなった途端、慌ただしく一人前にされ、西へやられるとは」

「慰めて差し上げて下さりませ。我殿は、墨州様を兄君のように思うておられますので」

「では顔を見たら、まず頭でも撫《な》でてやるとしよう」

狼《おおかみ》と狐《きつね》の間に挟まれ、市松ひとりが疲れただけの道のりも、ようやく終わりのようだ。

一の郭、本丸内に入り、奥へ。庭を望む渡り廊下の先は、前に通された広間とは違っていた。

さほど広くはない庭は、閑《しん》とした静けさに満ちている。雪州が一望できるはずの一の郭だが、その景色は目の前になかった。

取り分け広く取ってある広縁から庭越しに望めるのは、目前に迫る朔山の姿。

明るい青の空に、白い峯《みね》と蒼の稜線《りょうせん》がくっきりと映え、庭の万作の黄色が、ぴんと張った景色に温かな彩《いろど》りを添えている。

ぴーい、と高い声で、上空を行く鷹が鳴いた。

朔山の麓には、緑の平地が広がっている。

深い緑は常緑の森、淡い緑や赤味を帯びた明るい茶は、田畑。きっと民達が忙しく立ち働いているのだろう。その間を、光を弾《はじ》く川、水路が縫うように走っている。

様々な作物が採れ、獣《けもの》や魚が息づく豊かな国、雪州。

市松は、改めて朔山へ眼を移した。

思ったよりも、近い。本丸は、白鷹城の高台にある。中庭とはいえ、大外門からここまで上ってきた道のりを考えても、かなりの高みにいるはずだ。

甲之介が静かに呟《つぶや》いた。

「随分と、近いな」

「近くに見えるだけです」

ふいに、広縁に面した部屋の中から、静かな声が聞えた。

右京助がその場に右膝《みぎひざ》、右拳《みぎこぶし》を突き、頭《こうべ》を垂れる。

市松も、立ったままではあるが深く頭を下げた。

巽源一郎。雪州の領主は、群青《ぐんじょう》の小袖に共の羽織、袴は着けていない気楽な姿だ。おう、久しいな、と笑った甲之介に、軽く頭を下げる。

「お疲れでござりましょう。湯殿の仕度が出来ておりますので、まずは汗をお流し下さりませ」

うん、と甲之介は気安く頷いた。

「遠駆けの土埃で奥殿《おくどの》を汚す訳にはいかぬからな」

建物の作り、源一郎の身なりからして、ひょっとしたら、とは思ったが、やはりそうか。

市松は、改めて周囲を見回した。

奥殿とは、奥方や元服、裳着《もぎ》前の子が住まい、当主が寝食をする、私的な殿《でん》だ。殿の望みが、ようやく叶ったという訳か。だがどういう風の吹き回しだろう。今まで散々のらりくらりと、身内を隠してきたのに。

腹の裡を推し測っていた市松にも、源一郎は穏やかな笑みを向けた。それから右京助に頷く。心得た様子で、「左腕」が市松を促した。

「東海林《しょうじ》殿も、汗と疲れをお流し下さい。別の湯殿へご案内いたします」

「いちは、俺のついでで構わん」

市松が断るより早く、甲之介が、ぽい、と放るように告げた。戸惑って顔を見合わせる雪州の主従に、市松は言葉を添えた。

「時折、お背中を流して差し上げるのも、このいちめのお役目なのです」

側仕えが端の真似《はしたまね》をすることは、まずない。

だが、甲之介は折に触れ、市松に背中を流させる。その「折」とは、遠駆けの後。そして、余人に聞かれたくない話をする時。

遠駆けの後、馬好きの甲之介は機嫌がいい。その上機嫌を壊したくないから、誰より甲之介の癖や心の機微を承知していて、遠駆けで見かけた他愛のないあれこれや、愛馬の様子の話に、気安い調子で相槌を打ってくれる市松を、湯殿に呼ぶ。

構えて誰にも聞かれたくない遣り取りをするのにも、湯殿はうってつけだ。

岩雲城では、不用意に人払いなぞすれば、かえって盗み聞きを呼ぶ。甲之介が奥寺《おくでら》家当主の座に就く前も、そして今も、墨州《くに》は甲之介にとって、そういう地だ。弑した弟、幽閉した父を未だに慕う家臣は少なくないし、簒奪《さんだつ》を好ましく思わない者もいる。

だが湯殿なら、外に聞こえぬほどの声で遣り取りができるし、水の音も目隠しに使える。

少なくとも、ある程度身分のある者が当主の使う湯殿の周りをうろつけば目立つから、その奴《やつ》らは間違いなく遠ざけることが出来る。

湯殿とは城内に敵の多い甲之介が芯《しん》から息を吐き、余計な気を遣わずに策謀を口に出せる場なのだ。

市松はそれを丸々承知しているから、取り立てて妙には思わない。墨州の人間も、

「また殿がいちを端扱いしている」と苦笑いで済ませる程には、慣れてしまった。

だが、あくまでそれは墨州内でのこと。他から見れば、酷く奇異に映るはずだ。

自分が軽んじられていると見られるのは構わないが、甲之介が、評判通りの暴君で家臣に理不尽ばかり強いていると取られるのは、困る。

そして、何よりもまずいのが、「側仕えの端仕事」を隠れ蓑《みの》にした密談を、雪州の連中に勘付かれることだ。市松は、ぼんやりした笑みを取り繕いながら、巽の主従を窺《うかが》った。

源一郎と右京助は、まだ顔を見合わせている。先にぷっと噴き出したのが「左腕」の方だ。

「これ、右京助」

側近を窘めた源一郎の声にも笑いが滲《にじ》んでいる。

「いや、ご無礼をいたしました。さぞ、墨州様はいち殿に信を置いておいでなのでしょう」

「何。殿は面倒なだけなのです。着替え、風呂《ふろ》、飯、そのたびに世話をする顔ぶれが変わるのが、鬱陶《うっとう》しいとお思いなのですよ」

すねた風で右京助に応じながら、市松はひやりとしたものを感じた。

端扱いを「信を置いておいで」と、きた。邪気も遠慮もない笑いに隠れ、早速、こちらの真意を見透かしてきたか。

「ともかく」

他愛のない遣り取りと、市松の思案を一時《いちどき》に断ち切ったのは、源一郎だった。

「まずは、湯殿で汗埃と疲れをお取りください」

右京助に案内され、渡り廊下を幾度も曲がり、湯殿へ着く。

「どうぞ、ごゆるりと」

湯殿への入口の前で頭を下げると、右京助はあっさりその場を離れて行った。少なくとも、市松が気づくような人の気配はない。

湯殿前の小さな仕度部屋には、二人分の手拭《てぬぐ》いや下着一式、そして甲之介には絹製の、市松には木綿の小袖と羽織が既に用意されていた。

また、先回りされた。先刻、市松は甲之介のついでで構わないと告げたばかりなのに。

ざわざわと落ち着かない気分で、辺りを見回しているうちに、甲之介はさっさと埃まみれの装束を脱ぎ捨て、湯殿へ入って行ってしまった。

『おお、いち。これは珍しいぞ。早う参れ』

甲之介の楽しげな声が、滲むように響く。装束のまま慌てて主に続き、

「殿、無暗《むやみ》に入られては――」

言い掛けて、市松は口を噤んだ。

確かに面白い風呂だ。

風呂といえば檜《ひのき》だ。けれどこの湯殿は、大の男が五、六人入ってもゆとりのある湯船

も、床や壁も、青味を帯びた黒い石でできている。山間《やまあい》に湧《わ》く野天の湯の趣だ。

そっと壁に触れると、石には気泡のような小さな穴が幾つも開いていた。

「これが、噂《うわさ》に聞く『火の岩』の風呂か」

「『火の岩』とは、遠き昔、朔山の頂から吐き出された炎の塊が冷えてできたという石、でござりますか」

おお、と甲之介が頷き、ざぶんと湯船に飛び込んだ。

「体の芯まで温まるそうだぞ。気候のいい雪州より、我が墨州にこそ欲しいものよの」

そうだ、源一郎から譲り受けて、運ばせるか。

気持ちよさげに手足を伸ばしながら、甲之介はとんでもないことを呟いている。

源一郎が許せば、手配をすることは容易《たやす》いが、大きな岩を大山脈を越して墨州まで運ぶとなると、人手もいるし、大がかりになる。

だが問題は、そこではない。墨州へ運び込むのは湯船だろうが、石くれだろうが、朔山にゆかりのある代物《しろもの》だ。なかなか表には出てこない『朔山信仰』が、その実どのようなものなのか、市松は詳しく知らないが、信仰の対象になると疑られるかもしれない。

佐久間《さくま》様を筆頭に、ご老体達が揃って心の臓を止めるぞ。

市松の心配をよそに、甲之介は、しげしげと湯船を確かめては、そうか、外から焚《た》くのではなく、この竹樋《たけひ》から熱い湯を少しずつ流し入れて、湯が冷めぬようにするのだな、なぞとひとりごちては、風呂のしくみを調べている。

市松は、聞こえぬふりをした。袴《はかま》の裾《すそ》を捲《まく》って腰に挟み、小袖《こそで》に襷《たすき》を掛けて自分の仕度を整える間に、湯船の思い付きを甲之介は忘れるか、思い留まるか、してくれたらしい。派手な水しぶきを上げて湯船を出、洗い場で控える市松の前に背を向けて腰を下ろした。

「どう見る」

低く、小さく、甲之介が訊《き》いた。水音を敢えて立てて、線は細いもののしっかりと引き締まった主の背を流しながら、市松はまず考えた。

やはり、「遠駆け後の上機嫌」ではなく、「構えて内密にしたい話」の方だったか、と。

ついで、軽く戸惑う。

いつもならば、何を訊かれているのか容易く察しが付くのだが、この「どう見る」は、お手上げだ。甲之介の言葉からいつも抜け落ちている「何を」の心当たりが、あり過ぎる。

叱責《しっせき》を承知で、市松は正直に訊き返した。

「はて。謎《なぞ》かけのようでござりまするな。雪州方の出来過ぎている手配り。城の作り。奥殿に通されたこと。気になることは数えきれませぬが」

檜でできた手桶《ておけ》を、湯殿の床に置く。からんと、軽い音が木魂《こだま》を伴って響いた。

「いちも、まだまだよの」

主の声に、苛立ちの気配はない。むしろ、気づけない市松を面白がっているようだ。

「面目次第もござりませぬ」

殊勝に詫びることで、種明かしを強請《ねだ》る。ふん、と甲之介は上機嫌で鼻を鳴らした。

「『朔山信仰』よ」

からん、からん、と、細い音の尾を引きながら、手桶が転がる。敢えて音を立てたわけではない。取り上げかけた手桶が、慌《あわ》てた拍子に市松の手から転がり落ちたのだ。

「こ、これはとんだ粗相を――」

「随分、上道とは異なると思わぬか」

なんだって、よりによってそこに眼を付けるかね、うちの御殿様は。

腹の中で敢えておどけ、気を落ち着ける。

「さ。某のような無信心者には、とんと分かりませぬ」

その話は、止《や》めましょう。

言葉の裏に隠した市松の意図を、甲之介は受け取ったはずだ。なのにへそ曲がりの主は、先刻の湯船話の仕返しか、全く気付かない振りで続けた。

「上道の奴らの『天神《てんしん》』の崇《あが》め方と、この地の『朔山』の扱いは、かなり違う」

「殿」

遮った市松に被《かぶ》せるように、甲之介が言を重ねる。小さくはあるが、はっきりと、淀《よど》みなく。

「上道は、格式やら体裁やらを、阿呆のように重んじる。祭祀《さいし》の手順や立ち居振る舞い、豪奢《ごうしゃ》な供物《くもつ》。幾重にも扉をこしらえた厨子《ずし》の中に、勿体《もったい》ぶって仕舞われた『天神』ゆかりの御品《おんしな》――」

市松は、主を遮ることを止めた。諦めたのが半分、その先を知りたいのが半分だ。注意深く水の音を立て、辺りの気配を確かめながら、甲之介の言葉に耳を傾ける。

甲之介は小さく頷《うなず》き、「それが、どうだ」と、一旦《いったん》切った自らの話を継いだ。

「幾度か訪ねておるが、俺は雪州の民が、上道や寅緒が『天神』にするように、阿呆面《あほうづら》をして大仰に朔山を崇めている様を見たことがない。それは、源一郎も、右京助や他の家臣共も同じだ」

甲之介は言う。

源一郎を始めとした武人の身分の者が、朔山を一心に見つめているところは、よく見かける。民達が、野良《のら》仕事の合間や道すがら、朔山に向かって手を合わせることもある。

ただそれはどちらも気安い色で、墨州で言うなら、田畑の隅や商家の裏手に祀《まつ》られている豊穣《ほうじょう》や繁盛《はんじょう》の神に、ちょっとしたお供えをして、「よろしくお願いいたします」と気楽に手を合わせるのと、似ている。武人なら、先祖に心中で問いかけている様を、思い出させる、と。

馬術の腕を、もっと磨かねば。市松は痛切に思った。馬にしがみついているのが精いっぱいで、甲之介が言うような民の様子まで確かめられなかったのが、悔しい。

口煩《くちうるさ》いご老体達の言葉に知らず知らずのうちに乗せられ、『朔山信仰』から眼を背け、遠ざけていた時が、惜しまれる。

墨州と甲之介にとって危うい物であるなら、まず隅々まで知らなければならなかったのに。

「面目次第も、ござりませぬ」

先刻と同じ詫びを、まったく違う意味を乗せて、市松は口にした。

ようやく気付いたか、と再び頷き、甲之介は問うた。

「例えば、上道が『天神』ではなく朔山を奉《たてまつ》っているとしたら、『火の岩』はどう使うと思う」

市松は、軽い溜息を前置きに答えた。

「それは厳重に、御社《おやしろ》の奥深くに祀られましょうな。そして毎朝、上王《かみ》がお参りなさる」

おお、と応じた甲之介は楽し気だ。

「間違っても風呂にはせぬだろうし、朔山を書画のように気安く眺められる庭も作るまい」

「気に、なられまするか」

市松は、そろりと口を挟んだ。

何が、と今度は甲之介が訊き返した。

「上道と『朔山信仰』の差にござります」

「いちは、気にならぬか」

聞こえるように、飛び切り苦い溜息を吐いて、市松は応じた。

「いちめは、一向に気になりませぬ。ただ、何故《なにゆえ》殿がお気に掛けられるのかに、思い当たってしまいましたゆえ、殿がお気にされることが、気になります」

市松が、解いた甲之介の髪《くし》から、湯と米ぬかを使い土埃を落とし終えるのを待って、甲之介は立ち上がった。

「回りくどい言い方をするな。爺《じい》共と口を利《き》いているようだ」

むしろ可笑《おか》しげに市松を窘めてから、甲之介は急に気配を厳しくした。気難しい顔で、出た時と同じほど盛大な水しぶきを上げ、ざぶんと湯船につかる。

「難敵よの」

答えない市松をひと睨《にら》みしてから、墨州の領主は構わず続けた。

「上道は、いわば、坂を転がる雪塊《ゆきくれ》よ。塊は土も石ころも、雪の下に眠る木の芽も、種の違いを斟酌《しんしゃく》せずに潰《つぶ》し、呑み込み、大きくなろうとする。ゆえに、付け入る隙《すき》は山ほどある。上道の奴らも寅緒も、王族共もな」

甲之介の不遜《ふそん》な物言いを、市松は聞き流した。王族当人には取り繕ってくれるから、諫める必要もない。今は、主の言と思案を切らないことの方が肝要だ。

「上道が雪塊なら、『朔山信仰』は何でござりますか」

「いちは、手眼鏡《てめがね》で雪の一粒、結晶を見たことがあろう」

手眼鏡は、物を大きくして見ることのできる、手鏡を小さくした形の珍しい道具だ。あれは、市松が城へ上がって初めての冬、ちらちらと初雪が舞った日のことである。

——いち。手眼鏡で雪粒《これ》を覗《こいつ》いてみよ。

手渡された道具と雪塗《ゆきまみ》れの毛織物を矯《た》めつ眇《すが》めつしていると、甲之介が早速雷を落とした。

——何をしておる。せっかくの雪が溶けてしまうではないか。

それでも使い方が分からず戸惑っている市松から、甲之介が手眼鏡と毛織物を取り上げた。

——よいか。こう使うのだ。こうして、眼鏡を通して雪を覗く。どうだ。

——わ、若。これは一体、なんでござりまするか。

——雪よ。大きくして見ると分かる。雪の一粒とは、このような美しい形をしているのだぞ。

　何と言っていいのか、市松は分からなかった。

　六角形と言えば、そうだ。

　けれど、ただの六角ではない。

　重ねた六角の板のようなものもあれば、花のようなものもあり、糸車のようなものもある。

　一粒一粒、同じものがひとつとしてない。

　見惚れているうちに、みるみる溶けていってしまうのだから、これは確かに雪なのだろう。

　頭では分かっていていても俄《にわ》かには信じられなかったことを、そして初めて見た雪の一粒の儚《はかな》い美しさを、市松は今でも鮮やかに思い出せる。

「無論、覚えておりまする」

　市松は、既に身体《からだ》を拭《ふ》き、長い髪を自ら編み直している甲之介に答えた。

　着替えを手伝おうと側へ寄ろうとしたところを、甲之介に身振りで押し留められた。

「せっかく仕度をしてもらった着替えが濡《ぬ》れる。寄るでない」

　は、と頭を下げながら、市松は思い出す。

　――どうだ、美しかろう。

あの時、甲之介は誇らしげに言った。

──これに比べれば、上道や寅緒のごてごてした飾りなぞ、貧相な紛《まが》い物にしか見えぬわ。

『朔山信仰』は、それほど美しく気高いものだと、甲之介は言いたいのだろうか。

まさか、朔山に幾度も触れ、絆《ほだ》された。

浮かんだ考えを、市松は即座に打ち消した。

馬鹿《ばか》なことを。殿はそんな容易い性分でも、殊勝なお方でもない。

ならば、「雪の一粒」は『朔山信仰』の何を指している。市松は思案した。

甲之介は「難敵」と言った。

ひとつひとつ、皆形が違う雪の結晶。だが、手眼鏡を使って見なければ、皆どれもただの雪にしか見えぬ。墨州に住む者にとっては身近な、それだけにありふれた、他愛のないもの。

甲之介の言わんとしていることが、ようやくぼんやりと見えた心地がした。

信仰の「形」は、雪州の民、それぞれの裡に有り、それぞれの裡で完結している。

だから礼拝の仕方や、見かけにはこだわらない。書画のように神の山を眺め、ついでのように拝む。

真摯《しんし》さは、自らの裡にあればいい。

ということはつまり、上道のように信仰を広めよう、他の信仰を屈服させようという欲――上道は、それを信念と呼んでいるが――を、雪州の民は、そして源一郎は持ち合わせていない。

自分の領地、自分の信仰を守ることが出来れば、それでよい。

ひとりひとりが、雪の結晶であることを自覚していれば、それで充分。

つまり、甲之介にとって、上道と違い「付け入る隙がない」ということになる。

すっかりひとりで身仕度を済ませた甲之介は、いつものように市松へ言いつけた。

「ゆるりと湯を使うがいい。しっかり温まれよ。いちに風邪をひかれては、俺が困るゆえな」

大股《おおまた》で湯殿から出て行く主を頭を下げて見送りながら、市松は、安堵と気懸りを、同じだけ感じていた。

「難敵」。敵という言い振りに、市松は引っ掛かった。

もし雪州に付け入る隙があるとしたら、甲之介はどう動くつもりなのだろう。

とはいえ、甲之介自ら「難敵」というのだから、少しは慎重に動いてくれるはずだ。

この訪《おとな》いでは、初めから奥へ通され、奥向きの湯殿を使わせてもらい、市松はすっかり、酒宴か夕餉《ゆうげ》の折にでも源一郎の奥方と嫡男に引き合わせて貰えるつもりになっていた。

だがいざ蓋《ふた》を開けてみると、「お疲れでしょうから」と、酒宴どころか、夕餉も甲之介ひとり、右京助配下の小姓の給仕で摂《と》るという、なんとも肩透かしの夜となった。

甲之介はゆったりと構え、源一郎が顔を見せないことに文句も言わず、少し酒を呑《の》み、大人しく出されたものを食した。

側に控えていた市松には、目新しい食べ物ばかりだ。

市松が初めて雪州を訪れた時は秋で、菊の花弁を出汁《だし》で浸したもの、生姜《しょうが》が効いた葱《ねぎ》と豆腐のすまし汁。白身の魚と茸《きのこ》を大きな葉で包《くる》み、蒸し焼きにした味噌《みそ》味《あじ》の菜は、茸の香りと葉の匂《にお》いが魚に移り、大層旨《うま》かった。戻ってから、墨で採れる川魚で勝手方に作らせたほどだ。

墨の菜は、祝いの席でもない限り、夏でも冬でも、大抵「汁」と呼ばれるごった煮だ。野菜、魚、獣の肉や茸、芋。季節によって具は違うものの、皆一緒くたに墨自慢の鉄鍋《てつなべ》に放り込み、味噌か醬油《しょうゆ》で味を付けて煮る。

先代の当主、甲之介の父は王族や炎を真似た、贅沢《ぜいたく》で上品な食事をしていたが、武人も民も、そして甲之介も、普段の夕餉は墨の「汁」に炊《た》き立ての白飯である。

甲之介が奥寺を継いでから、墨の州貢《しゅうぐ》は軽くなった。民が自分で作った米、作物を普段から口にできる程に。甲之介自ら朝に掛け合ったことで、朝貢も減った。

また、甲之介を筆頭に、奥寺家中の武人は「質素倹約」を旨《むね》とするようになった。先代同様、王族風の暮らしが性に合っていた者は、そのことに不満を持っている。

だが所詮《しょせん》、墨は北東の辺境、田舎者だ。見てくればかり贅沢で、食ってもどこへ入ったか分からないような食べ物より、身体の芯から温まる「汁」と白飯が口に合っているし、何より民が喜んでいる。下らぬ不満なぞ、何程のことがあろう。

雪州の食事も、墨の「汁」より贅沢だが、高価なのではなく、手が込んでいる贅沢さだ。

春先の膳《ぜん》は、ふきのとうの天ぷら、大きな黒い貝の味噌汁。味噌汁の貝よりも立派な二枚貝の焼き物は、風呂と同じ『火の岩』の上でじゅうじゅうと、良い音を立てている。触ると火傷《やけど》すると、給仕が言葉を添えていたから、貝を焼いた『火の岩』ごと、膳に出したのだろう。

強い潮の匂い、醤油が焦《こ》げる香りに、市松は鳴り掛けた腹に力を入れ、堪《こら》えた。部屋こそ勝手脇《かってわき》の小部屋だが、同じ膳が自分にも仕度されていることは、前に来た時に分かっている。

甲之介が夕餉を終え、座を辞する許しをくれるまでの辛抱だ。

ふいに、笑みを含んだ声で甲之介が訊いてきた。

「蜆《しじみ》が、そんなに珍しいか」

「は。蜆、にございますか」

「俺の椀《わん》を、穴が開くほど眺めている」

このでかい貝が、蜆だって。

蜆は、墨州でも採れる。だがこんな大振りな物は見たことが無い。

雪州の湖は、どれほど豊かなのか。

「こちらの大きい奴は、蛤《はまぐり》という海で採れる貝だ。つるりとして柔らかく、磯《いそ》の香りが口いっぱいに広がる。蜆や田螺《たにし》とは違う旨さだぞ」

うう、たまらん。

思わず、生唾《なまつば》を呑み込む。

甲之介が、高らかに笑った。掌《てのひら》をひらひらとそよがせ、「いち、下がれ」と命じる。

「で、ですが、殿」

「よだれを垂らしそうな側仕えに睨まれておっては、せっかくの膳も喉《のど》を通らぬ。右京助が付けてくれた給仕は、大層気が利く。この者のみで事足りる。いちは不要だ」

横柄《おうへい》な物言いは、腹を減らしたいちへの不器用な気遣いだ。

「で、では、ご無礼して。給仕殿、しばし殿をお願い申し上げます」

いそいそと勝手へ向かった市松を、甲之介の笑い声が追いかけてきた。

白飯の他は――米は、さすがの雪州も墨には敵《かな》わない――とびきり旨い膳を腹いっぱい楽しみ、急いで甲之介の許《もと》へ戻ると、主は既に夜着に着替え、床も敷かれていた。

市松にやることはなく、巽家方の不寝番も部屋の外を時折通るため、余計な話を主従でする訳にもいかない。甲之介の次の間で、市松も夜着に着替えて床につき、腹の裡で呟いた。

さて、殿はどう出るおつもりか。

『火の岩』の湯殿の効き目は大きいらしく、まだ体の芯が温《ぬく》もっているようだ。

そのせいだろう、眠くなるどころか、すっかり冴えてしまった頭で思案を始める。

雪溶けを待ちかねて、甲之介が雪州を訪ねた理由《わけ》は、察しがついている。

雪州に、甲之介の野心を手伝わせようという腹積もりなのだ。

まだ、墨州の者さえ市松の他は知らぬ、途方もない野心。

主の野心自体は、市松に否やはない。

ただ、雪州を、源一郎を引き入れるのは、正直なところ賛同しかねる。

王族や上道との軋轢《あつれき》を案じているのではない。この地の『朔山信仰』、気風が引っかかるのだ。先刻、湯殿で甲之介が持ち出した「雪」の例えに則《そく》すなら、これほど甲之介の野心に不似合いなものはないだろう。

だが、甲之介は源一郎を自分の味方、盟友に引き入れようと頑《かたく》なに思い定めている節がある。

なぜ。

もうひとつのなぜは、源一郎の奥方と嫡男だ。

源一郎が甲之介に自分の身内を引き合わせない理由は、何か。

市松が二人の遣り取りを眼にした数は多くはない。それでも絆《きずな》の強さは感じられる。

甲之介が珍しく、手放しで気に入った相手。

源一郎もまた、虜囚の身であった己を、王族や上道、寅緒《とらお》の眼を気に掛けずに訪ねてくれた友、恩人と思っているようだ。

何だ。雪州様は何を警戒している。

そして、やはり殿だ。なぜ、女子供に執着なさる。

甲之介には未だ正室がいない。ほんの気まぐれで手を付け、あっさり孕《はら》んだ女をひとり、側妾《そばめ》として城内に入れてはいるが、正式な側室に上げる様子はない。

それは恐らく、生まれた子が容姿も才も凡庸な姫だったからだ。

妻、そして子の血筋の貴さ、古さを重んじるのは、王族のみ。上道も武人も、世嗣《よつぎ》には「才」の有無を大切にする。正室が産んだか、側室が産んだか。戯《たわむ》れに手を付けた側妾の子か。その女の実家の格や身分。そんなものは、跡取りの選定に一切関わってこない。

だから都にある官許の高級娼館《しょうかん》、「花廓《くるわ》」に通い、目星を付けた女を買う。

額に「花青《かせい》」――花弁《はなびら》を象《かたど》った真紅の刺青《いれずみ》を入れた花廓の女は、皆才色兼備だ。

花廓では、見いだし、磨き上げる。

男の眼鏡に適《かな》うような容姿、才を持った女を。

美麗な容姿は、相手の心を惹《ひ》き付け、隙を作る。

臨機応変に遣り取りをする連歌《れんが》の才は、策謀、戦略に通じる。

舞の才は、剣術、体術に通じる。

男客の心の機微を摑《つか》む才は、上道の「神通力」と呼ばれる技に通じる。

だから、武人も上道も、その「才を持った血」を欲しがる。それは勿論《もちろん》花廓に限らず、市井《しせい》から側室を迎える者も少なくない。

ただ、花廓には男達の求める女が揃《そろ》っている、というだけだ。

有能な跡取りを産める、女が。

だから甲之介は、父に疎《うと》んじられた。

華奢《きゃしゃ》で小柄な体軀《たいく》は、いかに剣術や体術の修練を積もうと、武人としての才に欠けている。気短で癇《かん》の強い性分は、知謀知略に向かない。

そう、大殿は思い込んでおられた。

小さな溜息《ためいき》を吐《つ》いた拍子に、思案の向きが脇道に逸れていたことに、市松はようやく気付いた。

「いかん、いかん」

口に出して余計な考えを追い出し、逸れた考えを元に戻す。

そうじゃった。雪州様の奥方と若様のことよ。

殿は、ご自身にこれという御側様《そばさま》も、御子もおられないから、雪州様のお身内が気になるのか。いや、そうではあるまい。その類《たぐい》の、甘ったるい感傷とは、どこまでも無縁のお方だ。

笑い飛ばし掛け、市松は再び思い直した。

雪州様がお持ちのものとなれば、そうとも言い切れぬ。

もっともそれは、甘ったるい、生温い感情とは色合いが違う。もっとひりひりとした、飢えや乾きにも似た、憧《あこが》れという奴だ。

正当な手順を踏んで、雪州、巽家の当主となった源一郎と、父からその座を奪い取った甲之介。

同郷で幼馴染《おさななじみ》、深い縁で結ばれた一歳上の奥方を、源一郎は大切にしているという。甲之介は、領内からも他州からも正室輿《こし》入れの話を貰《もら》えず、眼鏡に叶う側室さえ見つけられずにいる。

ひとつの信仰で繋《つな》がり、味方に囲まれている源一郎。身内に敵が潜む甲之介。

確かに、源一郎が炎州の虜囚であった頃、二人は互いを、ただ、友として見ていたはずだ。

一国という大きなものを背負った今も、それは変わっていないように見える。墨州と雪州、国の名や風土は違えど、同じ身分と権力を持ち、同じように腕に覚えのある武人であり、似たような重責、辛苦を抱える存在。

なのに、その皮を一枚剝《む》いただけで見えてくる天と地ほどの差は、一体なんだ。自分は、どこで何を間違えたのだ。

甲之介は、そんな自らの餓《かつ》えを、決して認めないだろう。

けれど市松には見えてしまっていた。

甲之介の憧れ全《すべ》てを、今の源一郎は手にしている。

「そうか」

市松は、また呟いた。

だから、甲之介は源一郎を引き入れたいのだ。自らの野心に。

共謀者、朋輩《ほうばい》として傍らに置くことで、自分と源一郎は何も違わないと確かめたい。

「対等」を求めているうちは、まだいい。甲之介が、源一郎の上に立とうとしたら。

温もっていたはずの身体の芯に、ひんやりしたものが細く一筋、駆け抜けた。

いつか嗅《か》いだ、あの血の臭《にお》いが、通り過ぎて行った気がした。

殿。

市松は、襖《ふすま》を隔てた隣室で休む主へ、声には出さず語りかけた。時折、うなされることのある甲之介だが、今日は安らかな眠りを得られているらしい。

殿。そこまで、雪州様にご自身の望みを、映されますするか。


雪州領主の正室、珠《たま》は、ありふれた女だった。

肌の色は、総じて色白と評判の墨州の女よりなお白く、その分黒い瞳《ひとみ》が際立《きわだ》っていたが、眼を引くのはそれくらい。

長く真っ直《す》ぐな黒髪は、組紐《くみひも》を使って背の中ほどでひとつに纏《まと》められている。小袖に帯、髪を彩る組紐、どれも大人しい柄やつくりなものの、梅の装《よそお》いで揃えられていて、朱赤の濃淡が肌の白さを引き立てていた。品が良く好ましい装いではあるが、ありふれた、武人の妻女の身なりだ。

さして美人という訳でもなく、かといって器量が悪いという訳でもない。小柄で華奢、物静か。たまに口を開いても、穏やかな受け答えばかりで、眩《まばゆ》いほどの明るさも、目を瞠《みは》るような敏《さと》さも、感心するような細やかさもない。

そういった才がない、まるで愚鈍で無愛想な女子、というのではない。みな、そこそこ、人並みよりも少し勝っている、というほどなのだ。

まあ、馬の乗りこなし方は儂《わし》より相当達者だがな。

馬上で舌を嚙《か》まないよう気をつけながら、市松は前を行く雪州領主夫妻を見遣った。

——近くまで、馬を走らせませぬか。甲之介殿の愛馬が酷《ひど》く退屈しているようです。

朝一番で声を掛けてきたのは、源一郎だった。早咲きの枝垂桜《しだれざくら》が見頃なのだという。

そこまで馬で行かないかという話で、平坦《へいたん》な道なら市松が厄介をかけずに済むだろうからと、要らぬ一言と共に、甲之介が応じた。

その馬での外出《そとで》に、御珠の方も同行したのだ。

馬に乗る武家の女は、珍しくない。だが、小柄で華奢、「大人しい」を絵に描いたような珠が、手綱ひとつで巧みに馬を操る様は、市松の目には珍しく、鮮やかに映った。

枝垂桜は見事な咲き振りで、毎年こうして花見を楽しんでいるのだろう、すぐ近くに四阿《あずまや》が建てられていた。

馬達がのんびりと草を食《は》む眺め、麗《うら》らかな日差しが、心と目に沁《し》みるようだ。

墨州方は甲之介、市松主従の二人。雪州方は源一郎と珠、随行に顔見知りの「左腕」右京助と、初めて引き合わされた「右腕」、雪州一の猛将と名高い相馬佐十郎幸長《そうまさじゅうろうゆきなが》の四人。

領主二人が顔を揃えているにしては、こぢんまりした一行だ。

もっとも、立ち居振る舞いは穏やか、目許は涼やかな右京助と、逞《たくま》しい源一郎の頭ひとつ出る大男、見事な顎鬚《あごひげ》を蓄えた強面《こわもて》の佐十郎二人で、十人余りの家臣を連れているような迫力がある。そんな二人が、珠の前では実に大人しく、飼い馴《な》らされた犬のようにに、あるいは一途《いちず》な少年が憧れの女人を前にした時のように、眩《まぶ》しげに珠を見るのが、市松にとっては少しばかり奇妙だった。そして奇妙な色合いは、佐十郎よりも右京助が、より強いように思えた。

その雪州の随行二人は今、主と客人の邪魔をせぬようという気遣いからか、少し離れた辺りに控え、ひっそりとした気配を保っている。

長閑《のどか》で楽しいはずの花見の座がぴりぴりしているのは、甲之介が放つ気配のせいだ。上辺《うわべ》こそ上機嫌を取り繕っているものの、刺すような視線を時折珠へ向けていることは、源一郎も気づいているだろう。

ここは知らぬ振りを通すのが、敏い女の振る舞いだ。ところが珠は、頭に余計なものを付けて表したくなる正直さで、困ったように笑みながら甲之介の不躾《ぶしつけ》な眼差《まなざ》しを、受け止め続けた。

下草の上を、軽やかな風が渡っていく。草が、さざ波のような文様を描いて揺れる。

若い草の濃い匂いで、咽《むせ》かえるようだ。

「黄星《おうせい》が――」

源一郎が、口を開いた。ふっつりと、甲之介の張った目に見えない糸が、切れた。

黄星は珠の乗馬で、蹄《ひづめ》近くの脚の白と、額に頂いた星の他は、輝くような漆黒をした雌《めす》馬だ。

「はい」

仕舞いまで聞くより早く、珠が返事をして立ち上がった。

「草を食むのに飽いてしまったようです。ほんに、仕様のない子」

失礼を。一言断って愛馬の許へ向かおうとした珠を引き留めるように、甲之介が笑った。

鋭い双眸《そうぼう》が、逃がさぬ、と告げている。

何を、お始めになるおつもりか。

市松は、そっと生唾を呑み込んだ。

「源一郎。お主の国の信心とやらを、今日まで見せて貰ってきた」

ふと、珠が立ち止った。

「珠。行きなさい。黄星がまたどこぞへ行ってしまう」

源一郎が奥方を促す。

軽やかに動き出した女の足を、再び甲之介が引き留めた。

「ただの、臆病《おくびょう》信仰ではないか」

市松は、目を剝いた。

なんということを仰《おっしゃ》る。王族、上道を怒らせ、源一郎を人質にとられてなお、捨てることのなかった信仰を、そのように評されるとは。煽《あお》るにしても、他に仰りようがなかったものか。

第一、あの「雪の例え」は一体どこへ行った。殿はむしろ、上道に比べたら余程好ましい、そんなお口ぶりで『朔山信仰』を語っておられたではないか。

主を窘《たしな》めることも忘れ、腹の裡で捲《まく》し立てたところで、遅まきながら市松は気づいた。

狼狽《うろた》えているのは、自分ひとりだ、と。

甲之介の暴言が聞えていたはずの右京助、佐十郎も、静かな面持ちで成り行きを見守っている。むしろ、

「それがどうした」

「それで、続きは」

そんな冷めた穏やかさで、先を促しているようだ。

甲之介が、更に煽った。

「どうか、穏やかでいて下さるよう。大地を揺らして下さるな。灰を降らせて下さるな。炎を吐いて下さるな。宥《なだ》めたい一心で、乱暴者の山を『神』扱いしている。それだけのことだろうが」

ああ、もう駄目だ。

市松は頭を抱えたい心地になった。

これがもし『天神』を貶《おとし》めた言葉で、それを王族、上道が耳にしたら、民ならば忽《たちま》ち首が飛ぶ。武人でも、只《ただ》では済まない。

そして朔山は、雪州の人々にとって、上道の『天神』に当たる。

自分は、血を見るのが好きではない。だから、弓の修練に励んだ。敵に血を流させるにしろ、少しでも遠くから、少しでも見えにくい位置で。そう思ったのだ。

だが、ここに弓なぞないし、あってもこの近さでは役に立たぬ。

ここで一戦、はさすがに大袈裟《おおげさ》かもしれないが、雪州との良好な繋がりも最早これまで。

悪い方へ転がっていくばかりの市松の考えを、珠の静かな声が止めた。

「そう、お考えになるお人も少なくはございません。現に雪州の者は、一日穏やかでいて下さった『御山《おやま》』に、お礼を申し上げます。けれど、例えば今日、灰が降ったとして。大地が揺れたとして。それは『御山』の営み。喜怒哀楽。仕方のないことよ、と皆苦笑いで済ませせます」

「乱暴者とは、な。確かにやんちゃではあらせられるから、返す言葉もござらぬが」

源一郎が、茶化すように言葉を添えた。

余裕綽々《しゃくしゃく》な雪州方を前に、甲之介はかえって頑なになった。

「朔山が火を噴いた折。大きな地揺れが襲った折。民草で死んだ者はおらぬのか。焼け出され、家を壊され、身内を奪われ、腹が立ったであろう。憎いと思ったであろう。その思いを隠して崇めるのは、それ、臆病者の印よ」

「それは」

口を開いた珠を、源一郎が名を呼んで止める。だが奥方は、柔らかく笑んで首を横に振り、甲之介と向き合った。

これは、自分の役目ですから。

そう、珠が源一郎を宥めているように、市松には見えた。

「嘆き悲しんだ者は、大勢おります。けれど、『御山』が憎いと申す者は、おりませぬ。朔山に見守られ、朔山を見守り、朔山と共に生きる。それが雪州の民でございますゆえ」

甲之介が、嗤《わら》った。見た目ほどにはゆとりのない笑みだ。

「大した、信心だな。では、そこまでして、『御山』とやらはこの国に何をもたらしてくれる。身体を癒《いや》す湯か。『火の岩』か。穏やかな天気か」

「誇りと、道を」

「それで、腹は膨れぬな」

冷やかに、甲之介は呟《つぶや》いた。

だが、と市松はこっそり異を唱える。それは厨子を飾る黄金とて同じこと。有難い「八万遠《やまと》建国神話」とて、同じことだ。墨州の神々もまた、祈るだけで米や麦が空から降ってくる訳ではない。

けれど珠の答えは、市松の腹の裡と違った。

「自らの腹を満たすのは、自らの手足のみでございます」

甲之介は、小さく笑んだ。

「結局、神頼みなぞ何の役にも立たぬ、ということか」

珠もまた、軽く笑んだ。甲之介と珠の笑みの色合いは、それぞれの心裡《こころうち》を映したように、随分と異なっていたが。

「そうとも言い切れませぬ」

「では、『神』は何をくれる」

神、と甲之介は訊いた。朔山ではなく。

珠は取り立てて気にした様子もなく、軽く首を傾《かし》げて黒目勝ちの瞳を宙に彷徨《さまよ》わせた。

誰かと語らっているようだと、市松は思った。

「力を尽くす者に、力を尽くし続けられるような光を」

「力を尽くせば、必ず報われる、と」

「さ、それは。あの黄星と同じように、気まぐれであらせられますから」

珠は『神』とも、『御山』とも、口にはしない。

ふいに、甲之介が豪快に笑った。楽しげに、参ったという潔《いさぎよ》さを滲《にじ》ませて。

「馬と等し並に語られては、どこの神も笑うしかあるまい」

それから視線を馬達の方へ送る。

「戯言《ざれごと》で引き留めて、申し訳ない。急がれよ。奥方の気まぐれな愛馬が、今にもどこかへ行ってしまいそうだ」

ほっとしたように頭を下げ、珠は駆けて行った。

珠を見守るように、源一郎が四阿から草原《くさはら》へ降り立つ。甲之介、市松もそれに続いた。

春の柔らかな日差しが、顔に当たって心地いい。

市松は、珠の小柄な背中を見送りながら、小さな違和感を拭《ぬぐ》えずにいた。

大人しさ、影の薄さは初めて見《まみ》えた折も、甲之介との言い合いの最中も、全く変わらない。

地味さはそのままで、甲之介の意地の悪い問いかけに、怯《ひる》みも狼狽えもせず、淀みなく応じ、甲之介から引いたとはいえ、見事に言い負かした。

あの迷いのなさは、どこから来るのだろう。

自らの信じる神を悪《あ》し様《ざま》に言われても顔色を変えぬ自信は、何が源になっている。

愛馬と子供遊びの「追いかけ鬼」のようなことを始めた奥方は大層微笑《ほほえ》ましく、楽しげに逃げ回りながら主を誘う黄星をもて余している様子は、やはりどんな際立った才も敏さも、覗《のぞ》かない。

　雪州様は、何を以《もっ》て御珠の方様を御正室に迎えられたのか。

「詫《わ》びは言わぬぞ」

　甲之介が口を利いた。

　源一郎に向けた言葉だと、市松には振り返らずとも分かっていた。

「はて、詫びをしていただくようなことが、何ぞござりましたか」

　惚《とぼ》けた源一郎へ、甲之介は笑みを収めて向き直った。

「俺は、墨州を広げる」

　朔山をけなされても顔色を変えなかった右京助と佐十郎が、明らかに面を引き締めた。

　やはり、ここでの話は二人の重臣の耳に余さず届いている。地獄耳、という奴《やつ》だ。

「殿」

　市松は、主の言を低く遮った。

　この話をしに、雪州まで来た。とうに分かっていたが、ここで切り出すことではない。

　市松の腹の裡を読み切ったように、甲之介は言い放った。

「ここには俺といち、源一郎とその奥方、両腕しかおらぬ。見通しの利く場に余計な耳目が潜む余地はない」

「ですが――」

なお止めようと試みた市松を、源一郎が静かに遮った。

「広げる、と仰ると」

にやりと、不敵な笑みで甲之介が答える。

「そのままの意味よ。まずは、周りの郷《さと》を墨州に組み入れる」

「手立ては、お考えでござりまするか、墨州殿」

「俺は回りくどい根回しなぞ好かぬゆえな。否《いな》と言うなら、刃に物を言わせるまで」

「戦になりまするな」

「おお、雪州殿」

側へ寄ろうとした右京助、佐十郎を、軽く手を上げて源一郎が押し留めた。聞こえておるのかおらぬのか、珠が「追いかけ鬼」の遊びを止めた黄星の首を愛《いと》しげに撫《な》でている。

その様子をしばし見遣ってから、甲之介は源一郎に視線を戻した。

「周りの郷は、手始めよ。陽《よう》は大山脈があるから厄介だが、炎ならいける」

「炎を、落とす、と」

「炎が落ちれば、上道、王族までは目と鼻の先だな」

長い沈黙の後、源一郎が訊いた。

「なぜ、そのような話を、某《それがし》に」

「手を組まぬか」

雪州の領主は、答えない。甲之介が言葉を重ねた。

「寅緒には、源一郎は、いや、巽一族は思うところがあろう。上道を潰せば、朔山だろうが大山脈だろうが、心置きなく拝めるぞ」

どうだ、と囁《ささや》いた甲之介に、源一郎は軽く微笑んだ。

「某は、雪州《このくに》の安寧が今と同じように続くならば、それで充分にござりまする」

「俺の誘いを断る、と」

だしぬけに、甲之介が不穏な気配を纏った。

源一郎が再び止めたが、今度は「雪州殿の両腕」は駆け寄ってきた。

いつでも主の盾になる。後々厄介なことになろうが、甲之介を抑える。

そんな無言の気迫が、伝わってくる。市松は、急いで甲之介の前に出た。

その背を、当の甲之介にどん、と突かれた。

ととと、と情けない声と共に、身体が草叢《くさむら》に転がった。

「煽られるな、阿呆」

あまりのことに、転がった格好のまま市松は、主と源一郎を見上げた。

源一郎が穏やかに笑む。

「甲之介殿は、初めから某が断ると分かっておいでだった。違いまするか」

「まあな」

笑み交じりで答えてから、市松をじろりとねめつける。

「早う立て。草塗《まみ》れで寝そべっていては白虎《びゃっこ》に食われるぞ。雪州の草はことのほか旨いらしい」

白虎なら、やる。旨いとみれば、きっと人も喰う。市松は、慌てて立ち上がり、大急ぎであちこちに付いた草を払った。

青く瑞々《みずみず》しい匂いが、つんと鼻の奥を刺した。

雪州の大地が豊かな証《あかし》、豊かな春の匂いだ。

甲之介が、源一郎に向き直る。

「諦めた訳ではないぞ。まずは、これから騒がしくなるゆえ、軽い挨拶《あいさつ》代わりよ。それと――」

「与《くみ》せぬなら、せめて邪魔はするな、と」

甲之介の言を、源一郎が引き取った。不敵な笑みの形に、甲之介が口の端を歪《ゆが》める。

「さすが、源一郎は分かっておる」

対する雪州の主の笑みは、あくまで穏やかだ。

その笑みを、深い瞳で甲之介は見返していたが、やがてゆっくりと瞼《まぶた》を閉じた。同じほどの時を掛けて再び目を開けると、源一郎の脇をするりとすり抜け、自らの愛馬、白虎の許へ向かった。

「帰るぞ」

その「帰る」が、白鷹城ではないことは、訊《たず》ねなくとも分かった。それは源一郎も同じらしい。

「国境まで、送らせまする」

「無用」

ぴしりと断って、甲之介が馬上の人となる。

白虎が主に応《こた》えて、前脚の蹄で地を掻《か》いている。

――美味《うま》い草は、たらふく食った。そろそろ帰りましょう。

そう煽っているようだ。

白虎から少し離れたところで、珠と黄星が主従同じように丸い目をして甲之介を見ている。

市松は、慌ただしく源一郎に一礼し、「お世話になり申した」と言い置いて、自分の乗馬、大地に駆け寄った。

――早くしろ、鈍間《のろま》。連れて帰ってやらないぞ。

そんな冷やかな眼で、大地がこちらを見ている。

何とか大地の背によじ登ったところで、甲之介が晴れやかに大音声《だいおんじょう》を上げた。

「いずれ、また見《まみ》えようぞ」

甲之介が白虎に軽く鞭《むち》を入れたのに合わせ、大地も走り出した。

その背から転がり落ちそうになり、市松は慌てて手綱を手繰り寄せた。

姫君の語り部――伍

墨州《ぼくしゅう》が兵を挙げた。

海賊を祖とした好戦的な碧州《へきしゅう》と、碧州の略奪から、産物、領土、領民を守るために武力、とりわけ水軍の充実に力を入れている藍州《らんしゅう》。その二国でこそ小競《こぜ》り合い程の戦は未《いま》だに絶えないが、大砂原《おおすなばら》と神湖《かむうみ》、天領を挟んだ東や北の国々にとって、戦は遠い昔か、南の他人事《ひとごと》となっていた。

そこにいきなり、火の手が上がった。

都は春の盛りで、毬《まり》のような八重桜が辻《つじ》のそこここを、薄紅色に染めている。

――このような季節に戦とは、無粋な。

――都まで、埃臭《ほこり》さが漂ってくるようですな。

――やはり、新参者。領主からして、躾ができておらぬ。

まず、朝《ちょう》に名を連ねる者から出た言葉は、長閑《のどか》な皮肉だった。

余所《よそ》の国のこと、「対岸の火事」のような気でいるのだ。

桜だ埃だと、呑気《のんき》なことを仰《おっしゃ》っている場合か。

渡《わたり》は、こっそりと悪態を吐《つ》いた。

墨州の挙兵は、「周辺の不穏な郷《さと》の平定」を名分にしている。

だが、今の領主が跡目を継いでから、墨州は雪州《せっしゅう》と好《よしみ》を通じたり、密《ひそ》かに刀剣、弓矢を蓄え、軍馬を増やしたり、と、渡が手の者に探らせた限りでは、当の墨州こそ、不穏できな臭い。それに、若き奥寺《おくでら》当主の何かに餓《かつ》えた眼。

墨州の名分を鵜《う》呑《の》みにするほど、自分も橘《たちばな》も、おめでたくはない。

恐らく、墨州の狙《ねら》いは「不穏な郷」の先にある、炎州《えんしゅう》。

そこは、渡と王弟の考えが一致していた。

今から考えれば、当代雪州領主が寅緒《とらお》の虜囚だった折、奥寺甲之介《こうのすけ》が足繁《あししげ》く炎州まで通ってきていたのは、炎州の備え、内情を知るためだったのかもしれない。

だとすると、いよいよ墨州は本気という訳で、少々厄介なことになる。

今の八万遠《やまと》は、一枚岩とはほど遠い。

州も郷も「一国」としての色合いが濃く、それぞれが主を頂き、その国を治めている。

昔、「碧湖《あおうみ》の一族」を名乗っていた者達が、「八万遠建国神話」を旗印にこの地を統一し、碧湖を「神湖」と呼び換え、『『天神《てんしん》』の末裔《まつえい》」を名乗り、自らの地に「朝」を開いた頃は、実際に実のある統治を布《し》いたのだろう。乱世を終わらせた功績も、小さくはない。

だが、その「統治」もはりぼてとなって久しい。

朝は、州や郷が、上道《しょうどう》を信仰し王族を崇《あが》め、決められた朝貢《ちょうぐ》を欠かさなければ、それで満足。八万遠の地の政《まつりごと》、国々の内情や関わりには見向きもしない。

自らの栄華さえ保たれれば、それでいいのだ。

八万遠の政の中枢《ちゅうすう》であるはずの朝が決めるのは、「政遊び」にもならぬ、下らぬことばかり。

神殿を大きくしたい。後宮の設《しつら》えを新しくしたい。そのためには、木材、絹に綾《あや》織物もいる。ならば、朝貢を増やすとしよう。武人共が腹を立てぬほどに。

次の神事は誰が司《つかさど》る。今年の観月の宴はどこでする。誰を誉れある舞い手に名指しする。桜の宴は、紅葉《もみじ》の宴は、雪見の宴は――。

自分達の足許《あしもと》が揺らぐ。ましてや、女のような白い手が血で染まる騒動が起こるとは、考えてもみない。

それは朝が、何か事が起きても「八万遠建国神話」さえあれば、民を大人しくさせられると思い込んでいるからで、なんともおめでたいお頭《つむ》の集まりである。

とはいえ、別に、あのうつけ共をあてにしていた訳でなし。今更落胆することもない。

王弟の邸宅へ赴き、渡が自ら手に入れた「墨州挙兵」の仔細《しさい》と、朝、上道の反応を橋に知らせ、いくつか指示を受けて、ようやく苛立《いらだ》ちは収まったものの、頭と体の力を吸い取られたような疲れは、残った。

鈍い頭でいくら考えても、良い思案も浮かばぬし、状況を正しく読むこともできない。とうに花は終わっているが、白椿《しろつばき》の下で昼寝でもして、気分を変えよう。そう思いついた時のことである。

四《し》の姫の守役に呼び止められた。姫様がお呼びでございます、と。

やれやれ、と思ったものの、渡はすぐに考え直した。この性質《たち》の悪い疲れを吹き飛ばすのに、姫君のあの敏《さと》さは有難いかもしれない、と。

桜の装《よそお》いに干菓子を脇《わき》に置いた、相変わらず寛《くつろ》いだ様子で渡を迎え入れた四の姫は、案の定、すぐに「墨州挙兵」の話を聞きたがった。

にっこり笑って、渡は姫を宥《なだ》める。

「ではまず、学問から入りましょう」

「学問はつまらぬ」

ぷうっと、頬を膨らまし、四の姫は不平を言った。

十歳になっても、物腰は八歳の時のままだ。だが、この「見た目」に騙《だま》され気を抜くと、痛い目に遭うのもまた、変わらない。

「学問がお厭《いや》ならば、墨州の話もおあずけでございますな」

やんわり窘《たしな》めると、あどけない顔で姫は鼻を鳴らし、するりと言い放った。

「ここは、お父上もおられるゆえな。渡の申す通り『学問』としておいた方が、確かによいであろう。それに渡の学問であれば、退屈はせぬ」

相変わらず、「女子供」にしておくには惜しいお方だ。

こっそり笑ってから、渡は軽い咳払《せきばら》いを挟み、語り始めた。

「では、本日は、朝が、州や郷を統《す》べる政について。そうですね。『検視使《けんしし》』の話でも致しましょうか」

干菓子を抓《つま》みかけた、姫の滑らかな指がふと、止まった。

それから、三つほど一度に抓んで口へ放り込み、「そうこなくては。だから渡は好きなのじゃ」と、身を乗り出した。

検視使の派遣。

宴だの後宮だの舞い手だの、ろくでもないことにうつつを抜かしている朝が担《にな》う、数少ない「政らしい」行いのひとつだ。

検視使とは、上王《しょうおう》の玉命《ぎょくめい》を携えた上道とその護衛兵で構成され、拝領地へ派遣される一団のことだ。その名目はただひとつ。

大逆――王族、上道に対する謀反《むほん》の疑いあり、とされた時である。

ここ百年ほど、検視使が派遣された記録はない。

それだけに、州にとって「検視使が自国に来る」という事態は、一大事だ。

「はりぼてに脅しを掛けられることを、州はそれほど恐れるのだろうか」

千菓子をひとつ、口に入れて姫は呟《つぶや》く。

「大義名分の点から見れば、州は分が悪うございますから。朝ははりぼてでも、上道の兵力は侮《あなど》れませぬし」

姫が、大人びた顔で笑った。

「渡。そなた、わらわが『はりぼて』の何のと申しても、小言を言わなくなったの」

渡も涼しい顔で受ける。

「物事には、諦《あきら》めが肝心なこともありますゆえ」

「このっ――」

千菓子をひと粒、投げつける振りをして、姫は笑った。その千菓子をまた口に仕舞い、笑いを収めて、渡に訊《き》く。

「それで。父上は検視使の派遣を、思案に入れておられるのか」

四の姫の相手には、渡は慣れているつもりだった。それでも、どきりとした。

やはり、気を抜いていると痛い目に遭う。

「さすが、お父上様のことを良くお分かりでございますな」

軽く狼狽《うろた》えた心裡《こころうち》を念入りに隠し、渡は軽く受けた。

ぺろりと、砂糖の欠片《かけら》が付いた指先を舐《な》め、四の姫が語る。

「どうせ、炎州がどう動くか、朝がどう収めるか眺め、各々《おのおの》の器を見極めようというのであろう」

その通りだ。

炎の寅緒が、ただの王族の腰巾着《こしぎんちゃく》でしかないのなら、もはや不要。これまで見てきた「良い目」で腰巾着への褒美《ほうび》は、充分だろう。朝を牛耳っている者が使えぬのなら、そろそろ入れ替え時かもしれぬ。それを見定める、良き機会だ。

橘は、告げた。

その見極めを、渡に任せる、と。

ふ、と短く甘い、四の姫の溜息《ためいき》で、渡は思案を止《や》めた。

「父上らしいなさり様じゃ。じっくり見極め過ぎてお足許がお留守にならねば、良いが」

まさしく、渡も同じ危惧《きぐ》を抱いていた。

橘は、切れる。切れるだけに、自らの策を過信するきらいがあるのだ。

どんなに優れた策を幾重に張り巡らせようと、綻《ほころ》びは思わぬところに生じるものだ。

ふいに、あどけない笑いを、四の姫が零《こぼ》した。

「そのように、思いつめるでない。父上のことじゃ、うっかりお足許がお留守になった折にどうなさるのかも、既にお考えであろう」

「確かに。仰《おお》せの通りにございますな」

この言葉は、心から出たものだ。渡は続ける。

「そして、『はりぼてをいつ、取り替えようか』と、時を読んでもおいでてでございます」

「はっきり、言えばよい。人払いはしておるゆえ。仕度が整う前に余計な邪魔が入らぬよう、今は猫を被《かぶ》っておいでなのだ、と」

「姫様」

渡は、四の姫を窘めながら、自分の軽い口に呆《あき》れた。

いつの間にか、自分と等し並の間柄、才の者と、政を語っている心地になっていた。

十歳の姫君らしい可愛《かわい》い眺めの庭で、満開の八重桜が、風に誘われて重たそうに揺れていた。

五章――雪州の珠姫

薄紅色の桜が散り、黄色い菜花の煮浸しが膳《ぜん》を彩《いろど》ることもなくなり、雪州《せっしゅう》の地を染める色が、淡い若草から濃い緑に変わる頃になると、墨州《ぼくしゅう》の快進撃を、上道《しょうどう》、武人は勿論《もちろん》、民でさえ知らぬ者は、なくなった。

戦の火は墨州の岩雲《いわくも》城から発し、国境《くにざかい》を越え、周りの郷《さと》に燃え広がった。

墨州の東国境は、大山脈だ。版図《はんと》を広げるには山越えをしなければならない。

北の国境では、進もうにも足がとられるばかりの沼地が、行く手を阻《はば》んでいる。

残るは西と南だ。

西は、いくつかの郷を落とせば、海に出る。

甲之介《こうのすけ》の父が羨《うらや》んでいた――羨むばかりで何もしなかったが――海だ。

南の国境の先には、大小の郷が点在し、八万遠《やまと》の地形に沿ってさらに進めば、滑川《なめかわ》、炎州《えんしゅう》東国境だ。

郷というものは概して閉鎖的で、郷同士で仲のいい悪いはあるものの、それだけだ。

誰のものでもない土地を取り込んで郷を広くしようとか、隣の郷を乗っ取ろうとか、外へ向かう欲とは無縁なところが多い。不用意に武器なぞ手に取って朝《ちょう》に睨《にら》まれ、面倒なことになるより、「今ある郷を豊かにしたほうが得」と考えているようである。

ただ、「自らの郷は自らの手で守る」という気風は強く、大きな郷ともなれば、侮《あなど》れない武力を有している。

いつだったか、甲之介が皮肉な笑み交じりで、源一郎《げんいちろう》に「まるで、小雪州のようだぞ」とぼやいたことがあった。外れてはいないとは思うが、それは雪州に限ったことでもない。

略奪が主な生業《なりわい》だと噂《うわさ》の碧《へき》でさえ、藍《らん》の領土を切り取ろうとまでは、考えていないはずだ。

腹の裡《うち》はそれぞれ違っても、拝領地を頂く州の行き着く考えは皆同じ。

表向きのみとはいえ、王族に恭順を誓っている上は、安堵《あんど》された地の他を、勝手に侵略し自らの版図に加えることなど出来ぬ。寝た子を起こすのは得策ではない。

墨州が、いや、甲之介が他とは違っているのだ。

目指すは西と、南。

甲之介の動きは、明快だった。

西、海への進出は、まず鷹揚《おうよう》な態度を示し、「墨州へ下ることの旨《うま》み」を説き、恭順を促し、傘下《さんか》に取り込む。

それは、海までの道と海へ出る術《すべ》を残すためだ。

現に、一滴の血も流さずに海への道を手に入れたそうだと、源一郎が放った密偵からも知らせが届いているから、噂は本当らしい。

一体、どんな呪《まじな》い、外連《けれん》を使ったのか。

ともかく、墨州は間もなく、無傷の海を手に入れることになろう。

対して、南の郷への侵略は、進む程、炎州の地へ近づく程に凄惨《せいさん》を極めた。

それがなぜなのか。

源一郎は、考えあぐねていた。

真の標的は、今年の早春、ふいに訪ねてきた甲之介から聞かされて、分かっている。

炎を落とす。

だが、炎を落とす理由が分からない。その先に見ているのは、上道、王族なのだろうが。

「殿」

柔らかな声で珠《たま》に呼ばれ、源一郎は顔を上げた。

「何だ」

小さな溜息《ためいき》を吐《つ》き、珠がやんわりと言い添えた。

ている。

知らぬうちに手にしていた盃《さかずき》が傾いていたようだ。広縁の板に、酒の濃い染《し》みが出来ている。

「ご酒《しゅ》が零《こぼ》れております」

「おお、これはいかん」

女中を呼ぶまでもなく、珠が零れた酒を懐紙で拭《ふ》きとった。

「まあ、お召し物にも少し」

言葉と共に、白い指が動いて、裾《すそ》の濡《ぬ》れた辺りを新しい懐紙で手早く押える。

「ああ、すまん」

「ほんに、仕方のないお方だこと。お考えに夢中になると何もかもがあさってになってしまわれるのですから」

ころころと笑う風情《ふぜい》も、女中のような真似《まね》を平気ですることも、珠は幼い頃と変わらない。地味で控えめで、その癖頑固で、愛《いと》おしい。

殆《ほとん》ど零してしまった源一郎の酒を、珠が注ぎ直した。

気づけば、珠の盃が空になっている。源一郎は妻の手から片口を引き取り、妻の盃を半分ほどまで満たしてやった。

珠は酒が弱いという訳ではないのだが、あまり好まない。源一郎が誘った時だけ、ちびりちびりと、舐《な》めるようにして嗜《たしな》む。盃一杯分を呑《の》みきることなど滅多にないのだ。

「お前にしては、珍しいな」

「殿がお相手をしてくださいませんので、手持ち無沙汰《ぶさた》でつい」

気安い軽口に、源一郎は笑いながら「すまん」と繰り返した。

「墨州様のなさり様、気になりますか」

朱漆の盃を眺めながら、軽口と同じ調子で珠は訊《き》いた。

少し考えて、源一郎は答えた。

「気にはならぬよ。いかにも、甲之介殿らしい手際《てぎわ》だからな。滅ぼされる郷の者は哀れだが」

「でしたら、あの時、お止めになればよろしゅうございましたのに」

「『雪州の珠姫様』は、罪なき者の血が流れるのが、お厭《いや》でござるか」

今度は源一郎が冗談めかして、巽《たつみ》に嫁に来る前の妻の呼び名を持ち出し、切り返した。

「厭です、と申し上げても、殿は叶《かな》えて下さいますまい」

相変わらず、軽やかな口調だ。源一郎は、静かに応じる。

「是非もない。雪州《このくに》の民の命を、徒《いたずら》に危くすることはできぬ」

「それは、わたくしも同じでございます」

軽いままの妻の受け答えに、ほんの少し苛立《いらだ》った心を、源一郎は酒杯を呷《あお》ることで宥《なだ》めた。

「ならばなぜ、甲之介殿と会った」

宥めたはずの苛立ちが、語尾に混じった。珠を身振りで断って手酌で酒を注ぎ、また呷る。

「お前ならば、気づいていたであろう。あの御仁の血の匂《にお》いに」

雪州の珠姫。

珠は、本来であれば、朔山《さくざん》の珠姫と呼ばれるべき存在だ。上道の眼を憚《はばか》って、雪州の、と呼んでいるのだ。

この地に住まう者にとって、雪州と朔山は同義だから。

珠は、幼い頃より「『御山《おやま》』の声を聴く者」の才を明らかにしていた。

上道は「『天神《てんしん》』のお告げ」を人の言葉として受け取り、仰々しい「祈禱《きとう》」で只人《ただびと》の願いを『天神』へ伝える。下道《げどう》は呪いや、病除《やまいよ》け災難除けの札を描いて、民を助ける。

上道下道に限らず、力のある術者は、病を癒《いや》し、天候を左右するという。

「神通力」と呼ばれるものだ。

そういう派手派手しい力を、珠は持っている訳ではない。

ただ、朔山を眺めて、知るのみだ。

灰の降る日。風の強い日。大地が揺れる時。

この冬は雪が早いか、遅いか。

次の夏は、旱《ひでり》になるのか、長雨になるのか。

そんなことを、時折『御山』が教えてくれるのだと、珠は言う。

珠の二親も、雪州の民達も、珠の才を念入りに隠した。

朔山の気まぐれな声を聴いてくれる姫。朔山から慈《いつく》しまれた姫。

その存在が上道に奪われないように。ごくありふれた姫として育てられ、好き合った男、源一郎へ嫁いだ。

そうして、領主の「普通の奥方」となった今も、朔山の声を聴く才は変わらず珠の裡にある。「雪州の宝」を、その夫となった源一郎には、護《まも》る務めがあった。

だからこそ、人を惹《ひ》きつけ、思いのままに使う「才」と深い「餓《かつ》え」、それぞれ同じだけ抱えた甲之介から、源一郎は珠を遠ざけておきたかったのだ。珠も、甲之介の裡にあるものを感じとっていたから、自分と自分の血を引く息子を、あの男から「隠して」きた。

なのに、よりによって甲之介が動き出す時を目前に、何故《なぜ》。

源一郎の問いに、珠は微笑《ほほえ》むばかりで答えようとしない。仕方なく、源一郎は言葉を重ねた。

「俺はお前のように、目に見えぬものを感じる才は、ない」

「『御山』の声は、御前様にも届いておいでですように」

「混ぜ返すな。それとこれとは、違う」

源一郎を始め、雪州に暮らす人間は、自らの心や望みを探す助けを朔山にしてもらうのみだ。

『御山』と対することで、自らの真の心を知り、行くべき道を決める。

とりたてて思い悩むことがなければ、自分と身内が恙《つつが》なく暮らせるよう願い、その願いを叶えて貰《もら》ったことに感謝する。

大抵の者は、願ったり問いかけたりするのは、自らと、せいぜいがごく近しい者のことだけ。あるいは漠然と「故郷《ふるさと》をお守りください」と頼むのみだ。

『御山』そのもののことや天候のこと、自身とは直《じか》に関わらない何かを、朔山や空気から読み取ることのできる珠とは、異なる。

珠は、困ったように小首を傾《かし》げた。源一郎は声音を柔らかくして続けた。

「気懸りでならぬ。珠が何を視《み》て、何を聴き、あの男と逢《あ》うことにしたのか」

黒目勝ちの瞳《ひとみ》でじっと源一郎を見つめていた珠が、ふ、と小さな吐息を漏らした。

「『神通力』なぞないと、大威張りで仰《おお》せの癖に。御前様は、わたくしのことは憎らしいほど達者にお読みになる」

今度は、源一郎が柔らかく笑む番だった。

「俺が目に見え、耳に聞こえるものしか分からぬのは、変わらんぞ。珠の立ち居振る舞い、言葉や目配せから分かってしまうだけだ。お前は本当に分かり易《やす》い」

珠が、若い娘のように口を尖《とが》らせる。容姿が地味な分、ちょっとした仕草が眼を惹くのだ。

「意地悪なこと」

はは、と声に出して笑い、源一郎は、それで、と話を戻した。

「珠が甲之介殿に会うと決めた。それには何か大きな意味があり、お前の決意が関わっている。俺の目と耳は、そう知らせてくれた。それが何なのかを、教えてくれ」

珠は、やはり困ったように微笑んで、盃の酒に口を付けた。舐める程の量だけ喉《のど》に通し、夫を見ずに告げた。

「今はまだ、申し上げられませぬ」

良くないことだ。源一郎は確信した。

「言魂《ことだま》」という考えが、八万遠にはある。

声、文字、という衣を纏《まと》った刹那《せつな》、その言葉は力を持つ、というものだ。深い考えなしに、縁起でもないことを口にしたり、書き記すことを厭《いと》う風習が根付いている。

珠のような才を持った者なら、なおさらだ。

言魂を気にしているのか。それとも、災いが起こる確信を持っていて、その上で口を閉ざしているのか。

後者だとしたら、珠は多分、その災厄を自分ひとりで背負うつもりだ。

「雪州の珠姫」として。

「では、いつならば打ち明けてくれる」

我ながら、駄々を捏《こ》ねているようだ。源一郎は思った。これでは珠を言い負かして「甲之介の前に自らを晒《さら》した」理由《わけ》を聞き出すことはできない。

案の定、母親が子供を宥める物言いで、珠は惚《とぼ》けた。

「さあ、いつになりましょうか」

「珠」

俺がお前のことを察するように、お前も俺の胸の裡を読めていよう。

そんな思いを込めて、源一郎は妻の名を呼んだ。

哀《かな》し気に煙る瞳に、厭な予感が鳩尾《みぞおち》辺りからせり上がってくる。

それが、朔山から知らされたことであるなら。今は告げるべきでないと、珠が決めたのなら。

誰がどう問い詰めても聞き出せないことは、分かっている。『御山』と「雪州の珠姫」との間には、何人《なんぴと》たりとも割り込めはしない。

それが生まれた時から課せられた、珠の運命《さだめ》なのだ。

矢も盾もたまらなくなって、源一郎は珠の白い指を取った。

呑みつけない酒のせいか、思ったよりも温かい指先に、ほっとする。これは、自分の妻、生身の女なのだ、と。

「どんなことが起きようと。何が待っていようと。俺はお前を手放さぬし、護ってみせる」

ひとりでに、そんな台詞《せりふ》が口を突いて出た。

珠を妻にする前から、当たり前のように源一郎の裡に存在《あ》った誓いだ。

ことりと、珠の頭が、源一郎の肩に預けられた。


それから珠は何も言わず、瞳に憂《うれ》いの色も浮かべず、甲之介が訪ねてくる前と同じ、穏やかな時が流れていた。

源一郎は、珠を連れて馬を駆り、領地を見て回った。

雪州は、一に野菜や果物の作物づくり、二に木を使った造作が盛んだ。

大工は大層人気のある生業で、見習いの時分から実入りもいい。一角《ひとかど》の腕を身につけると師匠から一本立ちし、やがて弟子をとるが、それもせいぜいがひとり二人の、こぢんまりした集まりで、墨州の鍛冶《かじ》職人のように、村まるまるひとつほどの大所帯には、ならない。

簞笥《たんす》に文机《ふづくえ》、椀《わん》や箸《はし》などの小物を手掛ける職人も多い。

細かな文様を、あるいは透かし彫りにし、あるいは木肌の濃淡を使って描き出し、小箱や嫁入り道具などの贅沢品《ぜいたくひん》を作り出す者もいる。

どんなものを作ろうと、民は皆、少し照れ屋ではあるが気さくで穏やか、真っ直《す》ぐな心で源一郎、珠を敬ってくれた。

雪州では民の間で目立った諍《いさか》いが起きにくく、諍いが起きても大事になる前に水に流す。それは雪州の民の性分もあるが、長屋と呼ばれる、幾部屋も連なった棟で、雑多な生業の者同士が暮らし、互いの生業を見知っていて、一目置いていることが、大きい。

長屋を束ねる、差配《さはい》の役処も、揉《も》め事を収めるのに一役買う。

そこへも、珠と源一郎は折に触れて顔を出し、民の暮らしに眼を配った。

墨州の起こした嵐《あらし》は、雪州にとって、酷《ひど》く遠くに感じる嵐だった。

雪州には何も降りかからず、このまま穏やかな日が続くのではないか。

警戒を怠らぬよう、常に自らを戒めている源一郎でさえ、甘い希《のぞ》みが心を過《よぎ》るようになり始めた、ある日のことである。

源一郎はひとり、小書院――書を読んだり文を認《したた》めたりする時に使う部屋で、先頃手に入れた珍しい書を読み耽《ふけ》っていた。精緻《せいち》な挿絵のついた、薬草学の書だ。

王族の命、もしくは財力のある武人や商人の後ろ盾もないまま、八万遠津々浦々をひとりで勝手気ままに歩き回った、変わり者の薬師《くすし》にして絵師が、書き記したものだという。その中から、「雪州界隈《かいわい》で採れる」と書かれている薬草に、ひとつひとつ印をつけ、効能や特色を頭に入れていく。知っている薬草もあれば、眼にしたことはあるが効用があると知らなかったもの、見たこともない草まで様々だ。諸国を旅した折のちょっとした出来事や各国の特色なども、「ついでの覚書」として記されているのだが、それがまた面白い。

実を言うと、朝から禁書の触れが出されているしろもので、雪州の主が所有していると知れれば、結構な騒ぎになるであろう、いわくつきの書だ。

「薬草とは両刃《もろは》の剣である。万全な知識のない者が扱うことがあってはならぬ」というのが表向きではあった。

本当のところは、はっきりしない。

上道が操る「神通力」のからくりが隠されてでもいるのか。諸国の内情がこの書の「ついでの覚書」でつまびらかになり、州や郷間の行き来や小競《こぜ》り合いが始まることを恐れたか。

いずれにしても、突き詰めれば、王族、上道の統治が緩む種になりうる。

著者の「薬師にして絵師」は、男か女かも分からず、年の頃も氏素性も知られていない。朝の追っ手から巧《うま》く逃げ続けているようで、源一郎としては、このような面白く貴重な書を記した者の無事を祈りたいところである。

機会があれば、直に話を聞いてみたいが。

考えたところで、障子を開け放した広縁の向こうに人の気配を感じ、源一郎は顔を上げた。

「殿。ただ今戻りましてござりまする」

庭に右膝《みぎひざ》と右の拳《こぶし》を突き、首《こうべ》を垂れているのは、雪州一の猛将、相馬《そうま》佐十郎《さじゅうろう》だ。

その形《なり》を見て、源一郎は顔を顰《しか》めた。

「佐十、そなた、また自ら出向きおったな」

「は」

土埃《つちぼこり》に塗《まみ》れた行商人に身を窶《やつ》した腹心は、悪びれた様子もなく頷《うなず》いた。

「俺は、『目端の利《き》く者に探らせよ』と申したはずだが」

問うた源一郎に応じたのは、佐十郎ではなく、今ひとりの腹心、雪州一の知恵者、沖《おき》右京助《うきょうのすけ》だ。いつの間にかやってきて広縁に控えた「雪州殿の左腕」は、涼しい顔で同僚をこき下ろした。

「まったくです。この『毛深い熊《くま》』ときたら、殿の御命を何だと思っておるのか。あるいは、やはり熊だけあって、人の言葉を解《かい》さぬのか」

右京助は、佐十郎自慢の顎鬚《あごひげ》を指して、よく「毛深い熊」と言い表す。佐十郎も手慣れたもので、お決まりの台詞、涼しい顔で切り返した。

「毛深くない態なぞおらぬし、俺は鬚が豊かなだけで、毛深くはない。世迷言《よまいごと》をぬかすと、雪州の名に傷が付くぞ。まがりなりにも、お主は『雪州一の知恵者』と呼ばれているのだからな」

ふん、と右京助は鼻を鳴らして応じた。

「どうせ、『某《それがし》よりも目端の利く者はおりませせぬゆえ、自ら出向き申した』とでも、言い訳するつもりなのだろう」

得意げだった佐十郎が、ぐっと喉を鳴らす。右京助は源一郎にしかつめらしい顔を向けた。

「殿、こ奴《やつ》がどんな小賢《こざか》しい言い訳をしてこようと、腹の裡はただひとつでございまする。つまりは気安い格好で、ふらふらと出歩きたいのみ」

「何を言う。某は、殿の御命を一に考えればこそ――」

「ほほう。だが、佐十。身なりをどう取り繕おうと、その鬱陶《うっとう》しい鬚と暑苦しい気配では、密偵のお役目、果たしてどれほどこなして参ったのか、怪しいものだぞ」

源一郎は笑いながら、仲の良い腹心二人のじゃれ合いに割って入った。

「二人とも、その辺りにしておけ。佐十、身なりも整えず、自慢の鬚に埃を含んだまま参ったのは、それほどの話を拾ったのであろう。右京助もそうと見越して、急ぎ来たのではないのか」

きゅっと、佐十郎が面を引き締め、右京助は「仰せの通りにて」と頭を下げた。

「墨州の鮮やかな戦振りはつぶさに見て参りましたが、それはまた改めまして。急ぎ殿のお耳に入れたきことがございます」

「うむ」

源一郎の短い促しに、佐十郎は軽く唇を舐めてから、続けた。

「検視使が、墨州へ向け出立した由《よし》。炎州の目前《もくぜん》、郷二つを残し全《すべ》て攻め落とした墨州様におかれましては、一旦《いったん》兵を引き上げ、御拝領地へ取って返されました」

そうか、と源一郎が答えるのに、ほんの僅《わず》かの間を要した。

「むしろ、朝が腰を上げるのが少々遅かったくらいか、と」

控えめな物言いの右京助に、源一郎は、いや、と首を横へ振った。

「墨州は王族や上道に反旗を翻《ひるがえ》した訳ではない。寅緒《とらお》が泣きついたからといって、すぐに動く訳にもいくまい。墨州殿は、もう少し時が稼げると踏んでいたはずだ。佐十、検視使の備えは」

源一郎の問いに、佐十郎の応《いら》えは明快だ。

「上道二名。護衛兵騎馬五十」

溜息交じりに、右京助が呟《つぶや》いた。

「それはまた随分と、大仰な。墨州様は、『寝た子』を起こしてしまわれたようですな。

落とされた郷は勿論、遠き他国からも、余計なことをしおってと、さぞ恨まれましょう」

今の朝は、八万遠の州や郷が本当はどれほど豊かなのか、詳細を摑《つか》んでいない。

そして、まともな当主と働き者の民を有した国ならばどこも、朝が考えているより強い国力、豊かさを有している。細かな報告を求められぬのを幸い、さりげなくそれぞれの「国力」「財力」を朝から隠しているのだ。

勿論、郷の中には、本当に貧しい地も、主が無能という国もある。それは、近隣の郷に取り込まれるか、少しずつ衰え消えていくのだが、その理由《わけ》を、朝は省みない。「今の栄華を保てる」のに充分なものさえ変わらず懐《ふところ》に入ってくると分かれば、あとは「武門に一任す」の紙切れ一枚で、煩《わずら》わしい政《まつりごと》からあっさり眼を背けてしまう。

彼ら「神湖《かむうみ》の一族」は、自分達が想像しうる「栄華」「豊かさ」を保てるなら、他のことに興味はないらしい。「都」と呼ばれる天領と上道領を、今のやり方で飾り立て、王族を今と同じ程満足させる。そのためだけの財であれば、朝貢《ちょうぐ》が増えるといっても、たかが知れている。

自分達の統治が揺らぐ危機感も、更に厳しい戒律で権威を高めようという野心も、新たな「栄華」を求める貪欲《どんよく》さも、王族、朝、上道から失《う》せて久しい。

自らの国が安寧であればよい、という州や郷と同じ高さまで、「神の血を引く一族」

は我知らず、降りてきているのだ。

州や郷にとって、朝が「諸国の力を削《そ》ぐために、朝貢を重くする」という手立てに気づかず、都の華やかさの中で微睡《まどろ》んでくれていれば、「寝た子」のままでいてくれれば、自国は安泰だ。

だからこそ、小競り合いはあっても、大きな戦にはしてこなかった。

その朝、王族を、墨州は叩《たた》き起こそうとしている。

右京助が、言い添えた。

「一行の備えが、少しばかり気になります」

源一郎は軽く頷き、右京助の言を引き取った。

「騎馬五十、徒歩《かち》は無し、か。徒歩、荷駄を抱えた軍を率いておられる墨州殿よりも、先に墨州入りするな」

甲之介殿の留守中、揉《も》め事が起きねばいいが。

源一郎が危ぶんだその時、今ひとりの気配が、軽やかな足音と共に小書院に近づいてきた。

今まで、どこか気安い雰囲気だった雪州きっての重臣が、揃《そろ》って居住まいを正す。

「殿」

「珠、どうした」

青い顔で源一郎を呼んだ珠は、広縁と庭に控える二人に眼をやり、まずはそちらへ声を掛けた。

「佐十殿。お戻りでしたか。右京助殿もご一緒とは、何よりです」

はっとして、「雪州殿の両腕」が顔を見合わせる。

「何か、聴いたのだな」

確かめた源一郎へ、珠は硬い面持ちで頷いた。

「再び、彼の地で血が流れます」

「奥方様。彼の地、とは」

佐十郎が訊《たず》ねた。けれど、この場にいる誰もが、その答えに見当が付いていた。

珠が、青く硬い顔のまま、落ち着いた声で告げる。

「墨州、拝領地内。岩雲《いわくも》城下」

六章之表——検視使の真意

甲之介《こうのすけ》がその報《しら》せを受け取ったのは、炎州《えんしゅう》の東国境《くにざかい》、滑川《なめかわ》まで行軍一日、残りの郷《さと》を落とすのに一日と半、都合二日と半の辺りであった。

あと二つ郷を落とせば、炎州拝領地が見えてくる。

その矢先のことだ。検視使《けんしし》が上道《しょうどう》領本宮を発《た》ってから既に一日以上経《た》っているという。

いちが、ここにおれば。

甲之介は軽く舌を打った。市松《いちまつ》ならもう少し早く王族の動きを察し、手が打てただろう。とはいえ、焦《あせ》りも悔いもなかった。

海への「道」と「人」は、なるべく無傷で残したい。となれば西の軍には、市松の折衝能力が不可欠だ。

使える駒《こま》が足りなかっただけだ。

考えを切り替え、甲之介は行軍を止めた。

それにしても、思ったより検視使が速かった。

この挙兵で、いずれ来るとは読んでいた。

「諍《いさか》いの絶えぬ、いくつかの郷を平定する」という大義名分を、甲之介は王族に伝えていた。だが、いくらぼんくら施政とはいえ、ひとり残らずその大義名分を鵜呑《うの》みにはしないだろう。

墨州《ぼくしゅう》が、本当に「不穏な郷の平定」のみを目指しているのか。その先にある炎州を狙《ねら》っているのではあるまいか。ひとり二人は疑う奴《やつ》がいるはずだ。だが、眼のある者が疑ったとしても、腑《ふ》抜《ぬ》けの朝《ちょう》が抜けた腰を上げるのは今少し先。

炎州までの道のりを阻《はば》む郷を全《すべ》て落とし、墨州の軍がどこへ向かうかではっきりする。そのまま炎州を目指すか。大人しく自分の領地に帰るか。

それまでは、動かぬと見ていたのだが。

臆病者《おくびょうもの》の寅緒《とらお》が、派手に泣きつきおったか。上道の武人《かいいぬ》が煽《あお》ったか。あるいは案外、骨のある者が王族共の中にいるのやもしれぬ。

甲之介は思案をすぐに切り上げ、白虎《びゃっこ》の側に控えた物見兵に視線を落とし、確かめた。

「検視使の備えは」

「玉命《ぎょくめい》上道二名。護衛兵騎馬、おおよそ五十にございます」

「全て騎馬か。間に合わぬな」

こちらの数は五千。加えて徒歩《かち》の者もいる。騎馬のみを従え、慌《あわ》てて戻れば、「やましいことがあるのでは」「残してきた兵で、炎州を攻めるつもりか」と、痛い腹を探られることになる。

　墨州出立前、市松がしつこく念を押した言葉が、蘇《よみがえ》った。

　――いずれ、必ずや検視使が遣わされましょう。その時の扱いが肝要にございまする。構えて、ご自重下さいますよう。ゆめゆめご油断召されまするな。どんな些細《ささい》な隙《すき》も見せてはなりませぬ。重箱の隅の僅《わず》かな曇りも、水漏れを起こすひびの如《ごと》く大袈裟《おおげさ》に取り上げる輩《やから》でございますゆえ。

　市松がああいう仰々しい物言いをする時は、掛け値なしに真剣で、必死なのだ。

「殿」

　市松の代わりに傍らに置いた側仕え、山岡修馬《やまおかしゅうま》が、硬い声で甲之介を呼んだ。

「修馬。早馬を二騎、仕立てよ」

「は」

　上擦ってはいるものの、すぐに返答がある。

「一騎は、城の老体共へ。ひとつ。俺が戻るまで、検視使のご一行を歓待せよ。くれぐれも粗相の無いよう、お叱《しか》りを受けることの無いように。ふたつ。いちの遊び相手を大人しくさせよ」

　山岡が、ちらりと甲之介を見遣ったが、確かめることはしない。この命の意味くらい読み取れなければ、甲之介の側仕えは務まらぬ。

まず、老体——甲之介の留守を護《まも》る五人の家老衆のうち、敢《あ》えて「誰」と名指ししなかったのには、理由《わけ》がある。

この南西同時遠征に、年老いた五家老は賛成反対、二つに割れていた。家老同士で諍いなぞしているところを見られては、厄介だ。

五家老は、頑固な年寄りゆえの融通の利《き》かなさがある一方、命じ方さえ間違えなければ、実は単純で乗せやすい。

それゆえ、「老体」と全ての家老へ向けて命を出した。それだけで、甲之介を赤子の頃から知っているあの年寄り達は意図を汲《く》むだろう。

五人等しく扱う、つまりは「皆で仲良う役目をこなせ」、と。

何のかんの言っても、皆墨州大事、主に忠実な重臣なのだ。今ひとりの老体、甲之介の守役、佐久間《さくま》も、「老《お》い耄《ぼ》れ仲間」を巧《うま》く纏《まと》めてくれるはずだ。

普段、いちめを始めとした側仕えばかりお使いになっている殿が、我等を頼みにして下さった。

目を潤《うる》ませながら、我先に役目をこなすはずだ。

二つ目の命が肝心だ。「いちの遊び相手」、つまり下道《げどう》達を上道の眼に留まらせてはならぬ。

これは、あれこれ指図せずとも、甲之介が雪州《せっしゅう》へ行くことさえ止めようとする家老達なら、容易に察して万事巧く取り計らってくれよう。

山岡が小さく頷《うなず》くのを見て、もう一騎への指図をする。

「今一騎は、いちへ。西の軍は、このまま海を手に入れよ。塩辛い水に突き当たるまで戻ってくるな」

狼狽《うろた》えた山岡の眼が、主を見た。

いち殿なしで、検視使をあしらえるのか。

そんな戸惑いが見えたが、甲之介はひと睨《にら》みで山岡に釘《くぎ》を刺した。

二度、同じことは言わせるな、と。

この辺りは、日頃から厳しく躾《しつ》けているのが、効いたらしい。

甲之介の命に、たとえ控え目であろうと、遠回しであろうと、異を唱えられるのは、五家老と佐久間、市松のみだ。

「畏《かしこ》まりまして」

言い置き様、山岡が早馬の指図に走った。

甲之介は、軍の隅々まで行き渡ると評判の、よく通る声で命を下した。

「これより、急ぎ墨州へ戻る」

残すところ郷はあと二つなのに、戻るのか。

国で何か、起きたのか。

ざわめいたのは、ほんの僅かな間だった。

甲之介が選りすぐり、鍛えてきた将達の叱咤《しった》の許《もと》、五千の軍は瞬《また》く間にその行く先を真後ろ、やってきた方角へ変えた。


僅かな仮眠と休憩のみを挟み、昼夜を分かたず行軍を続けること、十と一日。

甲之介が岩雲《いわくも》城に戻ったのは、検視使の一行が城に入ってから三日後のことであった。

止める五家老を振り払い、埃《ほこり》と乾いた血に塗《まみ》れた甲冑《かっちゅう》姿のまま、甲之介は検視使を謁《えっ》見《けん》の間に呼び出した。

玉命上道とはいえ、ここは岩雲城で、相手は王族ではない。

甲之介が上座へ入るのは、当然のことだ。

だが、二人の上道はあからさまに顔色を変え、気を悪くした様子を見せた。

無理もあるまい。家老達に「歓待せよ」と言いつけたのだ。下へも置かないもてなし振りを受けていたはずだ。

ふんぞり返っていたところへ、いきなり謁見の間とやらへ呼びつけられ、身なりも整えていない領主に、上座から見下ろされる。

玉命を携えている誇り、洗練と優雅を旨《むね》とする上道の美意識、どちらからしても、許せるものではない。

それを、甲之介は敢えて逆撫《さかな》でした。

どれほどの「疑い」を持って、墨州へ来たのか見極めるためだ。

「不穏な郷を平定するため」とはいえ、派手に暴れ過ぎだと釘を刺しにきた。

あるいは、寅緒が泣きついたか。甲之介が落とし残した二つの郷は、表向き「郷」の態《てい》をとっているが、炎州の属国のようなものだ。そこを落とされたら、炎は墨の前に裸で晒《さら》されることになる。その前に「助けてくれ」と頼まれ、仕方なく検視使を出した。

その程度であれば、武人《こちら》を見下し、厭味《いやみ》の雨を降らせるだけの、阿呆《あほう》な使いが来ているはずだ。そうした輩は、少し煽っただけで顔色を変え怒り出す。もっとも騒ぎの音が大きいだけで、実は大した害はない。墨州領主の「奇矯な振る舞い」は、八万遠《やまと》に知れ渡っている。再び家老を表に出して適当にあしらわせ、『墨紋《ぼくもん》』の鉄鍋《てつなべ》か、女共が冬の間に織る上等な毛織物でも持たせ、追い返せばいい。

もし、「厭味を言い倒す」以上の命を帯びているとしたら。

寅緒が、「助けてもらう」だけでなく、「目障《めざわ》りな墨州をどうにかしてくれ」と、頼んでいたら。あるいは、王族、上道が直《じか》に、今の墨州に対して危機感を持っているとしたら。

ここにいる検視使は、「厭味」と「土産」で気が済むような間抜けではない。甲之介の振る舞いを受け流せるだけの器量の者が、来ているはずだ。

こほん、と取ってつけた空咳《からせき》をひとつ、左に座した歳若《としわか》の検視使が、口を開いた。

「お初に、お目に掛かる」

通り名を、静留《しずる》と名乗った。声は落ち着き払って、穏やか。高飛車ではあるが横柄《おうへい》ではない。つまり甲之介の逆撫でに乗ってこなかった。腹に一物、という訳だ。

けれど甲之介が気になったのは、口ぶりよりも、検視使達の口、そのものだった。

若い男の唇は、赤い紅で本来の唇よりも小さく描き直され、濡《ぬ》れたように艶《つや》やかだ。

人でも、喰っておったか。

胸の裡《うち》で呟《つぶや》いた軽口に、危うく自ら笑いそうになって急いで下を向く。

礼を返したと勘違いしたらしい右の年嵩《としかさ》の検視使が、鷹揚《おうよう》を取り繕った風で頷いた。

こちらも赤い唇をしているが、若い方に比べて妙にざらついている。

上道がよくする化粧《けわい》のひとつ、小豆の形に剃《そ》り落とした眉《まゆ》の周りが、青々しい。

がさついた赤い唇が、口を開いた。先の静留という上道が、「片瀬《かたせ》」と紹介した男だ。

「面を上げられよ。貞順殿」

刹那《せつな》、謁見の間に、殺気にも似た緊張が走った。

貞順《さだより》は、甲之介の諱《いみな》だ。諱で武人を呼ぶことは、最大の非礼に当たる。

それを許されているのは、目上の身内を除けば王族のみ。検視使に任命される、「青《せい》」

の高位を持つ上道は「王族に近しき存在」として格別に許されてはいるが、あくまで「許されている」だけで、実際は武人の体面を重んじ、諱を口にすることはない。

まして相手は、墨州領主、上王《しょうおう》から拝領地統治を許された武人最高峰の男である。両脇《りょうわき》に控えた、奥寺《おくでら》家臣の殺気立った気配が、びりびりと甲之介に伝わった。

歳若の静留が、「これ」と、小さな声で、年嵩の片瀬を窘《たしな》めている。

いちの読みは、外れたことがないな。

甲之介は、声もなく嗤《わら》った。

若い方の様子、器量からして、これは、腹を決めねばならぬと思うたが。腹を決めるどころか、大手を振って事を起こせる切っ掛けを頂戴《ちょうだい》し、礼をしたいくらいだぞ。検視使殿。

検視使出立の知らせに煽られ、市松を呼び戻さずにおいて、よかった。

本腰を入れる前に、是非とも海は手に入れておきたい。

甲之介は、一番の腹心に心中で呼びかけた。

いち、早う、海を手に入れて戻って参れ。俺の辛抱が利いているうちに、の。

六章之裏――市松、奮戦す。

甲之介《こうのすけ》率いる墨州《ぼくしゅう》本軍五千が、血しぶきを上げながら炎州《えんしゅう》を目指した一方、市松《いちまつ》が任された西行きの軍は、軍とは名ばかりの一団であった。その数、千と六百、将兵が先頭に立って進んでいるものの、半数以上は荷駄引きと普請《ふしん》職人達だ。

墨州から海へ出る道で一番整っているのは、北の沼地に接した郷《さと》、綿辺《わたべ》を通る道である。

綿辺は、墨州周辺有数の大郷で、北の海にも面している。

墨州の北国境《くにざかい》から一日、鏡池《かがみいけ》の脇《わき》の細い道を西へ行けば綿辺へ入り、そこからは馬や荷車が通れる広い石畳が海まで途切れることなく敷かれ、途中には宿場や飯屋、居酒屋を備えた花街も設けられている。

ただ海を手に入れるのなら、綿辺ひとつ落とせば済む。

けれど甲之介も市松も、そうはしなかった。

まず何より、綿辺を落とすには時が足りなかったのだ。

宿場に花街、港を抱えているだけあって、綿辺は屈強な兵を有している。北を沼地に、西を海に護《まも》られた敵に、地の利で分がある。

墨州の北、大山脈から海近くまで、帯のように東西に横たわる沼地は厄介で、粘り気のある土は馬や人の足を捕えて前へ進ませない。場所によっては大層深くなっていて、迷い込んで出られなくなり、命を落とす者も後を絶たない。

兵の殆《ほとん》どを南行きの軍に割かれた状態で朝《ちょう》が動く前に綿辺を落とすのは、墨州の誇る一騎当千の将でも難しい。そこそこの大郷である綿辺に矛先を向ければ、朝の動きが早まるやもしれぬ。

今ひとつの理由《わけ》は、綿辺の港が甲之介の望むものとは異なっていたのだ。なだらかな浜は、漁には適している。だが、遠浅の海、そこへ桟橋を建てただけの港は、商船や軍船を何隻《せき》も停泊させるのには不向きだ。

——いち、お前ならば、いかにして海を手に入れる。

そう訊《き》かれる前から、市松が眼を付けていたのが、浪生《はにゅう》の郷だ。墨州南部から西へ、郷を幾つも通り抜けた先にある、小さな郷である。

磯《いそ》からすぐに深くなる海岸は、大きな船にとってはうってつけで、港も、南から墨州へ荷を運ぶ商人達の手で、綿辺の桟橋とは比べ物にならないほどしっかりと整えられている。

ただ、浪生には綿辺のような宿場も花街もなく、荷車、馬を通すような道も整っていない。浪生を出てから墨州へ着くまでは小さな郷が点在していて、道は獣道《けものみち》に毛が生えた程。商人達は、大きな商船で浪生まで来て、そこから小舟に荷を移し替え、綿辺へ入っている。

実のところ市松は、この商人の旅程を苦々しく思っていた。

自領しか通る道がないと知っている綿辺は、商人達、というよりは墨州の足許《あしもと》を見て高額な通行税を課しているのだ。時折出没しては商人の一行を襲って荷を奪う山賊共も、裏で綿辺の郷主と繋《つな》がっていると、市松は見ている。

途中の郷々を口説き落とし、宿場を作り、浪生の港まで綿辺に劣らない道を引く。

市松は、幾度具申したか知れない。けれど年老いた五家老は「手間も金も掛かる。郷にうんと言わせるのも厄介だ」と言って首を縦に振らない。通行税を払うのは商人達だから墨州の腹は痛くも痒《かゆ》くもないと、思っているのだ。

商人が払った税の分は、墨州に入ってきた荷に上乗せされることを、家老達は忘れている。綿辺の山賊に幾度も襲われた商人が、いつ「墨州は商いに向かぬ」とそっぽを向くか分からない。そうなれば、墨州にはさまざまな「もの」が足りなくなる。

元は揃《そろ》って一角《ひとかど》の武将だったという家老達は、先を見据えた「そろばん勘定」に疎《うと》いのだ。

肝心の甲之介も、商いの損得や、いかにして領内、民達を富ませるかには、あまり興味が湧《わ》かないようだ。そうではない。炎を落とせば、商いも豊かさも、容易《たやす》く手に入ると考えている。炎を落とすためにこそ、海までの道と港、商人のもたらす潤沢な物資が要る。

市松はこれまで、喉元《のどもと》まで出かかった言葉を、幾度も呑《の》み込んできた。

このことは、甲之介自身に気づいて貰《もら》わねばならない。

炎を落とすには、まず海が要る。海を手に入れよ。

甲之介の口から、その命が発せられるのが肝心なのだ。

「いちめの策を、また殿が取り入れた」となれば、頭の固い家老連から無用な反発を受ける。

未《いま》だ墨州、奥寺《おくでら》の家中は一枚岩ではない。せっかく一枚になっている貴重な中枢《ちゅうすう》にひび、を入れるのは得策ではない。家老達には「仕方のない孫だ」と呆《あき》れられる程に留《とど》め、「文句を言いながらも市松の味方」でいて貰わなければならない。

ましてや、甲之介に「これこれこういう命を自分に下して欲しい」なぞと進言したら、へそ曲がりで負けず嫌いの主のことだ、「浪生なぞいらぬ」と言い張るだろう。

だから市松は、浪生を手中に収める策を練りながら、甲之介の命を大人しく待った。

──いち、お前ならばいかにして海を手に入れる。

待ちに待った主の言葉を耳にした時、人目がなければ多分、市松は小躍りをしていただろう。

まず市松は、「畏《おそ》れながら」と切り出した。

ただ海を手に入れるのみではだめだ。軍と物資を運ぶ道、海へ出る船と操り手を手に入れなければ。戦で壊し、殺し、燃やしてしまっては、その後に待っている大戦《おおいくさ》で使い物にならない。

甲之介が頷《うなず》くのを確かめ、控えめを装《よそお》って申し出た。

「すべて、このいちめにお任せいただけましょうや」

誰も「血が苦手な臆病者《おくびょうもの》の癖に」「若輩が出過ぎた真似《まね》を」と、嘲笑《あざわら》ったり咎《とが》めたりはしなかった。

本軍は、甲之介率いる南行きの軍だからだ。

腕に覚えのある将達は、無傷で郷、港を手に入れる術《すべ》を知らず、南の軍、甲之介の側で武功を上げる方がいい。

ややこしく面倒なのみの行軍をいちめに押し付けられるなら、願ったり叶《かな》ったり。

そんな空気が座を占めていた。

そうして市松は西行きの軍を預かり、甲之介より一足先に出立した。

市松の率いる軍は、破竹の勢いで浪生を目指した。

甲之介に「落とせ」と命じられた海までの道を通す郷で、市松がやったことは、こうだ。

朝は、州や郷の自治を鷹揚に認めていたから、自国を通る旅人の処遇もそれぞれに任せきりだ。どの国でも通用する手形がない代わりに、その国のやり方に従えば、旅人はどこへでも行けた。生国と氏素性を記した「生まれ札」を国境で改める州もある。税をとる郷もあり、金額もさまざまだ。

もっとも、乱世が昔話となった今、通り過ぎるのもしばし留まるのも勝手にせよ、というおおらかな国が多かった。

市松もまた、「郷に入っては郷に従え」のことわざに倣《なら》って、ひとつずつ、粛々と郷へ入る。そこで、海への道の要《かなめ》となりそうな土地を、地主と交渉して、親子数人が慎ましく暮らせるほどの分だけ買い付けた。

墨州の武人だと聞いて、地主は皆、いい顔をしなかった。

そこを、市松ならではの人たらしの技でするりと懐《ふところ》に入り込む。

孫の話や郷の話、時には女心の変わり易《やす》さなどにまで触れながら、相手の警戒を解きつつ、ほんの少し、「墨州の商人」に土地を売ってくれないかと、持ちかける。

他国者に土地を売るなぞ、聞いたことがない。そう言われても怯《ひる》まずにもうひと押しする。

――けどなあ、とっつぁん。元々、土地の売り買いに、一体どんな取り決めがあるというんだい。他国者に売っちゃあいけねぇ、と、郷主様は仰《おっしゃ》ったかね。何、心配することはない。ほんの狭い一角じゃあないか。そこが墨州の領地になる訳でもない。墨州の一家が住まう訳でもない。建物を建てた後は、お前さんに任せるんだ、地面を誰が持っていたって、構うまいよ。しばらくは留守番をひとり置いて、ちょっとした商いの指南をするから、小遣い稼ぎをしてみちゃあ、どうだね。取り分は、お前さんが六分で儂《わし》らが四分《しぶ》。商うものはこちらが仕度するから、損はなしだ。悪くはない話だろう。

元々、大きくはない郷の民だ。

市松の言うことももっともだ、墨州の者が長々と居つく訳でもなく、小金稼ぎが出来るなら確かに悪くはない。そう、頷くことになる。

土地の話がまとまると、市松は身なりを整え、兵を数人引き連れ、郷主を訪ねた。兵まで連れた「墨州領主の使者」が何の用だ。身構えた郷主に、にかっと笑って切り出す。

少しばかり、こちらの郷の土地を分けてもらった。ちょっとした商いをするためのみのこと、少しの間、留守居を置くが、墨の者が長々と居つくわけでもない。商い自体は馴《な》れてきたところで元の地主に任せる。それから、今ある道を少しばかり広げさせて貰いたい。荷車が通れぬでは商いにならぬ。勿論《もちろん》、それはこちらの勝手ですること、税の掛からぬ道とする。国境の外の道もついでに整えるとしよう。墨州まで道が通らないのでは、元も子もない。

同じ小さな郷でも、よそ者が自国を通ることにおおらかな郷を選んで、市松は海への道筋を描いた。地主同様、郷主もさして市松の申し出を拗ぐることなく、承知の返事を寄越した。

道を整えてくれて、通行税も取らぬというなら儲《もう》けものだ。商いといっても、あんな狭い土地では大したこともできまい、と。

市松は、得たばかりの土地に普請職人と兵、普請に使う荷を残し、早々に次の郷へと向かい、同じような買い物をする。

残った職人達が造ったのは、石畳でこそないが――そこまでしていては時が掛かり過ぎる――、水はけの良い砂を平らに敷き詰め、雨水を道の脇に集める仕掛けが施された、綿辺の郷に引けを取らない広い道と、買い取った地に小さな二階建て、木組みの小屋がひとつ。郷の民が呆気《あっけ》にとられるほど素早く仕事を済ませると、兵と職人達は先へ行った軍を追った。

これでどんな商いをさせてくれるのやら。全《すべ》て仕度が済んだら指南にくるから、それまで小屋の手入れをしておくよう言われたけれど。

土地を売った地主は首を捻《ひね》ったが、郷主や郷の民達は、良い道が出来たと喜んだ。

ただ、一見地味で質素に見える小屋の門柱には、墨州奥寺の「杉木立《すぎこだち》」紋が、小さいものの精緻《せいち》な透かし彫で施され、入口に墨州を表す消炭色の幕が掛けられた。

そして、市松に同行した密偵が動く。

行商人や旅の芸人に身を窶《やつ》し、州や上道《しょうどう》の耳に入るように、噂《うわさ》を撒《ま》いた。

――墨州が、一滴の血も流さずに、郷を落としたらしい。

他の州も上道も、噂の真偽を確かめようとするだろう。目《ま》の当たりにするのは、「軍馬が隊列を崩さずに行ける道」と、岩雲《いわくも》城に彫られているものと寸分違わぬ奥寺の紋を掲げた「番所」。

民からすれば、棚から牡丹餅《ぼたもち》の有難い道に、何に使うのか分からない小屋だが、見る者が違えば、それは「この郷が墨州に下った証《あかし》」に映る。

同じことを繰り返し、浪生のすぐ手前の郷での策も無事終えた。いよいよ本丸、浪生へ向かう道で、市松に従っている側仕え見習い、遠井格之丞《とおいかくのじょう》が、馬を寄せてきた。そばかす面《づら》に糸目、背丈ばかりが上に伸びたような、ひょろりとした若者だ。

「しかし、いち殿」

「なんです、遠井殿」

「いや、その。某《それがし》は見習いでございますゆえ、側仕え筆頭のいち殿に、そのように礼を尽くしていただかずとも。殿は『いちのやり方をよう見て、学んでこい』と、仰《おお》せでございましたし」

　墨州を後にしてから、幾度同じことを言えば済むのか。どこまでも律儀《りちぎ》で真っ直《す》ぐな格之丞に、市松もまた「性分なのでね」と律儀に答え、笑って見せる。

　少しだけばつが悪そうにしながら、格之丞もまた笑い返し、逸《そ》れ掛けた話を自ら戻した。

「このやり様、いつまで保《も》つのでしょう」

　市松は、ちらりと格之丞を見返し、その拍子に落ちかけた大地の鬣《たてがみ》に慌《あわ》てて摑《つか》まった。息を落ち着けて手綱を取り直し、甲之介から託された側仕え見習いを窘《たしな》める。

「そんな遠回しの問い方では、欲しい答えが得られるまで、どれだけ掛かるかわかりませんよ。訊く時は言葉をぼかさず、しっかりと訊く。ましてや相手は儂です。何の遠慮がいるのやら」

　は、と応じかけ、格之丞は思い直したように言い返した。

「では、いち殿、いえ、お師匠様も弟子に対する物言いにお改めください」

「と、遠井殿。お師匠様とは、一体誰のことか」

　そばかす顔をにぃっと綻《ほころ》ばせ、格之丞はしれっと応じた。

「いち殿の他に、どなたがいらっしゃいます。殿が、学んでこいと仰せになったのですよ。でしたら、いち殿は某のお師匠様にて」

「と、遠井――」

「格之丞、と」

これでは話が進まない。

音を上げたのは、市松の方だった。がっくりと項垂《うなだ》れ、「では、格之丞」と呼び直す。

「はい。お師匠様」

何がそんなに嬉《うれ》しいのか、さっぱり分からんわい。

腹の裡《うち》でぼやき、市松は話を戻した。遠回しだった格之丞の問いを、はっきり言い直す。

「こんな小細工で、『郷を落とした』といつまで諸国を騙《だま》せるのか。諸国が直《じか》に郷主に事の次第を質《ただ》せば、忽《たちま》ち露見する。こちらの目論見《もくろみ》が郷側に知れたら、番所は壊されるのではないか。『郷を落とした』のではないことが諸国に知れれば、此度《こたび》の戦はどうなる。か」

目を丸くして、格之丞は市松へ返事をした。

「はあ、その。まさしく」

「小細工は、長く保たなくても構わん。そもそも、諸国は噂を伝える役をしてもらえれば、それで充分。我等が浪生の郷を手に入れ、海までの道を作ってしまえば、郷が落ちていようが落ちていまいが、大差はないのよ」

「どういう意味でしょう」

今度は、大地《だいち》からずり落ちないよう、しっかり内股《うちまた》に力を入れてから、市松は格之丞に「人たらしの極み」と言われる笑みを向けた。

つまりは、こういうことだ。

道が通れば、軍よりも先に豪商達が使う。様々なもの、沢山の金子を携えて。

「税を取らない道」だと、郷主とは取り決めをしてある。それは郷の者は勿論、墨州の者も、他国から来た商人も、皆同じだ。

また、要所要所に「墨州の番所」――実際は、留守居の「兵」と、茶やちょっとした食べ物、小間物を商う郷の者がいるだけだ――があるとなれば、そうそう危うい目にも遭うまいと、旅する者は考える。

商人の誰もが、高い通行税を取られ、挙句に山賊に襲われるかもしれぬ綿辺ではなく、市松達が整えた、港から途切れることなく伸びる道を使うだろう。

「そうなれば、次はどう変わると思う」

さあ、という風に格之丞が首を傾《かし》げる。

自分で考えなければ、身に付かないんだがなあ。

そうは思ったが、いきなり突き放すのも酷だ。考え方の道筋を、まずは示してやらなければ。

「商人は、宿も飯屋もないから、自分達で賄《まかな》うことになる。盛大な炊《た》き出しや野宿の仕度を眼にして、『これは商いになる』と思わない奴《やつ》はいない。そのうち道沿いには宿屋が出来、飯屋が出来、中には花街まで作る郷も出てくるんじゃあ、ないかな」

「なあるほど」

格之丞が、器用に手綱を放し、ぽんと掌《てのひら》を拳《こぶし》で打った。

「それで郷が潤《うるお》えば、初めに作った小屋が番所だろうが、小間物屋だろうが、郷から文句は出ない。墨州《こちら》は、道と番所さえ安泰なら、郷の政《まつりごと》に口は挟みませんからね」

市松は試しに、師か学士のように厳《いか》めしく頷いてみたが、妙に居心地が悪くて、やらなければよかったと、頭を掻《か》いた。間の悪い空咳《からせき》をひとつ挟み、格之丞の台詞《せりふ》を受ける。

「よしんば不平が出たとしても、『小屋と道』に関してはしっかり取り決めを交わしてきたからな。それでも墨州に盾突こうという強者《つわもの》はおらんさ。そもそも、そういう郷を選んできた」

「ですが、他州や上道に内幕が知れたら」

「どうなると思う」

訊き返した市松に、格之丞は首を傾げて考える風を見せたが、すぐにからりと笑って「さっぱり」と言い切った。

「元々、なんだってそんな噂を流したのか、ちっとも分からないんですから。ただ、流した上はその噂が真っ赤な偽りと露見したら厄介だ。それほどの見当を付けたのみです」

　市松は、悪戯《いたずら》な笑顔を格之丞に向けた。

　墨州の狙《ねら》いは、ひとつ。

　上道が出張ってこようが、雪州《せっしゅう》が知らぬふりを決め込もうが、墨州《われら》の目当てに変わりはない。

　炎州を手に入れる。

　ええ、と格之丞が応じる。

「だが、ただ闇雲《やみくも》に炎州を攻めては、ちと具合が悪い。寅緒《とらお》は元々王族方に受けが良いから、余程の大義名分がなければ、墨州《われら》が悪者になる」

「なるほど。では、その大義名分とやらをどう得るおつもりなのでしょう」

「寅緒の尻《しり》に、火を点《つ》ける」

　は、と格之丞が問い返した。

「そのためにも、浪生だけは真実手に入れなければならない。なるべく傷を付けずに、な。ここまでの『東海林《しょうじ》市松快進撃』の噂は、それまで保てばよい」

　格之丞が、また考える素振りを見せた。今度は少し長い。短い遣り取りの間に、「自分の頭を使う」ことを覚え始めたようだ。

「偽りの噂が『寅緒の尻に火を点ける』ことになると、仰せですか。それはなんとなし、分かるような気がします。墨州《われら》が軍を二手に分け、殿の本軍が一直線に炎州へ、お師匠様の軍が海を目指したとなれば、陸と海からの挟み撃ちが出来ます。背後に上道領、天領がありますが、あれは味方というよりは、炎が自ら盾になって守らねばならぬ相手。州同士の争いに、朝が容易く首を突っ込む訳にもいかない。健気《けなげ》に盾を演じているだけでは、知らぬ振りをされるから、寅緒は、あの手この手で王族に助けを求める。ああ、なるほど、ひょっとして、朝を動かすための『寅緒の尻に火』ですか。しかし、朝を引っ張り出すことが、何故《なぜ》墨州《われら》の大義名分に繋がるのでしょう。浪生へ続く郷を落としたという噂が、浪生を落とすまで保てばいい理由も、分かりません」

市松は策士だ。これはひとえに、剣術を始めとした戦働きが得手ではない自分が、甲之介の役に立つため磨いた才である。誰かにひけらかすこと、策士の才を認められることに興味はない。

それでも、格之丞が教えられ上手で呑み込みも早いせいか、あれこれ訊かれ、それに応じてやることを、市松はなかなか愉《たの》しいと思い始めていた。

「それはだな」

小鼻が得意げにひくつきそうになるのを堪《こら》えながら、市松はなるべく淡々と聞こえるように、弟子の「何故」に答えた。

西行きの軍の目当ては、あくまで「浪生」だ。海までの道が自由に使えさえすれば、他の郷が手に入っていなくても、墨州としては一向に構わない。

ただ、寅緒を脅すには、「道が出来た」では弱い。「あっという間に海までの郷を全て落とした」程の、驚きと恐れを与えたい。

浪生さえ手に入れてしまえば、墨州は陸と海から挟み撃ちの策が使えるようになり、寅緒は別の、もっと切羽詰まった恐怖を抱えることになる。だから、「東海林市松快進撃」の噂は、浪生を落とすまでの間の脅しになってくれれば、それでいい。

王族と同様、ぬるま湯につかり切った寅緒の尻なら、すぐに火が点く。

市松の狙いは、その先、尻に火が点いた寅緒に、王族へ泣きつかせることにあった。

子飼いの寅緒に縋《すが》られれば、朝は何かしら手を打たざるを得ない。ただ、州同士の諍《いさか》いにいきなり武力で割って入り、表向きは同格扱いの一方に肩入れする訳にはいかない。ましてや墨州は「炎州に戦を仕掛ける」なぞと、一言も発していないのだ。

ここまでは、格之丞の言う通りだ。

王族は中立という上品さを愛し、朝は要らぬ波風を疎んじている。

朝が寅緒の肩を持つためには、それなりの理由《わけ》が要る。

そこで、まずは「検視使」を墨州へ出すはずだ。

その検視使の一行に、必ず寅緒の者が混じっている。市松はそう読んでいた。

「なあなあ」で検視を済ませてしまいがちな朝、自分達に刃向いさえしなければ興味のない上道には、任せられない。是が非でも、でっち上げてでも「墨州謀反《むほん》」の証を摑まなければならない。

いざという時、王族も上道も当てにならないことを、いや、「当てにする」にはちょっとした工夫がいることを知り尽くしている寅緒ならば、きっとそうする。

大層な黄金、綾錦《あやにしき》を積んで朝を拝み倒し、潜り込んでくる。

「我等は、それを逆手に取る」

言い切った市松に、格之丞が「ううむ」と唸《うな》って見せた。

「偽検視使を、暴《あば》きますか。藪蛇《やぶへび》にならなければいいですが」

「そこはそれ、匙《さじ》加減というものよ」

「御家老方《ごろうたい》に、そんな芸当ができましょうや」

「格之丞、お主なかなか口が悪いぞ」

苦笑交じりに窘めながら、その実、市松の気は急《せ》いていた。

格之丞の言う通りなのだ。寅緒の小細工を逆手にとって「墨州謀反の疑い」をひっくり返し、墨州が寅緒を討つ大義名分にすり替えるのは、あの頭の固い家老達では荷が重い。

早く浪生を手に入れて、戻らなければ。検視使が墨州へ入る前に、せめて儂だけでも。

そう唇を嚙《か》んだ時だ。

「早馬にござりまする。いち殿。本軍の殿より、早馬――」

知らせの声をかき消すように、兵が一騎、駆けつけてきた。市松を認めるなり、馬から飛び降り、片膝《かたひざ》を突いて首《こうべ》を垂れる。荒い息を整える暇もなく顔を上げ、大音声《だいおんじょう》を上げた。

「某、作並平三郎《さくなみへいざぶろう》が家臣、木原九右衛門《きはらきゅうえもん》にござりまする。殿より、御命をお預かりしてまいりました――ッ」

墨州の早馬の知らせは、万が一敵の手に堕《お》ちたことを考え、文ではなく、全て口頭で伝えられる。

憚《はばか》ることない振る舞いからして、市松ひとりに向けた命ではない。すべての兵に聞かせようというのが甲之介の腹だろう。となれば、考えられる仕儀はひとつ。命もひとつ。

思ったより、速かった。

じわりと浮かんだ焦《あせ》りを押し殺し、市松は静かに口を開いた。

「検視使が、動いたか」

伝令の九右衛門が驚いた顔で市松を仰ぎ見、急いで頭を下げ直す。

「ははッ」

――検視使が。

――この行軍を、朝は謀反とお取りか。

――我等は、墨州は、どうなるのだ。

ざわめき出した兵達を、市松は「まあまあ」と、宥《なだ》めた。普通の将ならば、ぴしりと一喝するところだ。

「そう、狼狽《うろた》えることもあるまい」

ですが、いち殿。

どうするのだ、いち。

兵卒や、補佐として付いてきてくれた同輩の武人を見回しながら、軽い笑顔で宥める。

「まずは、殿の御命を聞きましょう」

伝令が市松に応じた。唇を湿らせ、良く通る声で告げる。

「殿のお言葉、そのままお伝え申し上げます。『西の軍は、このまま海を手に入れよ。塩辛い水に突き当たるまで戻ってくるな』」

戸惑い、浮足立つ兵達を抑えるように、市松は殊更《ことさら》明るい声を上げた。

「やはり、な。殿ならそう仰せになると、思うておった」

強面《こわもて》の将の一喝よりも、効いたようだ。

辺りが水を打ったように静まり返る。

弟子気取りの格之丞が、遠慮がちに訊いてきた。

「戻らずとも、良いのでしょうか」

市松はさりげなく面を伏せ、格之丞にのみ聞こえる早口で囁《ささや》いた。

「浪生を、海を手に入れるのは今この時しかない。殿はそうお考えなのだ。下手にここでとって返し、意地の悪い検視使殿に『そこまでにしておけ』なぞと言われたら、元も子もない」

「なるほど。『やってしまったものは、仕方ない』。そういうことにございますね」

瞬《また》く間に、打てば響くようになった格之丞に、市松はにっと、歯を見せて笑い掛けた。

そのままの笑みを、不安げな兵達に向けて告げる。

「検視使殿のお相手は、留守居の御家老衆で事足りる。だが墨州宿願の海を手に入れられるのは、我等を置いて他にない。殿はそうお考えなのじゃ。皆の者、殿が我等にお向け下されたご信頼に報いるは、まさに今ぞ」

動きのなかった静けさが、揺れた。

小さな揺れは、一点から、さざ波のように広がり、すぐに鬨《とき》の声となって、辺りを震わせた。

兵達に鷹揚《おうよう》に頷き掛けながら、市松は忙しく思案を巡らせていた。

元々、のんびり構えているつもりはなかったが、これはいよいよ抜き差しならなくなったぞ。一刻も早く浪生を手に入れねばならぬ。

さて、何か手っ取り早い策はないものか。

＊

浪生の郷主は、代々酒井《さかい》家が務めてきた。

温和と言えば聞こえはいいが、臆病で吝嗇《けち》。乱世にあって得意な戦法は「日和見《ひよりみ》」、という家風だ。

例えば綿辺なぞは、戦が常の世ではこぢんまりながら水軍を編成して郷を守り、平穏が幅を利《き》かせるようになってからは、港と街道を整え、行き来する者から税を取り立て郷を潤《うるお》している。そんな強《したた》かさとは全く無縁なのが、浪生の酒井家なのである。

だから、墨州、西や南の豪商からどんなに港と道の整備を求められても、首を縦に振らない。

理由はひとつ、「金がかかる」である。

漁が主な生業《なりわい》の浪生の民は、漁で使う小さな舟を舫《もや》う木杭《きぐい》が陸《おか》に打ち付けられているのみの小さな港で、事足りる。他国の者のために使う、余計な金子なぞある訳がない。

本気で、墨州や豪商の求めを蹴《け》ろうというのではなかった。

吝嗇で日和見の酒井当主と、同じ性分の血族で固められた重臣は考えたのだ。

商人は通行税、船舶の停泊税を払うと申し出ているが、大した額ではない。本当に奴らが言うような大きさ、数の商船がやってくるかも、分かったものではない。まずは断って、相手の出方を見てはどうだろう。

ひょっとしたら、もっと税を払うと言ってくるかもしれない、と。

話は、思わぬ方角へ進んだ。

商人達が、普請代、港の保全に掛かる金子、全て自分達で持つから、港を整えさせてくれ、停泊税も払う、と申し出てきたのだ。

どう転んでも損が出そうにない話に、郷の政を担《にな》う連中は飛びついた。

港だけ整っても大量の荷は運べない。港の次は、道を整えさせてくれと言ってくるに違いない。

領地を整えるのはその国の役目だ、という理屈なぞ、「港を他国の商人が整えてくれる」という話に喜び勇んで飛びつくような吝嗇共の頭に、元々ありはしない。

ところが、海千山千の豪商達が、上手《うわて》だった。

自分達が整えた港だから、という言い分を持ち出して、税は当初の半分まで値切られた。

更に商人達は、大きな船を港に停泊《と》めるだけ停泊めて、荷は小舟に詰め替え、綿辺へ向かってしまったのだ。

道を引くというのは、港の限られた一角を整えるのとは訳が違う。労力も、掛かる金子も、比べ物にならない。

綿辺の通行税を払った方が割に合う、ということだ。

結局、浪生は何の損もしなかったが、大した利も得られなかった。だが、半分になったものの、銭一枚も使わず停泊税が入ってくるのだから、それでよしとしよう。

吝嗇で日和見な当主、重臣は揃って得心した。

一方、浪生で暮らす民は、酒井家のような性分とは少し違っている。むしろ、頼りがいのない支配者を長年見てきたことで逞《たくま》しさを培《つちか》ってきた。

商人自ら整備した港をとっても、彼らの間では、冷やかな遣《や》り取りが交わされているのだ。

——まったく、御館様《おやかたさま》は「損して得とれ」っちゅう言葉を知らんのかね。

——道を作ってやりゃあ、金持ちの商人達は、通りすがりに金や珍しいもんを落っことしてってくれる。

——儂達が獲《と》った魚だって、買ってくれるかもしれねぇ。

——何より、墨州っていう、でっけぇ国に恩を売れるじゃねぇか。

——見てみろや、綿辺の港や町の賑《にぎ》やかな様子を、よ。

——お前ぇ、綿辺へ行ったことあんのか。

――おおよ。宿屋や飯屋、居酒屋は勿論、商人達を足止めしてたんまり金を落とさせる、花街まである。

そうして冷やかな遣り取りは、いつも呆れ交じりの溜息《ためいき》で締めくくられる。

逞しい民達が「浪生館《やかた》の主」を見る眼は、遣り取りに増して冷やかだった。

わざわざその座から引きずりおろす程の主でもないが、黙って従うのも、何やらもどかしい。

そんな具合で、良好な繋がりではないものの、支配者も民も概《おおむ》ね穏やかな日々を送っていた。

そこに、旋風《つむじかぜ》がやってきた。

墨州の軍だ。

領主自ら率いる本軍は真っ直ぐ南へ向かったが、別の一軍が鉤形《かぎがた》を描きながら、浪生に近づいているという。

酒井一族は、海風にも高波にも悩まされない高台の浪生館に集まっては、一向に進まない評定を続けていた。

どういうことだ。

本当に、この郷を目指しているのか。

狼狽えている間に、すぐ東の郷まであっけなく落とされ、墨州軍千六百がすぐそこまでやってきてしまった。

郷と軍を遮るものは、童が茸《きのこ》を採りに、気軽に入っていく小さな山ひとつ。

使者を立ててみてはどうだろう。

使者とは、戦を仕掛ける側が大将の口上《こうじょう》を持ってくるものではないのか。

降伏するなら、そうとも限りませぬ。

まだ墨州《あちら》の意図も分かっておらぬのに、最初《はじめ》から降伏するつもりか。

慌ただしく、これまでしたことのない戦仕度を整えながら――乱世は既に遠い昔になっていた――言い争っていた時のことである。

館の門兵が、転がるようにして評定の場にやってきた。

「何事だ」

八つ当たり気味に怒鳴った酒井家当主に、門兵は平伏しながら怒鳴り返した。酒井当主、名を又兵衛《またべえ》、諱《いみな》を春元《はるもと》という。

「し、ししし、使者にございまするッ」

「なにっ。もう墨州が使者を立てて参ったか」

又兵衛の代わりに、家臣のひとりが上擦った声を上げた。途端に評定の場は蜂《はち》の巣をつついた騒ぎになった。

「ど、どうする」

「どうするも何も、追い返す訳にもいくまい」

「一体、あちらは何を言ってくるつもりなのであろう」

「戦口上に決まっているではないか」

「ですからあの時、始めから墨州の言う通りに、港と道を作っておればよかったのですッ」

「あ、あの時、誰もそのようなこと、申さなかったではないかっ」

「お、おお、畏れながら――ッ」

浪生の中枢達に割って入ったのは、亀《かめ》のように這《は》い蹲《つくば》った門兵だった。

「墨州の使者では、ござりませぬ」

わあわあと騒がしかった座が、一気に静まり返る。

当主と重臣達は丸くした目を互いに見交わしていたが、やがて一番の年嵩《としかさ》でまとめ役の家臣が、そろりと確かめた。

「墨州の使者ではないと」

「は、ははッ」

「では、どちらの使者じゃ」

「それが、その」

「ええい、早く申さぬかっ」

門兵が一度さっと顔を上げ、すぐに平伏し直し、戸惑ったように答えた。

「それがその、綿辺の山賊、いえ、お使者にて」

更に目を丸くした家臣と当主は、一斉に黙りこくった。

＊

「浪生館」は小山の上に造られていて、麓《ふもと》を流れる川が堀代わりらしいが、見る限りせいぜいが大人の膝辺りの深さだ。堀もどきの川に渡された石の橋を越えてしばらく坂道を登れば、館門《やかたもん》に着く。館はぐるりと木塀で囲われているが、その気になれば容易く乗り越えられようし、いざとなったら、壊すのにもさして手間がかからないだろう。

乱世が遠くなったとはいえ、随分と呑気《のんき》な備えである。

門兵は二人。取り次ぎも兼ねているようで、長閑《のどか》と言えば長閑、質素と言えば質素である。

その質素な館の庭を望む浪生の「大広間」に、遠井格之丞は連れと共に通されていた。

大広間と言っても、この館で一番広い間、ほどの意味だろう。

そもそも館自体が、墨州の主だった武人が拝領する屋敷と、広さもつくりもさして変わらない。岩雲城を引合いに出すなら、広さは領主の私的な客間と同じほど、手と金の掛け方に至っては、比べるのも馬鹿馬鹿《ばかばか》しい。

きちんと整えられてはいるが、豪奢《ごうしゃ》でも壮麗でも、ましてや剛健でもない。

郷主の威信も見栄《みえ》も、あったものではない。まだ、墨州の家老衆の屋敷の方が金子も手間も掛けていそうだ。

吝嗇だと市松から聞いてはいたが、これほどとは思っていなかった、と格之丞は、こっそり溜息を吐《つ》いた。

まあ、民から搾《しぼ》り取って飾り立てるよりは、ましな主家なんだろうけど。

内心で呟《つぶや》いてから、隣にどっしりと腰を下ろしている唯一《ゆいいつ》の味方に、小声で話しかける。

「あの、ですね」

相手は軽く目を伏せ、身じろぎひとつすることなく、酒井一族がやってくるのを静かに待っている。

「あの。佐竹《さたけ》様」

「不用意に名を呼ぶでない。愚か者」

小声ながら、鞭《むち》のような叱責《しっせき》が飛んできて、格之丞は首を竦《すく》めた。

「申し訳ございませぬ」と詫《わ》びてから、更に声を潜めて問いかける。

「このようなことをして、本当に大丈夫なのでしょうか」

佐竹重兵衛《じゅうべえ》――血を見るのが苦手な市松のために甲之介が付けた、将のひとりである――は、半眼のまま格之丞を一瞥《いちべつ》し、唇を殆ど動かさずに答えた。

「顔が変わっただけのこと。元々いちめが立てておった策から、大して変わっておらぬ」

「そうは言っても、ですね。その『顔』が肝心なのでして。我等が偽者《にせもの》と浪生に知れてしまったら――」

「不用意なことを口にするなと、言うておろうが」

厳しく遮られ、格之丞は首を竦めた。今度ははっきりと佐竹のぎょろつく目に睨《にら》まれ、更に身を小さくする。

「もし露見するとしたら、間違いなく貴様ゆえだな」

「そ、そんな」

「煩《うるさ》い。狼狽えて墓穴を掘るなと申しておるのだ。山賊の如《ごと》く不遜《ふそん》にしておれぬのなら、上座の脇息《きょうそく》でも睨みつけ、口をへの字に曲げておれ。良いか、一言も口を利いてはならぬぞ」

そんなぁ。

再びぼやきかけたが、佐竹の言うこともっともだ。自分に「山賊の真似」なぞ出来ない。

格之丞は大人しく、佐竹に従うことにした。

庭の向かい、ほんの少しだけ開けられた襖《ふすま》の隙間《すきま》から、何やら話し声が聞こえる。

格之丞は耳がいい。勿論佐竹にも、襖の向こうの遣り取りは聞こえているだろう。甲之介の周りにいる武人は、揃って目も耳も、人並み外れているのだ。

——み、見たか。

——おお。「丸に波頭」の紋を付けた、錆茶《さびちゃ》の甲冑《かっちゅう》。

——あ、あれは、噂に聞く「綿辺の山賊」。

——綿辺め。使者なぞと嘯《うそぶ》きながら、山賊を寄越しおって。

——じゃが、元はと言えば、あ奴らは綿辺の兵だというではないか。

八万遠《やまと》に平穏が訪れ、大きな戦がなくなってから、兵、取り分け武人の身分を持たぬ徒歩《かち》兵達は、仕事を失った。州や、州と張る程の大郷なら、戦がなくても徒歩兵を養えるが、綿辺程度の郷では、そうも言っていられない。水軍まで作って、大がかりな兵力を備えていた分、食い逸《はぐ》れる徒歩兵も大勢になった。あっさり刀を鋤《すき》や鍬《くわ》に持ち替えた者もいたが、そうでない者もいた。

綿辺は、国内を通る豪商のことを、元徒歩兵達に耳打ちした。

どれほどの荷、金子を持ち、護衛は幾人。腕の立つ者を抱えているか否《いな》か。

そして、元徒歩兵の「山賊稼業《かぎょう》」に目を瞑《つぶ》った。

その代わり、いざという時には徒歩兵として再び忠義を尽くせ、と。

その約定が綿辺の郷で今でも生きていることを、浪生も、そして市松も承知していた。

浪生と綿辺は、離れているものの、同じ海に面している地続きの郷だ。漁や港のことで何かといがみ合っているという噂は、格之丞の耳にも届いている。相手の動静を熟知していても不思議ではない。

だが、市松は違う。郷よりも大きく格も上の州にあって、領主の側仕え筆頭を務めている。

やるべきこと、考えることは山のようにあり、たかがひとつの郷の中枢《ちゅうすう》と裏で繋《つな》がっている山賊にまで、普通なら頭は回らない。

それだけでも驚くべきことなのに、一体どうやったのか、山賊のお仕着せ甲冑を手に入れ、それを二組も浪生を目指した戦の荷に入れていた。

この通り、無駄にはならなかった訳だが、最初の戦略は、違っていた。本当に綿辺を嗾《けしか》け、浪生に喧嘩《けんか》を売らせるつもりだった。

この甲冑の使い道は、なかったはずなのだ。

「何だってこんなもんを、戦場《いくさば》に持ってきたんでしょうねぇ、いち師匠は」

市松を師匠、と呼んだ格之丞を面白そうに見遣ってから、口をへの字に歪《ゆが》め、佐竹は呆《あき》れ口調で囁いた。きらきらと輝いている双眸《そうぼう》が、やけに楽しそうだ。

「それが、いちという奴よ」

はあ。

腑《ふ》に落ちない想《おも》いで格之丞が応じた時、

「来るぞ」

佐竹が低く告げた。

息を二つ、吸って吐くほどの間《ま》が空いた後、襖が開いた。

山賊、山賊。儂は山賊。

格之丞は自分に言い聞かせ、隣の佐竹の立ち居振る舞いに倣《なら》い、精いっぱいの「粗野な振る舞い」で頭を下げた。

上目遣いで確かめた限りでは、入ってきたのは家臣十人、その後ろからやってきて上座へ進んだのが主、酒井又兵衛春元だろう。

酒井方が全て腰を下ろしたのを待って、佐竹がうっそりと頭を上げた。

これまた精いっぱいの顰《しか》め面《つら》を取り繕って、格之丞も続く。内心は冷や汗塗《まみ》れだ。

又兵衛のこめかみには、早くも青筋が浮いている。

なぜ、郷主が礼儀を知らぬ山賊を相手にせねばならぬのか。腹の裡はそんなところだろう。

それにしても、神経質そうな面立ちの男だな。家臣連も血族というだけあって、皆似たり寄ったりか。

格之丞は、そんな風に思った。市松を真似《まね》て、表情や立ち居振る舞いから胸の裡を推し測ってみようとしたが、結局「神経質そう」くらいしか分からなかった。

「儂は未《ま》だ、顔を上げる許しを出しておらぬが」

ごもっとも、と頷《うなず》きそうになる自分を、格之丞は叱《しか》りつけた。

相手は当主だ。折り合いの悪い他国とはいえ、「許しが出るまで頭を上げない」のは、最低限の礼儀である。

けれど佐竹は、小馬鹿にした風に鼻を鳴らし、嘯いた。

「お許しがなかなか出ませんでしたのでな。居眠りでもしておるのかと、心配になった」

おいおい、である。口の利き様もおざなりとは、少々やり過ぎではないのか。

そうは思ったものの、動揺を表に出してはならない。それに佐竹がやけに活《い》き活きとしている。この「役どころ」を楽しんでいるとしか見えない男の邪魔は、しない方が良い。

顔色を変えて「無礼な」だの「御館様の前であるぞ、控えよ」だの、声を荒げている酒井の家臣を見回す佐竹の目つき、顔つきは、不遜で粗野な山賊そのものだ。

ここは任せるとしよう。自分が今するべきなのは、佐竹の、そして市松の足を引っ張らないことのみ。

格之丞が腹を決めるのを待っていたように。

「ええい、ごちゃごちゃと、五月蠅《うるさ》いわい」

そこに居並ぶ者を蹴散らす勢いで、佐竹が一喝した。

「だからお主ら、浪生の者は好かんのじゃ。お主らが先に姑息《こそく》な手を使ってきたのだぞ。ならば、売られた喧嘩は買ってやろうと、わざわざ出向いてやったのに、今度は礼儀がどうの、御館がどうしたのと、枝葉のことばかり言いたておって。喧嘩を売った相手に礼儀を求めるなぞ、片腹痛いというもんじゃい、阿呆《あほう》」

知らない。どうなっても、知らない。

格之丞は佐竹が酒井方を煽《あお》っている間、題目のようにそれだけを心中で唱えていた。

首の後ろから背中へ、厭《いや》な汗が伝っていくのが分かる。

だが、居並ぶ酒井主従は、怒るどころか戸惑うように顔を見合わせた。

幾度も唇を湿らせ、年嵩の家臣が訊《き》いた。

「喧嘩を売る、とは何の話だ」

「喧嘩は喧嘩よ。お主らが一番よく分かっていることではないのか。だから我等が使者として立ったのよ」

佐竹は、我等、というところで甲冑の喉元《のどもと》少し下、「丸に波頭」の紋を軽く、誇らしげに叩《たた》くことも忘れない。

市松によれば、「綿辺《わたべ》の山賊」が自分達を指す時に、よくやる仕草なのだそうだ。いざとなれば徒歩兵に早変わりするような山賊が出てきて、自分を誇示し、売られた喧嘩は買ってやると豪語する。

乱暴でしきたりも何もあったものではないが、戦をしかけるぞ、と言っているらしい。つまりこれはれっきとした戦口上であり、その端緒は浪生方《はにゅう》にあるということであり、有事の折には徒歩兵として忠義を尽くす約定の許《もと》、山賊稼業にいそしんでいた者共が「兵」として使者に立った、すなわち綿辺方の戦仕度は既に済んでいる、ということであり――。

酒井の家臣が青くなって、「山賊から徒歩兵に生業換えした使者」を止めた。

「ま、待たれよ。我等には身に覚えのないことだ。まずは何がそちらの気に障《さわ》ったのか聞かせて貰《もら》えぬか」

まさしく掌返し、いきなり随分と下手《したて》に出たものだ。

つい零《こぼ》れた失笑を、酒井方にも佐竹にも見咎《みとが》められた。

佐竹からはほんの刹那《せつな》、「馬鹿者が」という眼で睨まれたが、それだけだ。酒井方は、なぜか一層顔色を失《な》くしていた。

涼しい顔で、佐竹が酒井方に応じる。

「うちの半人前まで、馬鹿らしいと鼻で笑っておるわい。聞きたいというなら、阿呆らしいが聞かせてやる。お主ら、墨州の奴らと密《ひそ》かに手を結んで、儂《わし》らの国を潰《つぶ》すつもりなのであろうが」

またもや、間が空いた。

しばらくしてようやく、我に返った歳若《としわか》の家臣が格之丞達の方へ身を乗り出した。

「それは思い違いというもの。我等は、墨州の軍に今しも攻め込まれようとしているのですぞ」

ふふん、と佐竹が鼻で笑う。

「どうせつくなら、もっとましな嘘《うそ》をつくものだ。わざわざしっかりした道と番所を作りながら敵方へ攻め込んでくる呑気な軍勢が、どこにおるという」

「あれは、墨州方が勝手にやっているのみで、我等の与《あず》かり知らぬことだ」

「その道で潤うのは誰だ。墨州と浪生ではないか」

「潤うなぞ。我等は知らぬ」

「ふざけたことばかりぬかすと、叩っ斬《き》るぞ」

おおよそ、郷の重臣にたかが徒歩兵が利くような口ではない。

格之丞は、再び零れそうになった笑いを、必死で堪えた。

「そもそも、商人共が自腹を切って他国に港を作ると申し出るのも妙なら、大事な海辺を他国の商人に好きにさせるのも妙というもの。その時に怪しいと、気づくべきであった。我等が主は、そう仰《おお》せだ。墨州と謀《はか》って商人共のために道を引き、我等を干上がらせるつもりなのだろう。なればこそ――」

「待たれよ、使者殿ッ」

佐竹は血走ったぎょろ目で酒井方を睥睨《へいげい》した。相手が口を噤《つぐ》むのを見て、続ける。

「なればこそ、周りの郷が揃《そろ》いも揃って呆《あっ》気《け》なく墨州の手に堕ちたのでは、ないのか。元々墨州と浪生で密約が交わされていた。挟み撃ちにあった他の郷は仕方なく降伏した。州のお偉い軍師様でなくとも、その程度は読めるわい」

又兵衛も含め、酒井方はもはや誰も口を利く力がないようだった。

勿論《もちろん》、酒井に「そんなつもり」はなかった。なるべく損をしないように、要らぬ波風を立てないように、と思案した。ただそれだけのことだ。

けれどどこでそろばん勘定を間違えたのか、使者の言葉は確かにその通りで、もし、浪生が綿辺の立場に立たされたとしたら、今聞かされた通りの策略を疑う。

どうすれば、綿辺の思い違いを正せるのか。

そんな風に互いの眼を見交わす酒井主従――早くも、見飽きた光景だ――を余所《よそ》に、佐竹は粗野な動きで立ち上がった。高みの見物を決め込んでいた格之丞も急いで続く。慌《あわ》てた分乱暴な動きになったのが、かえって山賊らしく見えたか、と思うとまんざらではない気分だ。

佐竹は、腰が抜けたような酒井方を見下ろし、傲然《ごうぜん》と言い放った。

「問答無用で焼き討ちを掛け、金目のものと女を奪って仕舞いにすれば、済むこと。我等はそう思うていたのだが、主は、それでは道理が通らぬ、と仰せだ。せめて戦口上くらいは、きちんとやっておけ、とな。いいか、確かに伝えたぞ」

指をさしかねない勢いでひとりひとりを眺め回し、佐竹は、どすどすと音を立ててその場を後にした。

慌てて格之丞もそれに続いた。

うかうかと逃げ遅れ、我に返った酒井方に危ない目に遭わされるのは御免だった。

＊

「いち、儂はつくづく、肝を冷やしたぞ」

佐竹重兵衛は、浪生館から野営地に戻ってくるなり、天幕にいた市松に向かって盛大にぼやき始めた。

早々に「綿辺の山賊」のお仕着せ甲冑を脱ぎ、首の辺りを拭《ふ》きながら、格之丞が気安い調子で茶々を入れる。

「おや。それにしては随分と『山賊役』を楽しんでおられるように、お見受けしましたが。佐竹様」

ぶふん、と、馬のような鼻息を吐き、佐竹がしれっと言い返す。

「そこは儂の度胸のなせる業よ。敵ばかりか味方のお主にも、それと気づかせなかったのだからな」

それから、佐竹が思い出したようにがなった。こちらは綿辺の甲冑姿のままである。

「こ奴《やつ》の危なっかしいことといったら、なかったぞ。肝が据わり切らぬくせに、不用意にしゃべったり、笑ったり」

「まあ、まあ」

市松は笑いながら、佐竹を宥めた。

他国の使者を装って敵の中枢に入り込んだのだ、墨州で一、二を争う剛の者と評判の佐竹でも、確かに肝を冷やしたのだろう。だがそれ以上に、変わった役どころを、見かけによらず悪戯者のこの男が楽しんだことも、間違いはない。

にっこり笑って、甲之介の信厚き将を宥める。

「佐竹殿のお蔭《かげ》で、肝心の初手が最良の形になり申した。良いではございませぬか」

「しかしだな」

「要らぬ口を利いたのはともかく、敵の大将を前にして笑ったのは、格之丞のなかなかの手柄では、ありませなんだか」

むう、と、佐竹が不服げに黙り込んだ。

「何しろこの若さです。きっと、青二才の癖にさぞ不遜で肝の据わった奴、これは山賊といえど侮《あなど》れぬ。そんな風に見えたことでしょう」

「まあ、な」

しぶしぶ、といった風で佐竹が頷く。

ああ、そうか、と、格之丞がぽんと掌《てのひら》を拳《こぶし》で叩いた。

「それであちらの皆様は、揃って真っ青になったんだ。なぁるほど」

「こ奴。惚《とぼ》けおって」

佐竹が唸ると、格之丞はひゅっと亀のように首を竦めた。

お主は黙っておれ。そんな風に眼で脅しつけ、佐竹は生真面目《きまじめ》な顔を市松へ向け直した。

「感心せぬな。騙《だま》し討ちのような戦術は」

「騙した訳ではござりませぬよ、佐竹殿」

宥めるように言い返し、市松はちょっと笑んで続けた。

「お願いした通り、一言も『綿辺の使者』とは、名乗られなんだのでしょう」

市松は、使者に立つ二人に対して、決して「綿辺」の名を出すなと、念を押していた。

浪生は、「綿辺の山賊のお仕着せ甲冑」を身に着けた「使者」を見て、勝手に綿辺の使者だと思い込んだ。

佐竹が、重々しく首を横へ振った。

「言わなかったからいい、というものではないぞ、いち」

市松は、笑った。今度は自嘲《じちょう》の想いを乗せて。

使者は、敵方へほんの僅《わず》かな手勢のみで赴く強き心の者として、本来礼をもって扱われるべき存在だ。余程の暴君、愚将でなければ使者の首を刎《は》ねる真似はしない。

その使者を騙《かた》る。

武人として、唾棄《だき》すべき戦術だ。いきなり夜討《ようち》を掛ける、裏で寝返りを促す、そんな手段の方が、まだいくらかましである。

「堂々と綿辺を騙らなかった。それでご容赦下さい。何しろ、時がない。儂には、戦の筋や武人の矜持《きょうじ》よりも、墨州と殿が大切なのです」

ばつが悪そうに、佐竹が低く唸った。

どうやら、気づかれてしまったようだ。綿辺を名乗らせた方が間違いのない企てだったものを、敢《あ》えてそれを禁じたのは、戦術ゆえではない。

骨の髄まで武人である佐竹の矜持を、なるべく傷つけないためだ。

これほど急いでいなければ、元々は綿辺を嗾け「本物の使者」を寄越させる策だったのだ。

だがそんな悠長なことは、言っていられなくなってしまった。

それも、佐竹は重々承知だ。

ぷい、と顔をあらぬ方へ向け、ぶっきらぼうに言い捨てる。

「此度《こたび》だけは、目を瞑ってやる」

市松の配慮への、礼のつもりの言葉だろう。

まったく、不器用なお人だ。

「かたじけない」

市松は笑いを堪《こら》え、頭を下げた。

「それで、首尾はいかがでござりました。佐竹殿のお見立てはいかが」

面を改めて訊《たず》ねた市松に、佐竹もまた真面目に頷き、答えた。

「一刻も早く、二の手、三の手を打った方がいい。今がまさしく攻め時よ」

ほう、と市松が相槌《あいづち》を打って促すと、佐竹は言葉を重ねた。

「酒井一族。あれはいちが思っている以上に、揃って肝が小さいぞ。それから、『すぐそこまで攻めてきている敵を、迎え討たねばならぬ』という覚悟がないようだった。戦仕度は始めておったが、兵糧《ひょうろう》、水、館の備え、垣間見た限りだが、なっておらん」

余程、儂が指南してやろうかと思ったぞ。

そう付け加えた言葉が冗談には聞こえなかったので、市松は慌てて手を振った。

「それは、ご勘弁を」

ぶふん、と馬のような息をして――普段、佐竹のこんな粗野な仕草は見ないから、山賊の真似事の名残だろう――、佐竹は話を戻した。

「それに、酒井には頭《かしら》がおらぬ」

「ご当主は、いかがです」

「あれは、戦仕度以上にだめだ。家臣も似たり寄ったり。誰かが何か言ってくれぬか。出方を決めてくれぬか。儂がちょっと脅すたび、そんな風に眼を見交わしてなすり合いをするばかりだ」

ああ、そうか、と、また格之丞が手をぽん、と鳴らした。

「やけに目配せをしていると思ったのですが、あれは目配せではなく、なすり合いでございましたか」

やかましい、と格之丞を一喝し、佐竹は市松の方へ身を乗り出した。

「あの評定は、答えを出すのにえらく時が掛かる。だがそれを鈍間《のろま》、愚図と侮っては痛い目に遭うぞ。奇妙な鈍さに巻き込まれて、いつの間にか大負けを食らう。ここは評定であれこれ思案させる暇を与えず、一気に畳み掛けるに限る」

市松は、ゆっくりと目を閉じ、同じだけの時を掛けて瞼《まぶた》を上げた。

軽く笑って佐竹に応じる。

「承知つかまつった」

＊

酒井一族の中枢が、思いもよらぬ「綿辺からの戦口上」に対する評定を始めようとしていた丁度その時、再び、門兵が声を掛けるのももどかしい様子で転がり込んできた。

「い、一大事でございますっ」

「此度はなんだッ」

「こ、此度は、墨州にござりますッ」

大声で問い返した浪生郷主に張り合うように、門兵が喚《わめ》いた。

刹那訪れた静寂は、瞬く間に口々の叫びにかき消された。

「追い返せっ。綿辺に知れたら、やはり通じていたかと言われるぞ」

「馬鹿を申すな。大国、墨州の使者を門前払いなぞ、出来るものか」

「墨州殿は短気で乱暴者、血を分けた弟を自ら手に掛けたというではないか。綿辺よりも、厄介だ」

「では、墨州が綿辺を宥めてくれるというのか」

「残念ながら、それは出来かねまするな」

場に似合わぬおっとりした声が、割って入った。

再び、広間に静けさが戻ってくる。

酒井一族の視線が、一斉に聞き覚えのない声の主――庭に面した広縁に気安い佇《たたず》まいで立っている小柄な男に向かった。

兜《かぶと》を外し、小脇《こわき》に抱えている。戦仕度は、使者にしては妙に豪華というか仰々しい。

「しし、しばし、お待ちいただきますようお願い申し上げましたのに」

門兵の控えめな咎めが、途中で消えるように途切れる。墨州使者の、いかにも人好きのする笑みに毒気を抜かれたせいだろう。

「許されよ。墨州の者は多かれ少なかれ、誰もが気短でござるゆえ」

言いながらずかずかと広間へ踏み込み、郷主の目の前に腰を下ろした。

呆気にとられていた酒井一族が我に返りかけたところを狙《ねら》ったように、墨州の使者は再び笑んで、さっくりと名乗った。

「某《それがし》、我が主、墨州は奥寺甲之介より西の軍を任されております、東海林市松と申す者。お見知りおきを」

にこにこと、害のない顔を作りながら、市松は集まった酒井一族をつぶさに品定めする。

＊

門兵のひとりが、館内に走ったのを見届け、では、門の外で待たせて貰うと告げ、呑気に時を潰す風を装いながら、周りの目を盗んで木塀を乗り越え、館の敷地内へ忍び入った。

日頃から、町場の童達と「追いかけ鬼」や「隠れ鬼」をして遊んでいる市松にとっては、馬に乗ったり刀を振り回したりするよりも、よほど容易《たやす》い。

それから、気配を消して――剣術が出来ないなら、せめてそれくらいは出来るようになれと、甲之介や墨州の将達にやいのやいの言われ、ようやく身に付けた技だ――、知らせに入った門兵の後をこっそり追い、佐竹と格之丞から聞いた「大広間」の場所に見当が付いたところで先回りし、庭に潜んで事の成り行きを見守った。

これは、「墨州の者は多かれ少なかれ、誰もが気短」だから、ではない。

話し合いをさせる暇を与えるな、という佐竹の教えに従ったのだ。

偽綿辺からの戦口上に慌てふためいている様を見定め、「のらりくらり」の評定になる手前を見計らって、市松は声を掛けた。

「大慌て」が収まりかけた刹那に脅かされるのが、人は一番効く。

見開かれた幾対もの目が、市松をまじまじと眺めている。

脇に抱えた兜は、縁起のいい「ふくろう」を模したもの。これは、市松自身の備えだ。けれど甲冑の上から羽織った、袖《そで》なしの陣羽織に施された紋は「杉木立」、すなわち墨州、奥寺の家紋だ。

奥寺の一族以外で、陣羽織にこの紋を許される者は、限られている。

もしや、本当に墨州軍の大将。

そんな考えの道筋が、市松には手に取るように分かった。

だから、最初からそう言っておろうが。

腹の中のみでこっそり言い返し、再び先手を取った。

のらりくらり、戻ったり曲がったりの調子に巻き込まれ、気が付くととりもちに絡《から》め取られている。

酒井の遣り口に嵌《はま》ってはならぬ。

「時がござりませぬゆえ、直截《ちょくさい》に申し上げる。綿辺の仕掛ける戦に、お困りではござりませぬか」

時がないのは、市松の方だ。だが、ここでそれを悟られてはならない。流れを滞らせてはならない。浪生に考える暇を与えてはならない。

「何の、話で——」

「綿辺は」

にんまりと笑んで、市松は酒井方の言を遮った。

ここはゆっくりと、焦《じ》らすように言葉を重ねる。

「綿辺は、本軍も動かす所存にございまするぞ」

「と、いうことは」

震える声で、家臣のひとりが呟いた。

「やはり、あれは使者が来ただけでなく、綿辺のせ、せせせ」

「先鋒《せんぽう》は、既にすぐ側まで」

問《つか》えた言葉を、市松が引き取ってやった。

「先鋒は噂《うわさ》の山賊上がりのようでございまする」

凍りついたように、酒井一族が黙る。

市松は一転、黙して待った。

先方が口を開くのを。もしくは——。

「い、一大事でございますッ」

別の兵が飛び込んできて、当主の又兵衛が、取り繕うゆとりもなく喚いた。

「ええい、煩いっ。次から次へと、一体なんだというのだ」

主に怒鳴られた兵は、束《つか》の間《ま》怯《ひる》んだものの、すぐに続けた。

「敵方が、攻めて参りましたッ」

「か、数は」

「分かりませぬ」

「分からないとは、何事だ。物見は何をしておった」

「それが、いきなり火矢を射かけられ」

「火矢だとぉ」

「館を囲んだ板塀のあちこちから、火の手が上がりましてござりまするッ」

さすがは佐竹殿。いい、間合いだ。

市松は、腹の裡《うち》のみで笑んだ。

兵は、取り繕うように言い添えた。

「一か所消すと別の場所から新たな火の手が上がり、館の周りは、火消しと酷《ひど》い煙で大わらわにて。敵方の備えも、味方の動きもはっきりと摑《つか》めませぬ」

今、館の裡に攻め込まれたら、ひとたまりもないぞ。

誰かが、掠《かす》れた声で呟いた。

のぼせたようになってしまった当主に代わり、酒井重臣のひとりが市松に向き直った。

「これは、墨州のなさり様か」

市松が落ち着き払って答える。

「そう、思われるか。軍を率いる大将がここにこうしておりますのに」

ごくり、と誰かが喉を鳴らした。

市松は、穏やかに、けれど力を込めて言葉を続けた。

「我等は、浪生を無傷で手に入れたい。そう思うておりまする。館に火を掛けるなぞ、もっての外。愚策中の愚策」

確かに、港や、この先仮の本陣となる館に火を掛けるのは、愚かな策だ。だが、佐竹が「容易くぶっ壊せる」と言い捨てた貧相な木塀なぞ、燃えようが朽ちようが、大した痛手にはならぬ。どうせ、真っ先に作り直さなければならないのだ。

勿論、そんなことはおくびにも出さない。涼しい顔でやり過ごす。

「では、やはりもう綿辺が、攻めてきた」

これにも、市松は答えなかった。先刻市松と口を利《き》いたことで遣り取りを押し付けられた重臣が、再び問うた。

「そこもとは、我が浪生を手に入れると申された。だが、戦口上を述べるためだけに、敢えて大将が乗り込んでこられるとは思えぬ。答えて頂こう。墨州は何を目論《もくろ》んでいる。綿辺と手を組んで浪生を滅ぼすつもりか。それとも、他の目論見があるのか」

市松は、歯を見せて笑った。

のらりくらりの術中に嵌らぬようにするには、相手から切り出させ、こちらがそれに答えればいい。ここまでくれば、この交渉は市松の手中に堕《お》ちたも同じだ。

「申し上げたはず。我等は、無傷で浪生の海を手に入れたい」

「浪生を滅ぼすと申される。それでは綿辺と変わらぬでは――」

市松は、激昂《げっこう》しかけた酒井の重臣を、軽く手を上げることで黙らせた。

「御一族には、浪生の郷を明け渡して頂く。応じて頂ければ、我が軍が綿辺を退けましょう。勿論、御一族も浪生の民も、傷はつけ申さぬ」

ふん、と別の誰かが、嘲《あざけ》るように鼻を鳴らした。

「喉元に刃を突き付けておいて、綿辺より慈悲深い申し出を有難いと思え、とでも言うつもりか。我等一族が郷を追われるのなら、大して変わらぬ」

民の安寧より、自分達の財が大切か。

吐き捨てたい心地を隠し、市松は畳み掛けた。

「綿辺を」

一斉に、酒井一族の視線が市松に集まった。

ひとりひとりの目を、安心させるように見回し、市松は続けた。

「御一族には、綿辺を差し上げましょう」

誰も、何も言わない。一族の中で、眼を見交わすのみだ。

けれど、市松の耳には、確かにそろばんをはじく音が聞こえた。

あの、商人が足繁《あししげ》く行き交い、花街まで抱えた賑《にぎ》やかな郷が、自分達のものになる。

「それは」

つい先刻皮肉を吐き捨てた同じ男が、おもねる声音、目つきで市松に確かめた。

「綿辺を、攻め滅ぼすおつもり、ということですかな」

「滅ぼしは、いたしません。民がおらぬ荒れ地を貰い受けても、そちら様はお困りになるのみでしょう」

はあ、と答えた声に期待が滲《にじ》んでいる。そしらぬ振りで、ただ、と言葉を添える。

「綿辺の兵とは、浪生を守るために我が軍が一戦交えます。我が主は半端《はんぱ》なことを嫌いますゆえ、郷主とその一族、それに山賊崩れの兵達は一網打尽、ということになりましょうな」

「その後を、我等にお譲り下さる、と」

商人も通らなくなる、戦に出ずに息を潜めていた山賊共も残っている。そんな郷でよければ、だが。

とは心の声のみに留め、市松は飛び切り殊勝で生真面目な顔を作って頷いた。

「こちらの求めることに全《すべ》て従っていただけるなら、勿論」

重臣の眼が、当主に集まった。

早く、返事をしろ。そんな圧力が、市松にも感じられる。

どれ、背中を押してやるか。

「そろそろ、木塀が破られる頃合いでは、ござりませぬかな」

「あ、あい分かったッ」

ひっくり返った声で、酒井又兵衛春元は、叫んだ。


格之丞を含めた僅かな手勢を率い、市松は馬を疾走《はし》らせた。いや、市松の心中を察し、勝手に疾走ってくれる「大地」にしがみついていた、という方が正しい。

一刻も早く、岩雲城へ帰らなければならない。

詐欺《さぎ》まがいの手で浪生を手に入れた後、事の次第が酒井一族に知れないよう、当主と重臣は厳重に幽閉をした。更に、もやしのような将兵もひとつ処《ところ》に押し籠《こ》め、燃やした板塀の修繕の手配をし、金子や備蓄の食糧、武器、馬、浪生館の隅々までくまなく調べるよう、残した者達に指図をしてからのことだ。

佐竹には、一騎当千の兵六百を率いて、綿辺へ向かって貰った。

甲之介からは「綿辺は滅《こ》ぼせ」という命が、始めから出ていた。墨州と取引のある商人、つまりは墨州を虚仮《こけ》にしてくれた返礼なのだそうだ。

だから、綿辺の郷主とその一族を根絶やしにすることに、市松は口を挟めない。卑怯《ひきょう》な策で郷をひとつ落とした。その片棒を担《かつ》がされたことで佐竹が抱えてしまった「武人の鬱憤《うっぷん》」も、晴らさせてやらなければならぬ。

もっとも、さすがの佐竹も、年端もゆかない子供の命まで奪うのは、気が進まないだろうが。

それもこれも、殿のお指図だ。是非もなし、是非もなし。

念仏のように心中で繰り返し、市松は鳩尾《みぞおち》辺りの重苦しさをやり過ごした。

「お師匠様、伺ってもよろしいでしょうか」

舌を噛《か》んでしまいそうな勢いで疾走る馬上から、格之丞が声を掛けてきた。

「何だ」

本当に舌を噛まないように、大地から落ちないように、市松は必死で訊き返した。

「あの、佐竹様と某がお借りした、『綿辺の山賊』のお仕着せ甲冑《かっちゅう》、一体どうやって手に入れたのですか」

そんな、いつ訊いてもいいようなことを、なぜこの大変な時——市松にとっては、馬に乗っている最中は、敵陣に使者としてひとり乗りこむよりも、よほど大事《おおごと》だ——に訊くのだ。

そうは思ったものの、こちらの重い気を紛らせようとしてくれているのかもしれないと、市松は考え直した。構えて舌を嚙まないよう、大地の足並みとの間合いを充分に計って口を開く。

「商人達に、頼んでおいた、のだ。いつ、どんな理由で入用になるか、分からぬからな」

物騒な綿辺を通るために、商人達は護衛の私兵を雇っている。襲ってきた山賊を返り討ちにした際には、首は要らぬから、お仕着せの甲冑を持ち帰って欲しい、と。

甲之介は、いずれ綿辺を滅ぼすと定めていた。

手に入れておけば、密偵に着せるとか、仲間割れの火種にするとか、いずれ役に立つかもしれないと、閃《ひらめ》いたのだ。

まさか、浪生を「騙し討ち」にするために使うことになるとは、思わなかったが。

「検視使《けんしし》は、大丈夫でしょうか」

ふいに、格之丞が話を変えた。声音も甲冑云々《うんぬん》の遣り取りの飄々《ひょうひょう》としたものに比べ、重く硬い。

大丈夫かどうか、だって。それが分からないから急いでるんじゃないか。

見込みよりも速かった、検視使の派遣。州内をただ「見て回る」だけでは済まないことは、分かっている。読み通り寅緒《とらお》の者が混じっているとすれば、証《あかし》が見つからなければ、捏造《つく》ってでも「謀反《むほん》」だと騒ぎ立てるだろう。

頑固で石頭の家老衆と、気位が高くて堪え性のない甲之介に、腹に一物ある検視使をそつなく扱えるとは思えない。

教えてやりたかったが、こんな長台詞《ながぜりふ》をぶっては、間違いなく舌を噛む。

だから市松は、

「急ぐぞ」

とだけ、格之丞に応じた。

七章──予見の成就《じょうじゅ》

一触即発とは、このことだな。

甲之介《こうのすけ》は、愛馬、白虎《びゃっこ》の胴を拭《ふ》きながら、他人事《ひとごと》のように考えた。検視使《けんしし》が来ている以上、遠駆けへ出かける訳にもいかない。城内で下手に顔を合わせ、諍《いさか》いになっても面倒だ。

白虎の世話はうってつけの息抜きと暇つぶしだった。

あの澄ました連中は、何を調べ、でっちあげるにしても、獣《けもの》臭い厩《うまや》には近寄らない。

相変わらず、検視使のひとりは、ことある毎《ごと》に甲之介を「貞順《さだより》殿」と、涼しい顔、無遠慮な物言いで呼ばわっている。

それを耳にするたび、殺気立つ家臣。

甲之介の辛抱の糸がいつ切れるか、と気を揉《も》む家臣。

時が経《た》つにつれ、「貞順」と呼ばれる数が増えるにつれ、気を揉む者よりも殺気立つ者が、増えてゆく。

いちを待つのにも、飽いたな。

また、なんでもないことのように、思案する。

昨夜から、重く湿った雪が降り続き、墨州《ぼくしゅう》の景色を再び白一色に埋め尽くしていた。

今は、若葉月《ごのつき》、冬が長く春の短い墨州で、様々な花が一斉に咲き、様々な色がそこここに溢《あふ》れる、一年で一番華やかな季節のはずだ。

「時不知《ときしらず》」――季節外れの雪は、凶事の前触れであると、墨州では古くから言われている。

甲之介自身、この季節にこんな大雪は、さすがに憶《おぼ》えがない。

それほど大きな凶事が、やってくるということか。

弟を殺《あや》めたあの日も、一面が雪であったたな。

ふと、埒《らち》もないことを思い起こし、甲之介は小さく舌を打った。

座敷牢《ざしきろう》の父が、ここ数日やけに騒がしいという。

自ら再び、城を血で汚す。その符牒《ふちょう》を探している自分が情けなくもあり、腹立たしくもある。

いちの鈍間《のろま》め。浪生《はにゅう》ごときに何を梃子摺《てこず》っておる。早う帰ってこぬか。

自分の苛立《いらだ》ちを市松《いちまつ》に向けた時、側仕えのひとりが厩の外から甲之介を呼んだ。

「殿」

「何だ」

　厩から出ず、振り返りもせず応じると、側仕えが近づいてくる気配がした。

　伊達《だて》に側仕えとして近くに置いている訳ではない。甲之介の機嫌の程はとうに気づいているだろう。それでも間合いを詰めてくるのは、耳寄りな話があってのことか。あるいは厄介事が持ち上がったか。

「炎《えん》に放った密偵より知らせが届きました」

　この知らせが、市松の読み通りなら。そして甲之介が察している通りであるなら——。

　市松を待たずとも、心置きなく事を起こせる。

　逸《はや》る気持ちを抑えつつ、甲之介は「それで」と先を促した。

「『青《せい》』位の上道《しょうどう》に、『片瀬《かたせ》』という通り名を持つ者はおりませぬ」

　やはり、な。

　甲之介の沈黙を促しと取った側仕えが、続ける。

「一方、寅緒《とらお》の家老に、片瀬喜三郎《きさぶろう》なる者が名を連ねておりまする」

「その奴《やつ》の居所は」

「持病が重くなり、静養中とか」

　甲之介は、ふん、と鼻を鳴らした。

「片瀬なぞと、いかにも武人の苗字《みょうじ》の匂《にお》いのする通り名で、初めからおかしいと思っておったのだ。こちらを逆撫《さかな》でするつもりの悪戯《いたずら》か、あるいは、本当の名を呼ばれないと返事が出来ぬ程の阿呆《あほう》か」

恐らく、後者だ。さすがに返事が出来ぬ訳ではないだろうが、うっかり間《ま》の悪い返事をせぬよう、身に馴染《なじ》んだ名を使った方が良い、ということになったのだろう。確かに上道にしては珍しいが、ありえない通り名ではない。一度黙った甲之介に、側仕えが声を掛けた。

「もうひとつ。良きお知らせが」

「申せ」

「いち殿が、浪生を手に入れた由《よし》。佐竹《さたけ》殿も綿辺《わたべ》攻めに取り掛かったそうにございます」

「そうか」

答えた声が、ほんの少し弾んだ。

いちの奴、やりおる。

鈍間と文句は言ったが、市松だからこそ、この速さで浪生を、海を手に入れられたのだ。

良くやった、という代わりに、甲之介は軽い悪態をついた。

「いちのことだ。どれだけ大地《だいち》が上手《うま》く運んだとしても、戻ってくるのにもう暫《しばら》くは掛かろう」

は、と答えた側仕えの声が微《かす》かに笑いで震えている。市松の不格好で下手くそな乗馬術は、城内どころか城下にまで知れ渡っているのだ。

「似非《えせ》検視使めを、即刻つるし上げてやりたいところだ」

「殿」

側仕えが諫《いさ》めるように甲之介を呼んだ。それが少し気に食わなくて、先刻の胸の裡《うち》を、意地悪く口に上らせてみる。

「いちを待つのも、飽いたしの」

側仕えが決死の形相をしている。甲之介は、「だが」と、何か言い掛けた側仕えの腰を折った。

「せっかく、大地に振り落とされそうになりながら、急いでこちらへ向かっておるのだろう。どれ、あ奴をもう少し待ってやるか」

側仕えが、ほっとした笑みを浮かべ、頭を下げた時だった。

「と、殿ッ。一大事にござりまするっ」

衰え始めた足をもつれさせ、転びそうになりながら、家老のひとりが厩へ駆け込んで来た。

甲之介は、側仕えとさっと視線を見交わし、家老に応じた。

「どうした」

「片瀬殿が、城下にて——」

甲之介は、家老の言葉を仕舞いまで聞かなかった。

手綱も鞍《くら》も着けていない白虎に跨《また》がる。

厩番が慌《あわ》てて飛んできたが、その前に心得た側仕えが、白虎を阻《はば》む木の柵《さく》を外した。

白虎の白い鬣《たてがみ》に指を絡《から》ませ、軽く脇腹《わきばら》を蹴《け》る。

主の「行け」の合図に、白虎は嬉々《きき》として従った。

ぐん、と一度後ろへ引かれる感覚の後、甲之介自慢の駿馬《しゅんめ》が風のように走り出す。

側仕えが家老にひとつ頷《うなず》き、馬具を着けていた手近な馬に飛び乗るのが、眼の端に映った。

甲之介は、足並みを白虎に任せ、進む方角を掴《つか》んだ鬣で指図してやること、白虎の揺れに自らの動きを合わせることに専心した。

城下のどのあたりで騒ぎが起きているのか。

確かめるまでもなく、甲之介は白虎を進めることが出来た。白の裸馬に跨った墨州領主を見かけた領民達が、ある者は身振りで方角を示し、別の者は大声で叫び、「騒ぎ」まで導いてくれた。

奉納舞の櫓《やぐら》跡で、都から来たお役人と伎楽師《ぎがくし》達が争っている、と。

町中で行われる「朔日《ついたち》の奉納舞」を、甲之介は直《じか》に見たことがなかった。だが伎楽師達の働きについては、豪商の重要さと共に、市松から散々聞かされている。

ぬかった。

甲之介は白虎の腹を今一度軽く蹴って、櫓跡へ急ぎながら歯を軋《きし》らせた。

本物の上道がこちらのあら探しをするなら、下道《げどう》に眼を向けるだろうことは、分かっていた。

けれど、炎州から来た似非検視使の方は、墨州軍の炎州遠征に眼が行っている。城内の備えや戦仕度、あわよくば戦術のひとつでも探し出し、それを「大逆の証《あかし》」だとこじつける。炎への戦を止めるのに一番手っ取り早いところを突いてくると、思い込んでいた。

いちに、あれほど言われていたではないか。

――殿。もし某《それがし》の読み通り、贋者《にせもの》が検視使に混じっているとすれば、その奴はどんな手を使っても、どんなところをほじくり返しても、たとえそれが今回の遠征とは何ら関わりなきものでも、こちらのあらを探そうとするでしょう。万が一、検視使到着に某が間に合わなかった時は、ゆめゆめご油断召されませぬよう。決して、伎楽師や呪《まじな》い師と会わせてはなりませぬ。贋者から眼をお放しになりませぬよう。

甲之介は、舌を打った。

検視使は、領内を自由に動き回る権限を携えて、都から来ている。とはいえ、埃《ほこり》ひとつ、泥はねひとつに顔を顰《しか》めていた、じゃらじゃらとした都人《みやこびと》気取りが、まさかこの雪の中を城下へ出るとは。

雪州《せっしゅう》の『朔山《さくざん》信仰』程ではないが、市松の進言もあって、墨州土着の信仰を担《にな》う者達は、のびのびと役目を果たしている。

下道《そこ》に上道の腰巾着《こしぎんちゃく》を長年務めていた炎州の者が、眼を付けないはずがない。

いっそ、いちが戻るまで、あ奴を親父《おやじ》殿の隣にでも、押し籠《こ》めておくのだったか。

遅まきながら考えていると、白虎が、ぶふん、と荒い鼻息を鳴らした。

殺気だったざわめきが、凍《い》てついた空気を震わせている。

近い。

いつの間にか、湿った雪は止《や》んでいて、雲間から斑《ふ》のように青空が覗《のぞ》いている。

その先に見えるのは、墨州にとって光明となるか、あるいは。

重い雪を枝に張り付けた林へ分け入り、木々を避けるのは白虎に任せ、騒ぎの方へ向かった。側仕えも、少し遅れてはいるものの、なんとか付いてきているようだ。

途切れ途切れに聞こえていた言い合いが、だしぬけにしっかりした意味を持った言葉となって、甲之介の耳に飛び込んできた。

『なんだと。もう一遍、言ってみやがれ』

今度は腹を蹴らず、愛馬の耳元で囁《ささや》いた。

「白虎、急げ」

心得た、とばかりに、白虎が脚を速める。

『な、何と無礼な。私を一体誰だと思っているのだッ』

この金切声は、がさついた唇をした似非検視使、片瀬だ。

『どこのどなたさんだろうが、どれだけお偉かろうが、知ったこっちゃないよ』

『お前さんは、道理ってもんを知らねぇのかい。都ではどうだか知らねぇが、ここは墨州だ。墨州で誰より偉いのは、お城の御殿様じゃねぇか。他国から来た役人ごときが、うちの御殿様より偉いなんて、そんな理屈は通らねぇんだよ』

『いいや、都でだって、そんな理屈は通るはずがないよ。なんてったって、お偉い上王《しょうおう》様から直々にこの地を安堵《あんど》されておいでなんだ。役人風情《ふぜい》が、御殿様のなさり様にあれこれ口を出せるもんか』

『良いか。これは身分云々《うんぬん》の話ではない。私の報告ひとつで、墨州領主の首を、貞順から他の者に挿《す》げ替えることなぞ、容易《たやす》いのだぞ。私は、上道でも上の位を頂戴《ちょうだい》しているのだ』

『あっ、こいつめ。なんて罰あたりな。御殿様を諱《いみな》で呼ぶなんて』

『面白れぇ。じゃあ、下道の儂《わし》らに教えて貰《もら》おうじゃねぇか。上道のお調べとやらと、御殿様が身を切る思いでお父上をご隠居させなすったことが、どう関わりあるんだい』

『お、おのれ。下道ごときが、上道に意見するか』

わっと、悲鳴交じりの叫びが、上がった。

「いかん」

甲之介が呟《つぶや》いた時、さっと、雪と木立に阻まれていた視界が開けた。

奉納舞の櫓跡へ、白虎と共に躍り出た甲之介の眼に飛び込んできたのは、仰々しい検視使の装束を纏《まと》った男が、町場の領民と変わらぬ地味な格好の若い男に刀を振り上げている景色だった。

間抜けめ。敵地を探るなら、身を窶《やつ》すくらいはするものだ。

急《せ》かすまでもなく、白虎が地を蹴る。

蹄《ひづめ》で散らされた雪が、勢いよく飛んだ。

両腿《りょうもも》で白虎の胴を強く挟んで上半身を支え、甲之介は刀を抜いた。

腰が抜けた様子の若い男と、刀を不格好に振りかぶった片瀬の間に、白虎が走り込む。

今朝の符牒は外れたな。ちらりと、皮肉な考えが甲之介の頭を過《よぎ》った。

「殿、お待ちを。なりませぬ——ッ」

ついてきた側仕えが、必死で叫んでいる。

符牒は、城内で血を流す前振れだと思っていたが、城下であったか。

片瀬が、こちらを振り向く。

少し遅れて、倒れ込んだ若い男がそれに続く。

御殿様だ、と、誰かが叫んだ。

枝から落ちた雪で、ほんの刹那《せつな》、視界が閉ざされる。

次に見えたのは、目をいっぱいに広げた間抜け面《づら》の片瀬だ。

ここまでが、随分ゆっくりのように、甲之介は感じた。

軽く息を吸い、片瀬の正面を駆け抜け様、吐く息と共に、一気に太刀を振り下ろす。

憤怒《ふんぬ》と白虎の勢いを乗せた太刀筋は、金糸銀糸を無駄に使った奇天烈な小袖《こそで》ごと、左肩から右腰を結んだ線を、真っ直《す》ぐに抜けた。

途中、背骨を断ち切った衝撃が、手に伝わった。

弟の頸《くび》を刎《は》ねた時よりも夥《おびただ》しい血飛沫《ちしぶき》が、飛ぶ。

その場に居た、伎楽師、加勢に参じたらしい近隣の領民達に、声はない。

刀を一振りして血糊《ちのり》を払いながら、白虎の馬首を返した時、片瀬の骸《むくろ》と領民達の向こうに、散々見飽きた哀《かな》しげな顔が見えた。

甲之介は、にっと歯を見せて誰よりも信を置いている家臣へ声を掛けた。

「どうにか、後始末には間に合ったようだな。いち」

市松が戻るや、甲之介は「後始末」を市松に丸投げした。

一方で、片瀬の首を罪人墓場の入口に晒《さら》した。

高札《こうさつ》には、こう記させてある。

この者、畏《おそ》れ多くも王族を謀《たばか》って検視使に成りすまし、墨州領主を愚弄《ぐろう》した極悪人なり。

片瀬に殺されかかった伎楽師や側にいた領民は、初めて眼にする「斬殺《ざんさつ》」に衝撃を受けたようだった。だが落ち着いてくると、甲之介が自分達を助けてくれたと目を輝かせて語るようになった。

――さすがは、御殿様だ。

――儂ら、領民を守って下さる。

――大殿様は、「武人の風上にも置けぬ軟弱者」なぞと仰《おお》せだったが、とんでもない。目の覚めるような一撃じゃった。

市松が詳しい話を伎楽師達から集めてきたところによると、「いきなり偉そうな役人がやってきて、今ここで舞ってみろ、だの、奉納舞をする神とやらの由来を、諳《そら》んじてみよだの、不躾《ぶしつけ》なことを言ってきた挙句、上道を貶《おとし》めるような布教に使う汚らわしい装束も道具も、今ここで燃やすから出せと、喚《わめ》き始めた」のだそうだ。

炎州が、手練《てだ》れの密偵ではなく、不慣れで隙《すき》だらけの家老を墨州にこさせたのは、恐らくこのためだ。普段から、民や武人に対し、高飛車に出慣れている者が適任だったのだろう。

証が見つからなければ、煽《あお》って怒らせ、墓穴を掘らせる。

その高飛車な「上道」に、大切な奉納舞の衣裳《いしょう》や楽器を台無しにされそうになって、伎楽師達はとうとう辛抱できずに諍いになった。ここまでは片瀬の目論見《もくろみ》通りだったが、詰めが甘い。せめて、護衛のひとりでも、連れて歩くべきだった。

あるいは、似非上道に従う護衛がいなかったのか。いたとしても、甲之介の邪魔にはならないが。

御殿様が狼藉者《ろうぜきもの》を成敗して下すった。下々の儂らの命を助けて下すった。

市中が盛り上がれば盛り上がるほど、市松の面は重く気難しくなっていった。

皮肉なほど重々しい溜息《ためいき》を吐《つ》き、甲之介の片腕はしゃあしゃあと言ってのけた。

――あと半日。いや、一刻早く戻れていましたなら。帰参して早々、検視使殿の死を目《ま》の当たりにした刹那は、そう悔やみ、殿に申し訳が立たぬと嘆きました。が、すぐに考えを改めましてござりまする。殿は最初《はじめ》から、片瀬殿とやらを手に掛けるおつもりだったようですので。

小憎らしい皮肉ひとつで気が済んだのか、市松はそれ以上不平も言わず、手際《てぎわ》よく

「後始末」をこなし始めた。

今は、残った検視使、正真正銘の上道、静留《しずる》と差し向かいでやり合うところだ。甲之介は、その様を謁見《えっけん》の間の上座から見物している、という訳である。

膝《ひざ》に置いた拳《こぶし》を震わせながら、静留は市松を糾《ただ》した。

「このような無体、聞いたことがない」

語尾も拳と同じように震えたのは、怒りか、それとも「自分も片瀬のように殺されるかもしれない」という怖《おそ》れゆえか。

市松は、殊勝な面のまま口を開かぬ。

業《ごう》を煮やした風で、検視使が言を重ねた。

「そもそも、上道の信念に基づき、上王《かみ》の玉命《ぎょくめい》を携えて参った我等が、墨州殿の下座に置かれ、ご家臣とこうして同座にて話をせねばならぬこと自体、あってはならぬ。墨州殿におかれては、検視使を愚弄するおつもりか」

仲間が問答無用で殺されたことより、己が下座に置かれることの方が気になるらしいの。語るに落ちるとはこのことよ。

甲之介は、皮肉交じりに考えた。

ふう、と市松が、思わしげな溜息を前置きに、にっと笑む。

「愚弄なぞと、とんでもないことにて。某は墨州領主、奥寺《おくでら》甲之介の名代としてこの座におりまするゆえ、ご容赦召されよ」

検視使の顔色が赤く染まった。拳の震えもぴたりと収まる。

怒りが増したのだ。

その言い草では無理もない。

他人事のように甲之介が考えた通りのことを、検視使が問う。

「貴殿が墨州殿の名代とな。では伺おう。今、まさに上座におられる方は、どこのどなたか」

たまらず、甲之介は豪快な笑い声を立てた。気の済むまで笑ってから、恨めしそうにこちらを見ている市松に――検視使は意地になったように視線ひとつ向けてこない――言ってやった。

「検視使殿の仰せの通りだぞ、いち。俺がここにいて名代も糞《くそ》もあるまい」

すかさず、

「殿は、お口を開かれてはなりませぬ。先刻お約束頂いたばかりにござりまするが」

ぴしゃりと市松に窘《たしな》められた。

分かった、分かった、と掌《てのひら》をひらひらと泳がせ、甲之介は口を噤《つぐ》んだ。

こほん、と勿体《もったい》ぶった空咳《からせき》をひとつ挟み、市松が静留へ向かう。

「我が主、墨州領主につきましては、此度《こたび》の一件を引き起こした当人。検視使殿の御前《おんまえ》で申し開きできるような立場では、ござりますまい」

検視使は、厭味《いやみ》な嗤《わら》いを口の端に浮かべた。

「何とも殊勝なお心がけ、と申し上げたいところですが。私としては、どういうおつもりなのか直《じか》にお伺いしとうござりまするな」

すかさず、他意の欠片《かけら》もなさそうな、涼しい声で市松が問い返した。

「それは、検視使ご一行を蔑《ないがしろ》にしたことについてでござりまするか。それとも、片瀬殿を我が主が手に掛けた一件の方」

ほんの僅《わず》か、静留が言葉に詰まった。すぐに、つん、と高飛車な仕草で顎《あご》を上へ向けて取り繕う。

「双方、と申し上げておきましょう。この国の方々は、揃《そろ》ってお立場をわきまえておられぬご様子ゆえ」

恐らく、迷っておるのだろうと、甲之介は踏んだ。

甲之介が斬《き》った男は、検視使ではない。寅緒の密偵だ。

そもそも、この「検視使派遣」自体、寅緒に泣き付かれて朝《ちょう》が決めたことだろう。多分、ちょっとした脅し、牽制《けんせい》ほどなら、と渋々許しただけで、本音は決して乗り気ではなかったはずだ。

なにしろ今の朝は、自分達の足許《あしもと》が揺らぐような波風をとことん厭《いと》う輩《やから》の集まりだ。

墨州と炎州に本気で戦を始められるのは、困る。

墨州を少し懲らしめて兵を収めさせ、炎州の気が済めばそれでよし。

それくらいの、軽い、その場しのぎの「検視使派遣」「密偵帯同」だったのだろう。

ところが、炎州の思惑は違った。

すぐ側まで兵を進められ、盾になる子飼いの郷《さと》も失う一歩手前。新参の乱暴者、墨州と本気でぶつかれば、勝ち目がないことは目に見えている。

市松の言葉を借りれば、「尻《しり》に火が点《つ》いた」状態だったのである。

少し懲らしめて兵を収めさせる、では済まない。一度大人しくさせても、またいつ刃を向けられるか知れない。

だから、片瀬は躍起になって「墨州のあら」を探し、いよいよとなればでっち上げようとした。

甲之介をわざわざ諱《いみな》で呼んで怒らせようとしたり。

町場へ出て、伎楽師《げどう》を煽って上道に逆らわせようとしたり。

墨州に大きな痛手を与えようと目論んでいたことは、明らかだ。

朝にとっては、迷惑な話である。なお悪いことに、肝心の寅緒の男はもうおらぬ。

余計な諍いを起こした挙句、「勝手に命を落とした」者の遺志を継いでやる義理もないが、検視使の体面は守らなければいけない。

何より自分の命は、惜しい。

片瀬の仲間と思われぬよう、検視使の権威も保ちつつ、すぐにでも帰りたい思いで一杯、か。

甲之介が静留の顔色を確かめていると、そわそわと、検視使はその場に座りなおした。

少し気持ちを落ち着けたところを狙《ねら》い澄まし、市松がのんびりと切り出す。

「さて、立場、と申されても」

小首を傾《かし》げ、まるで覚えがない。そんな仕草、声音だ。

市松のすっ惚《とぼ》け具合があまりにも堂に入っていて、甲之介は笑いを堪《こら》えるのに酷《ひど》く苦労した。

さぞ、静留には不遜《ふそん》に見えただろう。ぱくぱくと、鮒《ふな》のように口を開け閉めするのみで、上手い叱責《しっせき》の言葉が出てこない。

市松が、絶妙の間合いで切り込む。

「ああ、勿論《もちろん》、貴方《あなた》様、正真正銘の検視使殿には出来得る限りの礼を尽くして参った所存にござりまする。現にこうして、領内で狼藉を働いた疑いを向けることもなく、縄を打って評定に掛けることもない」

さあっと、音が聞こえる程あからさまに、静留の顔から血の気が引いた。

「な、何を、貴殿が何を申しているのか、私には分からぬが」

ははは、と明るい笑い声を立て、市松は「ご冗談を」と受けた。それから、ぽん、と左の掌を右の拳で打って、「ああ、そうか」と声を上げる。

「もしや、静留殿におかれましては、あの片瀬とやらの正体をご承知ではなかった。となれば、これはいよいよ悪辣《あくらつ》。畏れ多くも上道の皆様方を謀っておったのですから」

「東海林《しょうじ》殿、と申されたか。私にも分かるように話して貰えぬか」

にっと、人好きのする笑顔はそのまま、凄味《すごみ》を増した眼差《まなざ》しで、市松は検視使を見つめた。

「贋者《にせもの》だったのですよ。あの片瀬という男」

「にせ、もの」

知っておった癖に、白々しいぞ。

甲之介は言ってやりたかったが、かろうじて辛抱した。

何故《なぜ》分かったのか、と驚いているのかもしれない。

ええ、と市松があっさり頷く。

「一体どうやって、上道に潜り込んだのか。あれは間違いなく炎州の家老のひとり、片瀬喜三郎という男」

ばかな、という検視使の呟きを聞き流し、市松は淡々と続けた。

「そもそも、片瀬という、いかにも武人の苗字めいた名が、怪しい。もう少し、短歌や長歌、季節の折々のもの、上道の神話にちなんだ通り名が付いてしかるべきでしょう。某も頚を改めましたが、小豆の形に整えた眉《まゆ》の周りが妙に青々しく、紅を差した唇もがさついている。上道の皆様が日頃なさっている化粧に手慣れておらぬと、察せられます。

同じことを我が主も不審に思った由《よし》、詳しく確かめてみたところ、検視使に選ばれるような『青』の上道の皆様の中に、片瀬なる通り名のお方は、おいでではなかった」

今、検視使の頭の中では、すさまじい速さで様々な思案が駆け廻っているはずだ。

片瀬を本物の検視使で押し通すべきか。

まったく自分の知るところではなかったと、惚けた方が良いか。

それとも、「上道の身元を調べるなど不敬千万」と、論点をずらして怒ってみようか。

検視使が連れてきた護衛兵は、甲之介と共に行軍し、墨州へ戻ってきた兵達が抑えている。

静留は孤立無援、自分で判断を下さなければならない。

そしてその判断如何《いかん》によっては、検視使の体面だの上王の権威だのの前に、自らの身が危うくなる。

静留が出方を決める前に、市松は一転、家老衆のような重々しい物言いで、重ねて確かめた。

「もしや、ご承知ではありませんでしたかな」

この辺りで、うんなりすんなり、答えた方がいいぞ。

甲之介は視線で促してやったが、静留は額に浮いた汗を懐紙で拭くばかり、何も答えようとはしない。

いや、答えられないのだ。

家老を真似《まね》た市松が、追い打ちをかける。

「ご同輩であるのに、あの者の顔も、名も知らぬ、と。そのような怪しげな者と遠路はるばる、墨州までおいでになりましたか」

なんと不用心な、とでも言いたげに、首を横に振る。

いちめ、案外役者だな。伎楽師共や大道芸人から、手ほどきでも受けおったか。

視線で茶化した甲之介を、市松はちろりと恨めしそうに見遣り、すぐに検視使へ眼を戻した。

「いかがか。検視使殿」

追いつめたな。

検視使のふてぶてしく据わった眼を見て、甲之介は内心ほくそ笑んだ。静留が放るように、市松に答える。

「知ってなぞ、おるものか」

「ご不審には思われなかった」

「私が、共に行く検視使を選ぶわけではない。上から引き合わされ、共に御命を受けたまで」

ふむ、と、市松が思案する様子を見せた。

「では、『青』の上道と偽り、あの片瀬なる炎州の家老を検視使として我が墨州へ送り込んだのは、静留殿の上のお方、ということでござりまするか」

「そ、それは」

言葉に詰まった検視使に、市松は畳み掛ける。

「上とは、どれほど上のお方でしょう。上道の中枢《ちゅうすう》。それとも、朝。あるいは、王族直系、例えば王弟　橘《たちばな》様、もしくは上王《かみ》その人――」

「東海林殿、東海林殿」

ひっくり返った声で二度呼ばれ、市松はにっこり笑って「はい」と応じた。

「お、お言葉に気を付けられよ」

「気を付けるも何も、静留殿が仰せになったのですよ。自分は、上から言われたことに従ったのみ。つまり、企《たくら》んだのは、上だ、と」

「そのようなことは、言っておらぬっ」

「では、上道の皆様は勿論、朝の皆様、畏れ多くも王弟殿下、上王、どなたもご存じなかったことと、おっしゃる」

ゆっくりと切り出した市松の言に、気の毒な検視使は夢中で飛びついた。

「そ、その通り」

「では、炎州寅緒は、墨州ばかりでなく上道、王族、朝、上王全《すべ》てを謀った、大逆賊というとになりまするな」

はっと、静留が息を呑《の》んだ。

「それならば、墨州の持つすべての力をもって、逆賊は滅ぼさねばなりませぬ」

生真面目《きまじめ》に、沈痛な面持ちで、市松は言い切った。

検視使は、呆《ほう》けた顔で市松と甲之介を見比べている。

市松が、念を押すように話を変えた。

「あの片瀬なる密偵、上道のお方でないことは最早明白。となれば、我が主の諱を繰返し口にしたは許しがたき侮辱。また皆々様を謀った密偵であることが、静留殿の証言によって明らかにされました。偽《にせ》検視使の暴挙を止めようとした領民、これを成敗した我が主に咎《とが》なしと断じて、よろしいか」

こく、こく、と、静留の首《こうべ》が縦に振れた。

「では」

市松が邪気の欠片もない笑顔で切り出す。

「お手数をおかけ申すが、急ぎ天領へ戻られ、一連の仕儀を上の皆々様にお伝えあれ。

我等は、大逆賊、寅緒を成敗するため、早々に戦の仕度をせねばなりませぬ」
甲之介は、立ち上がった。
「皆の者」
と、大音声《だいおんじょう》を上げる。
ざっと、襖《ふすま》が一斉に開いた。
控えていたのは、血気に逸った顔をした将達だ。
甲之介は、腹の底を使って息を吸い込んだ。
「戦ぞ。敵は逆賊、炎州寅緒。上王の御名の許、命をなげうつ覚悟で、働けぃ」
おーう、と一斉に上がった低い応《いら》えが、柱を、鴨居《かもい》を、びりびりと揺らす。
腰を抜かしてしまった静留は、きっとこう考えているはずだ。
少し脅して、大人しくさせるだけだったはずなのに。
どうして、こうなってしまったのだろう。

八章――飛び火

「殿」

源一郎《げんいちろう》は、腹心の家臣に呼ばれ、半眼に伏せていた眼を開けた。

視界に、山頂より三分ほどまで雪を頂いた朔山《さくざん》の姿が飛び込んできた。

「右京助《うきょうのすけ》か」

「雪州《せっしゅう》殿の左腕」と呼ばれる右京助の気配が、朔山を眺める広縁の、少し離れた傍らにある。

「寅緒《とらお》から、密書が参ったとか」

その問いに、源一郎は件《くだん》の密書へ視線を向けることで答えた。

失礼を、そう断って右京助が密書を手に取る。

ざっと眼を通し、ふむ、と頷《うなず》くと、ぽい、と無造作に密書を広縁へ置いた。

「形振《なりふ》り構わず、ですな。書から『助けろ、助けて』と声が聞えてくるようです」

柔らかな造作の面に穏やかな表情を浮かべ、身も蓋《ふた》もない厭味《いやみ》をさらりと呟《つぶや》く。

源一郎が小さく笑うと、右京助は呆《あき》れた、という風に苦い溜息《ためいき》を吐《つ》いた。

「殿は、お人が好過《よす》ぎでござりまするぞ。墨州《ぼくしゅう》の方々への扱いしかり。この密書をどうするべきか、生真面目《きまじめ》に思案されていることしかり。大体、かつて、ご幼少であらせられた殿を、上道《しょうどう》共に阿《おもね》って人質にとっておきながら、今更どの面《つら》下げて『援軍を』なぞと頼めるのか」

「その、昔のよしみで、どうか。そう言ってきているぞ」

「どれだけ面の皮が厚いのやら、いっそ剝《は》いで確かめてやりたい気分になって参りました」

だから、検視使《けんしし》に化けて墨州へ潜り込んだ挙句、あっさり見破られて余計に苦しい立場に追いやられたりするのだ。

聞こえるような独り言を遠慮会釈《えしゃく》なく呟く「左腕」を、源一郎は宥《なだ》めた。

「まあ、そう言うな。上道からも朝《ちょう》からも見捨てられ、墨州は破竹の勢い。一族滅亡の危機となれば、形振り構ってはおられまい」

「だからといって、我等が力を貸してやる義理は、ござりませぬ」

「分かっておるよ」

応じたところで、力強い羽音に気づき、上空へ眼を向ける。一拍遅れて右京助も、綺《き》麗《れい》に晴れた空を振り仰いだ。

白鷹城《はくたか》では、鷹を狩りだけでなく、急な知らせを届けるためにも使う。

庭の上を、弧を描いて飛んでいた鷹が、ぴーい、と高く澄んだ声で鳴いた。右京助が革製の手袋を源一郎へ差し出した。左手に着け、空へ向かって掲げると、迷いなく源一郎の左手首に向かって舞い降りてくる。

軽い衝撃と爪《つめ》の力を伝えて、源一郎の手首に鷹が留まった。右京助から貰《もら》った褒美《ほうび》の肉片を、嬉《うれ》しそうに振り回しながら味わっている鷹の胸辺りをひと撫《な》でし、脚の真鍮管《しんちゅうかん》から文を引き抜く。

仕事は終わった、とでも言うように、鷹は再び空へ飛び立った。

ひとつ、大きな円を描いてから、自分の住処《すみか》、西の大外門《おおそと》へ戻って行く。

源一郎は、大外門から届いた小さな文に眼を通し、右京助に伝えた。

「墨州より、急使がおいでだそうだ。国境《くにざかい》を先刻越えた、とか」

「今度は墨州ですか。まったくもって、我殿は人気者だ」

右京助の茶化した口調の中には、苦いものが混じっている。少しばかり困ったことになったと、この切れ者は考えているのだ。

「用向きは未《ま》だ分からぬぞ」

「戦を始める前から、墨州様自ら、盛んに殿を口説いておられたではありませんか。今更、違う用向きの急使が来る、と」

「確かに、な」

源一郎の応えに、右京助が「おや」という顔をする。

「今日は随分と、あっさり引き下がられますね、殿」

源一郎はよく、他愛のない反論をして、知略に長けた右京助との遣り取りを楽しむ。不遜な物言いも、こういう遣り取りを源一郎と交わす折の右京助ならではだ。

西の大外門からの知らせを右京助へ渡しながら、源一郎は、あっさり引き下がった種明かしをした。

「東海林市松《しょうじいちまつ》殿、だそうだ」

いつも冷静沈着な右京助が、言葉に詰まった。

すぐに、穏やかな笑みを浮かべ軽く目を伏せ、源一郎に確かめた。

「炎州《えんしゅう》への遠征の最中《さなか》、墨州様の懐刀《ふところがたな》が急使に立たれた、という訳ですか」

「墨州も、また切羽詰まっているということか」

源一郎の呟きに、右京助は小首を傾《かし》げた。

「さて、それはどうでしょう」

ふむ、とまた頷き、左腕が続ける。

「殿の仰《おお》せの通りかもしれませぬな。あの曲者《くせもの》殿が、援軍を請《こ》うためだけにおいでになるとは、思えませせぬ」

それから、つい、と立ち上がって告げる。

「急使が東海林殿なら、某《それがし》がお出迎えしなければなりますまい」

それから、深々と頭を垂れて右京助が言い添えた。

「殿。東海林殿にはくれぐれも、ご油断召されませぬよう」

分かっている、と答える代わりに、源一郎はほんの少し腹心の家臣をからかってみた。

「あの人好きのする笑み、立ち居振る舞いの陰で、何を考えているか分からぬ、だろう。右京助のように」

果たして、右京助は盛大に顔を顰《しか》めた。

「一緒にしないで頂きたい。某はあんな風に忙《せわ》しなくもなければ、喧《やかま》しくもござりませぬ」

「お前の無遠慮な口にかかっては、墨州きっての切れ者も、形無しだな」

笑った源一郎に一礼し、右京助は二の郭の門へ向かった。

さて、どうしたものか。

源一郎は考えた。

珠《たま》が、甲之介《こうのすけ》と会うと決めた理由《わけ》を、源一郎は未だ聞かされていない。

朔山から何を聴き、何を思って、あれほど避けていた墨州領主と会ったのか。

分からないまま、墨州は動いた。そして、雪州を巻き込もうとしている。

右京助の言う通り、油断はならぬな。

源一郎は、気を引き締めた。

右京助の案内ももどかしげに、源一郎の待つ大広間――雪州には墨州の「謁見《えっけん》」という習慣がない。ただ、当主が目通りを許した客人をもてなすのである――へ、東海林市松は入ってきた。

脇《わき》に抱えた「ふくろう」の兜《かぶと》、小柄な市松には少し大きすぎるのではないか、と心配してしまう大仰な甲冑《かっちゅう》、その上から羽織ったのは、東海林の紋「丸横三つ」を施した陣羽織。

陣羽織は左肩が落ちそうで、額には汗がにじんでいる。余程急いでやってきたのだろう。

源一郎が声を掛けるより早く、市松は慌《あわ》ただしく頭を下げ、差し向かいに腰を下ろした。

「火急のお知らせにつき、ご無礼、平にご容赦を」

「甲之介殿の腹心であるそなたが、大戦の行軍から離れて参ったのだ。気遣いは無用」

源一郎もまた、前置きなしに市松を促した。

ちらりと歯を見せて笑い、市松は応じた。

「やはり、鷹達が知らせを運びましたか。某がお邪魔するとご承知であられた」

「よく分かったな」

「雪州《こちら》を訪ねるたびに、賢そうな鷹が我等を追い越して行くのを眼にしておりましたので」

源一郎の両脇に控える佐十郎《さじゅうろう》と右京助が気配を硬くしたが、源一郎は屈託なく笑って見せた。

「さすがの慧眼《けいがん》だ」

すぐに笑みを収め、さて、と話を戻す。

「火急の用向きとやらを、伺おう」

「寅緒から、同盟、援軍の要請が来ているのではございませぬか」

駆け引きの欠片《かけら》もない直截《ちょくさい》な問いに、右京助が穏やかな笑みを浮かべた。目顔で源一郎に許しを求めてから、口を開く。

「確か同盟の要請は、墨州《そちら》が先でございましたな。寅緒に助勢をするなと。するならこちらであろう。そう仰《おっしゃ》りたい」

ところが市松は、からりと笑って首を横へ振った。

「いいえ。その話は既に先日、お答えを頂いております故《ゆえ》、今更お考え直しをお願いするつもりはござりませぬ。雪州様が当方にご助勢をされるおつもり、もしくは寅緒方に付かれるお覚悟をされておいでなら、某が参るより早く、戦仕度を済ませておいででしょう」

右京助も大したもので、「なるほど」と涼やかに引き下がった。だが、物騒に輝く眼の奥で、「では、何を企《たくら》んでいるのやら」と皮肉交じりに考えているのが、源一郎には分かった。

市松がずい、と身を乗り出した。

「奥方様の身辺に、何ぞ変事はござりませぬか」

「珠、の」

ほんの僅《わず》か、自分の声が硬くなってしまったことに、源一郎は内心臍《ほぞ》を噬《か》んだ。

少なくとも表向きは、源一郎の失策に気づかぬ風情《ふぜい》で、市松が殊勝に頷く。

「御領地内で他国者が奥方様のことを、探っておった。あるいは上道が、妙に御領地内へ出入りするようになった。そのようなことは」

右京助が口を開こうとした気配を感じ、源一郎は手を上げて諫《いさ》めた。

東海林市松は侮《あなど》れぬ。隙《すき》を見せてはならぬ。

珠が、雪州にとって「特別な存在」であることを知られてはならぬ。

もう、遅いかもしれないが。

「さて、そのような話は聞こえてこぬが。佐十」

珠に誰よりも心酔している右京助ではなく、佐十郎に話を振る。

「は」

重々しく、佐十郎が同意を示した。

だが、市松は二人の言葉を聞いていなかったかのように、必死で食い下がった。

「寅緒ではござりませぬ。どうか、上道の動きにご注意召されますよう」

くすりと息で笑い、源一郎は市松を往《い》なした。

「さて、思いもよらぬ話よ」

「寅緒が」

被《かぶ》せるように、市松が声を上げる。

「寅緒が、奥方様に関して、上道へ密告した形跡がござります」

「ほう」

落ち着いて、源一郎が受けた。

「珠の何を、上道の耳に入れた、と」

すう、と市松が息を吸った。きゅっと一度詰めてから、深い吐息に紛れて低く答える。

「すなわち。『上道に仇《あだ》なす邪教が雪州の領内で広められている。その中心となっているのが、雪州領主正室、珠』」

色めき立った二人の家臣を、源一郎はしかたなく「静まれ」と声に出して窘《たしな》めた。

市松は、佐十郎や右京助は眼中にあらず、といった面持ちで、ひたと源一郎ひとりを見据え、畳み掛けてきた。

「既に、上道が動いているとの知らせも、我が国の密偵より届いておりまする」

「元より上道は我等を快く思っておらぬ。寅緒がなぜ、珠を引合いに出してまで、今更そのような真似《まね》を」

源一郎の問いに、市松は、さ、と首を傾げた。

「寅緒の思惑は、しかと分かりませぬが。あるいは奥方様のお身柄を盾に、同盟を迫る腹とも」

ふ、と源一郎は笑った。

なぜか、すべてが出来の悪い芝居のように、現《うつつ》離れして感じられたのだ。

すぐに笑みを収め、市松に向かい直す。

「取り成せるのは、上道、王族、双方に関わりの深い寅緒しかおらぬ、という訳か」

「御意」

「なるほど」

市松が、忙しない動きで腰を浮かせる。

「雪州様。あまり猶予《ゆうよ》はございませぬ。ここは、朔山を頂く雪州。墨州へ送られた検視使とは、本気の重さが違いまする。口先三寸で脅し、言いくるめるだけでは引き下がらぬでしょう。一刻も早う、奥方様をどこぞへお隠しなされませ。他に手はございませぬ」

少し長い時を空けてから、源一郎は市松に向け、告げた。

「お気遣いいいたみ入る。そう甲之介殿にお伝えあれ」

ほんの小さな間が、市松が口を開く前に置かれた。

「それは」

「甲之介殿が、お指図下されたのであろう」

市松がふっと目を伏せた。それから人懐《ひとなつ》こい笑顔で大きく頷く。

「無論にございまする。さすれば、しかと奥方様はお逃がしなさるので」

源一郎は、笑んだ。

「我が妻のことで、何故そなたがそこまで懸命になる」

かあ、っと、市松が顔を赤らめた。

「こ、これは出過ぎたことを申し上げました。他意はございませぬ。ただ、某は我が主より、必ず雪州様の奥方様をお守りするよう、しかとお伝えせよと、申し付かって参りました故」

「それほど、甲之介殿は珠をお気に掛けて下さるか」

木の実を頬張った栗鼠《りす》を想《おも》わせる笑みが、市松の満面に浮かんだ。

「小気味よい女人である、と仰せでござりまする」

源一郎も、気の置けない笑みで市松の言葉に応《こた》えた。

すぐに面を改め、重々しく頷く。

「急使、大儀。墨州殿へはよしなにお伝えあれ」

会見の終了を告げる言葉だ。

市松は、刹那《せつな》、何か言いたげな顔をしたが、思い直したように大人しく首《こうべ》を垂れた。

どこか萎《しお》れた様子で、それでも急いで大広間を後にした市松を、右京助が見送りに立つ。

充分に二人の気配が去ったのを待って、佐十郎が口を開いた。

「殿」

いつもどっしりと構えている猛将らしくない、切羽詰まった音が短い呼びかけに滲《にじ》んでいる。右京助よりやや冷静というだけで、佐十郎も、珠に心酔していることに変わりはない。

「寅緒のやりそうな、ことではある」

「急ぎ、密偵を放ちまする」

「東海林市松の申すことが真実《まこと》であれば、何をしてもすでに遅かろう」

「しかし、それでは奥方様が――」

「佐十。すぐに珠の出立の仕度を。それから珠をこれへ」

さっと、佐十郎は右膝《みぎひざ》、右の拳《こぶし》を畳に突き、頭を下げて簡素な礼をとり、「ただちに」と立ち上がった。

源一郎は、じわりと締め付けてくるような焦《あせ》りに耐えた。

相手は、上道だ。どこへ珠を隠せばいい。

何より、珠が承知するかどうか。

「まったく、強情な妻を持つと苦労する」

自らを宥めるように、源一郎は殊更《ことさら》軽い調子で呟いた。

それから間もなくして、源一郎が天領に放っていた密偵からの知らせを、鷹が運んできた。

先代の治世の折には、源一郎を人質に差し出すことでようやく派遣を食い止めた検視使が、雪州へ向けて密《ひそ》かに上道領を出た。

案の定珠は、「今は逃げて身を隠せ」という源一郎の命に、頑として首を縦に振らなかった。

「上道のお方々は、わたくしを訪ねておいでになるのでございましょう。その時にわたくしがおらねば、礼を失します」

右京助が、珠に食い下がった。

「奥方様。上道の奴《やつ》らは、奥方様のご機嫌伺いに来るのではないのですよ」

必死の面持ちの右京助を、珠が柔らかく窘める。

「右京助。そなた、心にゆとりがなくなると、言葉に本物の棘《とげ》が混じる。良くない癖です。お直しなさい」

「珠姫様っ」

「珠」

源一郎は、口を挟んだ。検視使一行は、墨州に向けられたのと同じく、騎馬のみの備えだそうだ。護衛兵の数は墨州の倍、馬の脚も比べ物にならないほど速いという。

言い合いをしている猶予はない。

「それだけ右京助も必死なのだ」

「御前様《おまえさま》」

源一郎は、珠の「御前様」という親しげな呼びかけが、ことのほか気に入っている。

その分、今この状況で聞かされるのは、胸が締め付けられるようだ。

「珠とて、分かっておろう。お前を失《な》くすことが、この国にとってどれほどの痛手になるのか」

「今を逃れたとしても、いずれわたくしも、この世を去りまする」

「駄々子のような、理屈を申すでない」

軽く叱《しか》った源一郎に、珠の言葉尻《ことばじり》を捕えた右京助が続いた。

「畏《おそ》れながら、それが今である必要も、またありますまい」

佐十郎が、加勢する。

「右京助の言う通りにござりまする。まだ御身を諦《あきら》めるには、早うござりまする」

哀《かな》し気に、珠は笑んだ。

「諦めた訳ではない。我が身が、この国にとってどのような存在かは、幼き頃より分かっているつもりです」

「でしたら――」

勢い込んだ右京助を抑えるように、珠が言葉を重ねた。

「なればこそ。逃げ隠れすることはできぬのです」

分かっていた。

源一郎は、砂を噛むような思いで心中呟いた。

珠の答えは、初めから分かっていた。

自分には、「雪州の珠姫」を説き伏せられぬことも。

珠は、こう言うだろう。

上道と争うつもりはない。否定するつもりもない。それが、雪州の生き延びる道であるならと、今のような形の共存も受け入れてきた。

ただ、朔山への信仰を捨てることはできない。

「雪州の珠姫」と呼ばれてきた自分が、上道から逃げ隠れすることも、またできない。

それは上道に朔山が屈するのと同じことだから。朔山が「八万遠《やまと》建国神話」を畏れることと、同義だから。

「何故、並び立つことを許しては下さらぬのでしょう。『御山《おやま》』もまた、この八万遠の地に古《いにしえ》からおわしたのは、変わりませんのに」

寂しげに、珠は呟いた。

源一郎は、珠の白い手を取って、頼んだ。

「俺のために、逃げてくれぬか」

珠が、顔を上げる。黒い瞳《ひとみ》が哀し気に煙っていた。

「頼む。一度《ひとたび》だけ。この一度だけ、『雪州の珠姫』ではなく、俺の妻として動いてくれぬか。俺のために無事でいてくれぬか」

長い静けさの間、珠はずっと源一郎の顔を見つめていた。

まるで、すべてを覚えておこうとしているように。

そして、珠は源一郎が察していた通り、ゆっくりと首を横に振った。

「御前様の妻として、と仰せならば、なおのこと逃げる訳には参りませぬ。御前様を窮地に陥《おとしい》れてまで、どうしてわたくしひとり、無事でおられましょうか」

先刻の珠の沈黙と同じ程の時を掛け、源一郎は体の底から息を吐ききった。

「珠なら、そう申すと思っていた」

「殿、なりませぬ」

悲鳴のような右京助の諫言《かんげん》。

聞き流して、珠に向かって声を掛ける。いつものように。

「もう休むが良い」

珠も、いつものように、まろやかな笑みで頷く。

「では、先に休ませていただきます」

軽やかな衣擦《きぬず》れの音を立て、寝所へ下がっていく妻を見送った源一郎の耳に、右京助の歯ぎしりが届いた。


無理にでも、駕籠《かご》に押し込めてでも、お逃がしするべきだ。

強硬に主張する右京助。上道に黙って渡す訳にはいかないが、珠の意志を枉《ま》げてまで出来ることでもないと言う佐十郎。

二人の重臣の意見は、どこまでも平行線だった。

「姫様を喪《うしな》ってもいいというのか」

右京助が噛みつけば、

「だが、奥方様のご言い分にも一理ある。『御山』の象徴たる御方が上道から逃げ隠れしては、領内は纏《まとま》らぬ」

と、佐十郎は静かに異を唱える。

「佐十。お主は、領内平定のために、姫様を犠牲にせよと申すのか」

怒りと苛立《いらだ》ちに任せて言い放った右京助を、源一郎は宥めた。

「領内のため。『御山』のため。珠の立場は、あれが生まれた時より、そういう類《たぐい》のものだ」

「殿。殿までがそのような」

「少し落ち着け、右京助。俺とて珠ひとりを犠牲にして領内の平穏を保とうとは、思ってはおらぬ。それに珠を差し出したのみで、あちらが大人しく引き下がるとは思えぬ」

それから、源一郎は眦《まなじり》を決して、佐十郎に命じた。

「徳之進《とくのしん》を連れ、三方浜《みかたはま》の蓮泉寺《れんせんじ》へ急げ。俺からの文は先に御坊《ごぼう》殿へ届けておく」

「では」

硬い声で確かめた佐十郎に、源一郎は小さく頷いた。

「徳之進だけでも、身を隠させる」

三方浜の蓮泉寺。雪州と陽州《ようしゅう》の間にある、どの拝領地にも郷《さと》にも属さぬ寺だ。

寺はかつて、「あの世」に繋《つな》がる神を祀《まつ》る場として、人々の大きな拠《よ》りどころとなっていた。

上道は、寺の持つ力を怖《おそ》れた。

なぜなら寺は、民の名付けから弔いまでを引き受け、死んだ後の魂を「あの世の神」の許《もと》へ導き、現世に残った身内を「供養《くよう》」という形で繋げてくれる存在であったから。

上道に弾圧され続けた挙句、八万遠各地に数え切れぬほどあった寺は、その数を半分に減らされ、信仰も厳しく制限され、「弔い」と死んだ者の「供養」のみを請け負う場として、ようやく存続を許された。寺に祀られる神は、「あの世を治める神」と、この世にあって人々の魂が迷いなくあの世へ旅立てるよう「導く神」に分かれていたが、上道から下道として信仰を許されたのは、魂を『天神』の許へ「導く神」のみであった。

だが、「弔い」と「供養」を行ってくれる寺を人々が頼りにするのは、致し方のないことだ。

いくら寺の数を削《そ》ぎ、信仰を制限しても、脈々と繋ぎ、蓄えた力は決して小さくはない。

そして、念入りに秘されてはいるが、蓮泉寺は雪州と関わりが深い寺だ。

その理由《わけ》は、三方浜から蓮泉寺のある丘へ登り、境内の最奥に立てばすぐに分かる。

少し小ぶりにはなるが、雪州中のどこから望むよりも秀麗な朔山の姿が、蒼《あお》い大海、白い砂浜と共に、何も遮ることなく望めるのだ。

だから雪州の民は、領内の寺で行う供養とは別に、遺髪やゆかりの品を蓮泉寺へ持ち込み、供養を頼む者が多い。

美しい朔山を望めるように、という身内の願いがそうさせる。

源一郎の父母はもとより、歴代当主とその正室の遺髪も、蓮泉寺に預けられている。

徳之進は源一郎の嫡男《ちゃくなん》であると同時に、珠の血を直《じか》に受け継いだ子だ。検視使が珠を捕えにくるのなら、徳之進を見逃すはずがない。

上道、下道を問わず、信仰に関する、つまり神や「見えない存在」に近づき、意志を交わす才は、何よりも血を通して色濃く受け継がれると、考えられているからだ。

「奥方様がご承知なさいましょうや」

気遣わしげに佐十郎が確かめた。源一郎は軽く笑って応じる。

「あれは、雪州巽《たつみ》家嫡男だ。その母が異を唱える訳があるまい」

面を引き締め「急げ」と佐十郎を促した。

「は。ただちに」

「徳之進を送り届けた後《のち》、そなたはすぐに戻って参れ」

佐十郎は、少し言い澱《よど》んでから「畏れながら」と、言い返した。

「若君が、心細くお思いでは」

「案ずるな。あれは年に似合わぬ分別を持ち合わせておる」

徳之進は、親の贔屓目《ひいきめ》を抜きにしても、幼いながら稀有《けう》な子だ。だから源一郎は、甲之介に引き合わせなかった。

徳之進が秀《ひい》でているのは、学問や頭の巡りの速さだけではない。志、分別、人が生きて行く中でゆっくりと身につけるはずのものまで、既に手にしている。

家中の者は皆徳之進の才を承知だが、外見は六歳の子供のままだ。佐十郎の気遣いも無理はなかった。

源一郎は、言葉を添えた。

「徳之進のことは、鷹の文で御坊殿によくお頼みしておく。雪州《わがくに》の痕跡《こんせき》を出来る限り蓮泉寺に残さぬ方が良い。検視使の動きも気になる」

佐十郎は、それ以上源一郎に言わせることはなかった。

「承知」

一礼し、慌ただしく座を外した。

右京助が、安堵《あんど》したような声音で呟いた。

「若様が蓮泉寺へ、となれば、あるいは奥方様も共に行くと仰せになるやもしれませぬな」

さあ、それはどうだろう。

心裡《こころうち》が顔に出てしまったようだ。右京助が不服げに口許を引き締めた。

「お叱りを承知で申し上げる。殿は、既に奥方様をお諦めになっておいでのように、見えまする」

右京助でも、「雪州の珠姫」の心、いや、魂の有り様《よう》は読み切れぬか。

少し寂しく思ってから、源一郎は生真面目に答えた。

「諦めてなぞ、おらぬ。ただ、珠は一度こう と決めたら、梃子《てこ》でも動かぬ。取り分け、雪州のこと、自分の役目に関することにおいては、な」

右京助が何か言いかけて、諦めたように短い息を吐いた。

「お許しあらば、この右京助めが、いつでも奥方様を簀巻《すま》きにして蓮泉寺へ投げ込んで参りましょう」

あまりの物言い――しかも、まんざら冗談とも思えない――に、源一郎は堪《たま》らず噴き出した。笑いながら、切ないほど願った。

本当に、そうできるものなら。

珠が、只《ただ》の女なら。ごく普通の、領主正室であったなら。

珠が珠でなかったのなら、迷いなく源一郎はそう命じているだろう。いや、自ら珠を乗せて馬を走らせ、とうに蓮泉寺へ向かっている。

だが、朔山と深いところで繋がっている珠の魂は、それを許さない。

朔山や、雪州の行く末に関わる珠の意志を無理に撓《たわ》めれば、その魂はきっと砕け散る。笑いながら目を閉じ、源一郎は血を吐く思いで朔山に問いかけた。

——なぜ、珠に「聴く力」だけをお与えになった。どうして珠自身に、いや、この俺に「珠を護《まも》る力」を、授けてくだされなんだ。

そうして源一郎が、他に珠を逃がす方策を見つけられぬまま、検視使が雪州に入ったのは、徳之進を無事蓮泉寺へ送り届けた佐十郎が戻った日の夕刻であった。

客を迎える大広間に通した検視使は、委細を確かめるつもりなぞ、まるでないようだった。

源一郎と、剣呑《けんのん》な気配を放って睨《にら》みつけてくる巽家重臣を前にして、怯《ひる》む様子もない。

それは、検視使が背にした襖《ふすま》の向こうに、十人に下らぬ護衛兵が、小太刀の柄《つか》に手を当て、殺気を垂れ流し、身構えているせいもあるだろう。

市松の言葉が、思い起こされた。

——墨州へ送られた検視使とは、本気の重さが違いまする。口先三寸で脅し、言いくるめるだけでは引き下がらぬでしょう。

梅雨の最中、明け方から音もなく降り続けている小糠雨《こぬかあめ》のもたらす湿気が、閉めた障子や畳を重く湿らせている。

不快そうに、湿った袖口《そでぐち》を気にしながら、細く長い、厭な光を放つ眼をした上道は、何の前触れもなく切り出した。

「珠なる女、引き渡して頂こう」

なんという、無礼な物言い。

いくら玉命《ぎょくめい》を受けた上道といえど、許されるものか。

ざわつく家臣達をはねのけるように、検視使は居丈高に繰り返した。

「居並ぶご家臣衆は、この検視使に、大罪人を『雪州殿の御正室』と呼ばせたいか。そうなれば、雪州がどうなるか分かっていてのことで、ありましょうな」

一様に家臣が押し黙る。恐れ入ってのことではない。怒りで言葉がないのだ。

珠とは、朔山とは、雪州で暮らす者にとって、そういう存在だ。

源一郎は、静かに口を開いた。

「いかにも、珠は我が妻。雪州領主の正室にござるが。大罪人とは、某も、また我が妻にもまったく身に覚えの無きこと。いかなる証《あかし》があっての仕儀か、明らかにしてもらわねば、検視使といえど、おいそれと従うことはできぬ」

検視使は、ほんの短い間顔色を変えたが、すぐに居丈高なゆとりを取り戻し、投げやりに言い放った。

「それは、珠なる女を天領へ引き立て、つまびらかにすべきこと。ここで懇切丁寧に聞かせて差し上げる義理も時もない」

腰を浮かせた右京助を、佐十郎が止めている。

「承服できぬ、と言ったら」

源一郎が、低く問うた。検視使の喉《のど》が、ごくりと動いた。

「この件に関しては、雪州殿の許しは要らぬ。検視使の正当なる権限と上道の信念に則《のっと》って、玉命の許、大逆人を連れて戻るのみ」

襖の向こうの殺気が、膨れ上がる。

それに遅れまいと、重臣達が脇に置いた刀へ手を伸ばした。

「大人しく従った方が、身のためですぞ。雪州におかれてはかねてより身に覚えがおありのことでしょう」

なんだと、と口走った家臣をちらりと横目で見てから、検視使は続けた。

「身に覚えなくば、大切な御嫡男を幾年も人質として炎州に送ったりはすまい」

検視使の勝ち誇った顔が、源一郎には酷《ひど》く歪《ゆが》んで浅ましく見えた。

ふいに、軽やかな音を立てて庭に面した障子が開いた。

そこには、居住まいを正し、穏やかな顔をした珠がいた。

「雪州領主、巽源一郎が妻、珠にございます」

珠が脅しに屈せず、自分の妻だと名乗ってくれたことが、源一郎は驚くほど嬉しかった。

白い指を広縁の床に突き、珠が頭を下げる。

しん、と座が静まり返った。

初め、珠へ不躾《ぶしつけ》な視線を投げつけた検視使さえ、気を呑《の》まれたような顔で黙りこくっている。

いつの間にか、止《や》んだ小糠雨。

鉛色の雲間から、陽光が幾筋も差し込んでいる。

金色の陽光が照らしているのは、平伏した珠の後ろ、珠を護るようにそびえる朔山。

染《し》みもくすみもない、厳《おごそ》かな気配が、源一郎を包んだ。

続いて襲ったのが、抗《あらが》い様のない絶望感だった。

「青《せい》」の位を持つはずの検視使が、気を呑まれたように、珠とその後ろの眺めに見入っている。

呪《まじな》いや祈りの言葉もない。肌を刺すような圧倒的な気も、神の存在を示すような奇跡の顕現もない。ただ、珠の佇《たたず》まい、この景色が、人から言葉を奪うほどの力を孕《はら》んでいた。

これでは、誤魔化し様がない。

何をどう取り繕っても、しらを切っても、検視使は引かないだろう。

検視使自らの感覚が、何よりの証になる。

「そなたが、珠なる女か」

乾ききった、硬い声で検視使が問いかけた。

ゆっくりと珠が頭を上げる。

「左様でございます」

「雪州領主が正室、珠でござる」

珠の返答と、言い直した源一郎の言葉が重なった。

源一郎をちらりとねめつけてから、検視使は珠を見据えた。

「そなたには、大逆罪の疑いが掛かっておる。八万遠のためにも、雪州のためにも、そなたの妖《あや》しき力がどのような類のものか、見極めねばなるまい。それには、『天神《てんしん》』の御力《みちから》濃き御天領にて調べるのが良い。これより、御天領への同道を命じる」

「仰せのままに」

何の迷いもなく答え、再び頭を下げた珠に、検視使の双眸《そうぼう》が意地悪く光った。

「申し開きをせぬのは、大逆罪を認めるということ、であろうか」

「お待ちを」

「それは、無理なこじつけというもの」

口々に異論を唱え始めた家臣を、珠の「わたくしは」という静かな声が、宥めた。

家臣達が静かになったのを確かめると、珠は、名残を惜しむように源一郎を笑み交じりで一瞥《いちべつ》し、繰り返した。

「わたくしは、わたくし以外の何者でもございませぬ。わたくしをご覧になる皆様がどう思われるかは、また別のこと。それゆえ、この身に降りかかる全《すべ》てのものから、逃げることはいたしませぬ。何があろうとも、わたくしは、わたくしでございますゆえ」

源一郎は、そして恐らく居並ぶ家臣達も、珠の言葉の意味を悟った。

この地を離れようとも、自分は朔山を頂く「雪州の珠姫」である。案ずることはない、と。

だから、雪州の者は珠を止める言葉を喪った。

押し黙った源一郎と家臣をどう取ったか、検視使は薄笑いを浮かべ、重々しく頷《うなず》いた。

「朔山なる下道を信ずる首魁《しゅかい》としては、あっぱれな振る舞いと申せよう。だが、領主正室としては、いかがであろう。少しなりとも申し開きをした方が、国のためとは思われぬか」

とってつけたような言葉尻の丁寧さも、性質《たち》の悪い皮肉にしか聞こえない。

けれど珠は、少しもぶれることはなかった。

「雪州は、我が夫が護ってくれましょう」

怖気《おじけ》づいたように、検視使が視線を泳がせた。

珠の背後は、変わることなく、金色《こんじき》を纏《まと》った朔山が控えている。

だしぬけに、検視使は立ち上がった。

「では、参る。護衛兵。ここな女を引き立てよ」

「待たれよ」

源一郎が、声を上げた。

撓《しな》る鞭《むち》のようだと周りから評される、力を込めた声音が自然と出た。

検視使がはっとする。護衛兵を隔てている襖が、開きかけて、気圧《けお》されたように動きを止めた。

「仮にも、珠は拝領地最古参である雪州領主が正室。大逆の罪とやらが、未《いま》だ疑いである上は、このまま兵に引き立てさせるなぞ、いかな上王《かみ》の御命を受けた上道とはいえ、無礼が過ぎよう。まずは珠に長旅の仕度を整えさせる。身の回りの世話をする女衆も同道させよ。道中はこちらで女駕籠を設《しつら》える」

怒りをあらわにし、何か言い返そうとした検視使を、源一郎は力任せに言葉で抑え込んだ。

「否《いな》、と申すなら、珠は渡さぬ」

源一郎に呼応し、居並ぶ家臣が腰を浮かせた。既に、傍らの小太刀の柄に皆が手を添えている。

「逆らうと申すか」

小刻みに震える声で、検視使がかろうじてそれだけ告げた。

「これは、上道と我が雪州に根差した信仰の軋轢《あつれき》とは、色を異にするもの。そなたは雪州の頂に立つ者の正室を粗略に扱い、雪州を愚弄《ぐろう》した。そのことに対する当然の抗議であり、そのまま上道に対する戦口上《いくさこうじょう》となるものである」

すぐさま、源一郎の家臣達が呼応した。

「その通り」

「殿、今すぐ御命じくだされば、男の癖になよなよと化粧《けわい》をした輩《やから》の護衛兵なぞ、一気に始末して見せまする」

地鳴りのような、「応」の返答。

検視使が、すっかり狼狽《うろた》えた様子で、一旦《いったん》開きかけ、今は再びぴたりと閉じられた襖を見遣った。こちらの騒ぎも殺気も、膨らみ続けているというのに。何をしている。そんな風にひたすら、動かない襖をじっと見つめている。

声に出して助けを呼べないのは恐らく、自らの命がふいに危機にさらされる事態に、慣れていないから。気の毒な上道は、「検視使」の役目が、戦口上を持って敵陣へ乗り込む使者よりも危険な役割だということを、分かっていない。

雪州《このくに》に送られてくるのだから、上道の中でも有能なはず。それでもこの程度。太平呆けしているのか、あるいは、「『天神』の御力」とやらを余程信奉しているのか。

野心に満ちた墨州や、成り立ちが古く、独自の信仰や文化、信条を作り上げてきた雪州のような国を、「八万遠建国神話」の威光のみで従わせられると、本気で思っているらしい。

ある意味、幸せな男でもある。

源一郎は皮肉もなしに考えた。

気の毒で幸せな上道を護衛兵が助けに来ない理由《わけ》は、明快だ。

密《ひそ》かに配していた、源一郎配下の武人達が護衛兵を抑えている。

墨州の甲之介は、他国を攻め取るために、武人の質を上げ兵力を蓄えた。

源一郎は、自国を護るために、同じことをしていた。

小競《こぜ》り合いの絶えない南の碧《へき》、藍《らん》や、墨、雪の将兵が、上道や王族の私兵一握りに、後れを取るはずがない。

「さて。どうなさる。検視使殿」

源一郎のゆったりとした問いに、検視使もようやく自らが置かれている状況を悟ったらしい。

悔しげに唇を噛みしめ、源一郎を睨み据えたが、すぐに穏やかな佇まいに戻った。

居住まいを正し、空咳《からせき》をひとつ挟んで体裁を取り繕うと、何事もなかったかのように頷く。

「拝領地最古参が一、雪州領主正室の身分を鑑《かんが》みれば、朝《ちょう》も上王《かみ》も、それほどの体裁を整えることはお許しになりましょう。一刻、猶予を差し上げるゆえ、早々に仕度されよ」

では、と、右京助が首《こうべ》を垂れた。

「それまで、検視使殿におかれましては、別室でお待ちくだされ。茶と菓子などでおくつろぎいただきましょう。都に比べ、風雅には欠けますするが」

何か言おうとした検視使に先んじて、佐十郎が追い打ちをかける。

「護衛の方々も、再びの長旅の前に別室にて休息を取っていただきまする。お乗りになった馬の世話もお任せ下されれ」

つまり、自分は護衛兵と引き離され、軟禁。大切な足である馬も雪州方に抑えられた、ということになる。

精いっぱいの威厳をかき集め、検視使は喚《わめ》いた。

「よいか。一刻限りだぞ。それ以上は待たぬ。もしその間に、正室を逃がすようなことあらば、問答無用で大逆罪の沙汰《さた》が下ると思うがいい」

珠の呼び方が、「女」から「正室」に変わった。

それだけでも、珠の道中、そして都へ着いてからの処遇が変わってこよう。

脅しが、良く効いてくれたらしい。

そんな内心はおくびにも出さず、源一郎は黙したまま頷いた。

「御前様。あのような無茶をなさっては」

奥の間で二人きりになるなり、珠は心配そうに切り出した。

「あれくらいやっておかねば、右京助や家臣達が、もっと騒ぎ出す。むしろよく収めたと、褒めて貰《もら》いたいほどだぞ」

「また、そのような戯言《ざれごと》を」

気遣わし気に呟《つぶや》き、俯《うつむ》いた珠の肩を、源一郎は引き寄せた。

背に腕をふんわりと回し、小柄な体を自らの胸に納める。

「家臣達が、来ます」

「人払いをしてある」

珠が小さく頷いたのが、腕と胸を通して分かった。

「女衆は、咲《さき》と琴《こと》を付ける。あの二人なら珠も気心が知れていようし、武術の腕も、男顔負けだ」

「わたくしのためにあの二人を危ない目に遭わせるのは、忍びのうございます」

「二人は、何があっても珠から離れぬ覚悟を決めておる。その心を汲《く》んでやるが良い」

「はい」

「女駕籠も雪州で一番贅沢《ぜいたく》なものを出す。経緯《いきさつ》を知らぬ者が見れば、都見物のように見えるかもしれぬな」

「殿」

やんわりと言葉を遮られ、源一郎は仕方なく黙った。

するりと、珠が離れる。

哀しい笑みを湛《たた》え、珠が源一郎を見上げた。

「どうか、徳之進をよろしくお願いいたします」

「案ずるな」

珠が、少し息を詰めてから告げた。

「殿。お暇《いとま》を申し上げまする」

再び、この胸に抱き込みたい衝動を堪《こら》え、源一郎は言い返した。

「聞こえぬ。別れの言葉なぞ、俺は聞かぬし言わぬ」

「殿」

「必ず、連れ戻す」

「それは、なりませぬ」

必死に首を横に振る珠の肩に手を置き、源一郎は言い含めた。

「良く聞け。そなたは人質として、都へ行くのだ」

珠が、戸惑ったように小首を傾《かし》げて源一郎を見返す。

「人質とは、どういうことでしょう」

朔山は、そのことを珠に知らせたのではなかったか。では、珠が甲之介に会い、都へ赴く覚悟を決めた理由《わけ》は、何だったのだろう。

珠は、『御山』から何を「聴いた」のか。

問い質《ただ》したい思いを、また源一郎は堪えた。

もう、時がない。

珠に言うべきことは他にある。

「裏に、炎州の寅緒がおる」

「寅緒が」

「墨州との戦に我等を引き入れるため、寅緒が上道と結託して、そなたを陥れた」

「では、もしや殿は寅緒にご加勢をお考えですか。それは――」

珠の言葉の続きを、源一郎はその手を握って黙らせた。

「それは、俺が思案することだ。そなたは無事に帰還することのみを考えよ」

「殿」

「良いか。決して諦めてはならぬ。無駄に上道を逆撫《さかな》でしてもいかん。『御山』も、そなたの心は今更確かめずともお分かりのはず。それよりそなたがこの雪州に戻ることをお望みであろう。そして、それはこの国の民も、巽の家臣も、そして俺も、徳之進も同じことだ」

それでも黙したまま、揺れる瞳でこちらを見つめている珠に、源一郎は言葉を重ねた。

「そなたは、『雪州の珠姫』であろう。生きてこの地に戻ることが、そなたの務めだ」

長い沈黙を置いて、珠がそっと源一郎の手を握り返した。

頭が縦に一度、小さく、けれどしっかりと揺れる。

「殿。奥方様。出立の仕度が、整いましてござりまする」

控えめな女の声が、閉めた障子の向こう、広縁から聞こえた。

「参ります」

静かに告げた珠の目に、涙の気配はない。

源一郎は、思いを込めて妻の手を握り、ゆっくりと離した。


「殿。やはり某《それがし》は、合点が行きかねまする」

珠と検視使を送り出した後、重臣を集めた席で、右京助がまず口を開いた。

「奥方様の御命《おいのち》は、ともかく心配いらぬであろう」

同輩を宥《なだ》めたのは佐十郎だ。

「寅緒の目当てが我等の加勢であるならば、奥方様は大切な人質。上道を通してあれだけ脅しておけば、そうそう粗略にも扱われまい」

佐十郎の言葉に、右京助は眉間《みけん》に皺《しわ》を寄せ、首を傾げた。

「そうであろうか」

「気になることでもあるのか、右京助」

源一郎が問う。右京助がこちらを向いた。

「畏れながら。墨州の話を鵜《う》呑《の》みにして、良きものかどうか」

右京助は、訴える。

戦の味方に雪州を引き入れたいのは、墨州も同じだ。寅緒同様、どんな策をとってくるか分からぬ、と。

その論法は他の重臣達に一笑に付された。

「だからこそ、墨州は検視使派遣を、いち早く知らせてくれたのだろう。恩を売って我等を味方に付けたかったのだ」

「検視使を使って奥方様を人質にとるなぞ、上道、王族と関わりの深い寅緒だからこそ叶《かな》う策ではありませぬか。都で嘲《あざけ》られている墨州が何を言っても、上道も王族も、動きますまい」

右京助は食い下がった。

「殿。若君のことに、検視使が全く触れなかったのも、気になりまする」

ここでも、右京助は一斉に反論を受けた。

それこそ、重畳というものではないか。

人質は珠姫様のみで充分、そういうことであろう。

まだ元服も迎えられていない若君に対し、大逆の疑いを掛けるなぞ、いくら検視使でも無茶だと悟っておったのだ。

更に、最古参の家老に、

「お主は珠姫様を崇《あが》めておったからな。気持ちは分からぬではない。じゃが、姫様の御身をご案じ申し上げておるのは我等も同じ。何より殿が、ご心配召されておいでであろう。良いか。徒《いたずら》に騒ぎ立てることこそ、姫様を危うくする行いと、心得よ」

と諭されてしまえば、さしもの右京助も黙るしかなかった。

重臣達との評定は、「卑劣な寅緒には与《くみ》せぬ」ことで決まった。

だが、それを表だって明らかにはしない。珠を人質にとった上は、早々に寅緒から何か言ってくるだろう。その上で策を練り、寅緒を往《い》なしながら、珠を救う手立てを考える。

評定が決しても、右京助ひとりが、幾度となく源一郎に訴えかけてきた。

胸騒ぎがする。徳之進に敵方の眼が全く向いていないのも、気になる、と。

寅緒が何か言ってくる。その時こそ珠を救う好機と待ち構えていた家臣達も、日を追うごとに焦りを浮かべるようになった。

寅緒からは、音沙汰ひとつないままだ。

そうして、悪夢のような知らせが雪州を襲った。

珠が都に入った日から数えて十日の後《のち》、激しい雨が雪州全土を打ちつける日のことであった。


雨の音が、煩《うるさ》い。

煩すぎて、密偵の報告が聞き取れない。

ずぶ濡《ぬ》れのまま、中庭で雨に打たれている男の頬は、しずくが通った跡も分からないほど、びっしょりと濡れている。

男は、一刻も早く知らせようと、都から必死で戻ってきたのだという。

馬を途中で換え、自分は一睡もせず、水だけを馬上で口にして丸二日。

恐らく、今こうして座っていることも、辛《つら》いだろう。

頭から足先まで濡れ鼠《ねずみ》の男が泣いていると分かるのは、その声音に慟哭《どうこく》が混じっているからだ。

そこまで考えて、源一郎はようやく、密偵の言葉が、しっかりと聞こえていることに気づいた。

自嘲《じちょう》の笑みで、口許が微《かす》かに緩む。

頭が、いや、心が、その報《しら》せを拒んだか。

「寅緒め。よくも。よく、もッ」

家臣のひとりが、呻《うめ》き交じりの言葉を、絞り出した。

二日前早暁《そうぎょう》、珠は上道の刑場で、火刑に処せられた。

妖しの力を操る者として、異教を広めた咎《とが》、大逆罪で。

雪州領主の正室であることの念押し。検視使に対する恫喝《どうかつ》。源一郎と家臣が「珠の処遇」を案じて講じた様々な歯止めは、かろうじて処刑が非公開だったこと、「大逆罪」に問うのは珠のみで、雪州は「お構いなし」とされたことに対してだけ、効き目があったらしい。

間断も強弱もなく続く豪雨の音で、頭がおかしくなりそうだ。

雨音を縫うようにして、家臣が喚いている。

――墨州と呼応し、寅緒を討つべし。

――それよりも、上道に抗議を。調べの経緯を明らかにし、なぜ奥方様を「大逆罪」としたのか質すのが先。

――いや、いっそのこと都に攻め入ってはどうだろう。実際に大逆罪を犯し、目に物見せてやればよい。姫様の弔い合戦じゃ。

頼む、今少し。このもどかしい頭の巡りがせめてもう少しましになるまで、黙ってはくれぬか。

源一郎は、そう頼んだつもりだった。

けれどその願いは、言葉という形をとってはくれず、音となって外に出てもくれず。

そこへ、今ひとり、新たな使者が駆け込んで来た。

珠の訃報《ふほう》を届けに来た密偵と同じほど濡れそぼり、中庭に転がるようにして平伏したのは、綺麗《きれい》に剃《そ》り上げた頭と墨染の長衣《ながぎぬ》、僧形の若い男だ。

佐十郎がやにわに立ち上がった。広縁の際《きわ》に飛びつき、新たな使者に問いかける。

「そなた、蓮泉寺の――」

厭《いや》な予感が、源一郎の痺《しび》れて鈍くなった胸に広がる。

「明択《みょうたく》と申します」

喘《あえ》ぎながら名乗った僧は、懸命に息を整えてから一気に告げた。

「我が蓮泉寺、昨日夕刻、何の前触れもなく上道の私兵共に取り囲まれてございます」

一転、家臣達の喚き声や雨音、すべての音が、源一郎の周囲から消えたような気がした。

そんな中、明択という僧の若く張りのある声だけが、まっすぐ耳に飛び込んでくる。

「彼奴《きゃつ》等は、雪州奥方様の大逆罪が確かになった、と申しました。また奥方様は妖しい力を使うことも知れたゆえ、その血を濃く受け継ぐ若君様、徳之進様も捨て置けぬ、と」

――なぜ、若君が蓮泉寺におわすことを、知られたのだッ。

――それで若君は。ご無事なのか。

誰かが怒鳴っている。

「若様は――」

必死で答えようとする明択の声が、震え、上擦った。幾度も言い掛け、言い澱んでから、遣いを寺から託された若い僧は、ようやく意を決したように続けた。

「上道の者共は、こう申しました。『命までは取らぬ。だが、この先決して、州の政《まつりごと》にもいかなる信仰にも関わらぬ証だてをせよ』と」

つまり、出家せよということだ。

蓮泉寺は、寺を上げて徳之進を護る覚悟をしていたのだという。

それを止めたのは、まだ幼い徳之進だったそうだ。

蓮泉寺に災禍が及んではいけない。自分が出家することで事が収まるのなら、そうする、と。

暫《しばら》く寺と徳之進で押し問答が繰り広げられたが、ここは寺が折れた。

今出家すれば、徳之進は蓮泉寺に属する僧となり、寺側に庇護《ひご》する名分が生まれる。

むしろ好都合だ。

徳之進はたったひとりの雪州領主子息だが、だからこそ、還俗《げんぞく》なぞ後からいくらでもできよう。いずれほとぼりが冷めた頃に、雪州にお戻りいただけば良い。

直ちに境内に入れよ、徳之進を引き出せ、と、兵を連れた上道は喚いている。雪州に伺いを立てる暇はない。

蓮泉寺の住職は、上道と兵一団を境内に入れた。

ぎり、と明択が奥歯を軋《きし》らせた。

「上道共が、若様に迫ったのはご出家のみではございませんでした。奴《やつ》らは、奴らはっ」

これまで気丈に見えた明択の言葉を詰まらせたのは、慟哭か、嗚咽《おえつ》か。

「申せ。若君はどうなされた」

佐十郎が、明択を低く促した。

項垂《うなだ》れ、拳《こぶし》を震わせ、誰とも眼を合わせることなく、明択は続けた。

「若様の御額《おんひたい》に『八弁の花青《かせい》』を施すべし、と」

源一郎の目の前が、赤く染まった。

「花青」とは、都にある官許の高級娼館《しょうかん》、「花廓《くるわ》」の女達が額にする、花弁《はなびら》を象《かたど》った真紅の刺青《いれずみ》のことだ。

初めは一枚、地位が上がる毎《ごと》に一枚ずつ増やされ、最上位の「雅《みやび》」まで上り詰めると花弁は八枚になり、綺麗な八弁の花の形をとる。

「花廓」の女達は、私設の娼館と異なり、都の裡ならば、自由に出歩くことが許されている。

それは、額に刻まれた刺青で「花廓の女」だと、見る者全てに分かってしまうからだ。どこへ逃げようとも、その身元は一目瞭然《りょうぜん》で知れる。よしんば額を焼いて刺青を消しても、若く美しい女の額に火傷《やけど》の痕《あと》なぞあれば、まず逃げた遊女ではないかと疑われる。

「花青」は、遊女の最高峰と言われる「花廓の女」の権威の印であると共に、女を閉じ込める「見えない牢獄《ろうごく》」でもあった。

言葉にならない呻《うめ》きを、家臣達が上げている。

どれほど考えても思いつくことのない、眩暈《めまい》がするほどの屈辱。武人に、いや、男にそれをせよと迫れるのは、一体、心にどんな闇《やみ》、悪意を抱える者なのか。

徳之進は、只の六歳の子供とは異なる。自分が受けた仕打ちがどういう類のものなのか、悟る知識も誇りも持ち合わせている、神童だ。

それだけではない。徳之進は雪州領主、巽家を継ぐべき嫡男。その身に受けた辱《はずかし》めは、雪州が受けたも同じだ。

明択は血を吐くようにして、必死で言葉を紡《つむ》ぐ。

「僧の身で額に『花青』、それもこの上なく目立つ『八弁の花青』が刻まれていれば、どれほど気丈な者でも、寺の外を出歩こうとも、邪教を広めようとも思わぬであろう。また、民草も額に『花廓の女』の印を頂く僧が説く信仰なぞには、耳を傾けまい。上道共は、そう嘯《うそぶ》き――」

長い、とても長い沈黙の後、誰もがとうに分かっていて、けれど誰もがはっきり訊《き》けなかったことを、源一郎自身が明択に確かめた。

「徳之進は、その求めを受けたのだな」

小さな応《いら》えが、蹲《うずくま》ったままの明択から、ぽとりと零《こぼ》れ落ちた。

「御意」

命に代えても、事の次第と、上道の暴挙を止められなかったお詫《わ》びをお伝えせよ。そう住職に言い含められてきたと、明択は嗚咽交じりに告げた。

心優しい子なのだ。

母を、この上なく慕っていた。

朔山と共にある雪州を、大切に思っていた。

母を喪《うしな》った哀《かな》しみはどれほどだろう。思いもしなかった辱めをその身に受けた口惜しさは、いかばかりか。

それでも。

母の死を無駄にはせぬ。

自分を守ってくれようとした蓮泉寺に、災厄を呼び込んではならぬ。

領主跡取りとして、雪州を護らねばならぬ。

そう言い聞かせ、唇を噛《か》みしめ、上道の暴挙にひたすら耐えている我が子の凜《りん》とした姿が、源一郎の目の裏に浮かんだ。

体の奥で蠢《うごめ》くどす黒い塊が、一気に膨れ上がったのを感じ、源一郎はきつく目を閉じ、耐えた。

今、これを外に出してはならぬ。

あらゆる色を視界から締め出すと、今度は耳に怒号が流れ込んできた。

――戦じゃ。

――ここまで愚弄され、大人しくしておれるものか。

――こうなれば、寅緒も上道も、後ろにおる朝とて、我雪州の敵であることは同じぞ。

――その通り。目に物見せてくれるわ。

――雪州の武人は、腰抜けの寅緒とは訳が違うことを思い知らせてやる。

――墨州にとて、後れを取るものではないぞ。

仇《かたき》を。

弔い合戦を。

報復を――。

「皆の者、鎮《しず》まれぃッ」

源一郎は、吠《ほ》えた。

殺気立った家臣達が、一転、水を打ったように静まる。

ゆっくりひとつ息を吐いて、穏やかに命じた。

「今は、動くな」

「殿」

「ですが――」

「ならぬ」

再び色めきたった家臣を抑え込むように、源一郎は諫《いさ》めた。

不満げな顔、怒りや憎しみに滾《たぎ》った双眸を余さず受け止めて、言葉を重ねる。

「断じてならぬ。珠の覚悟を、徳之進の辛抱を無にすること、この晴兼《はるかね》が許さぬ」

源一郎は、敢《あ》えて自らの諱《いみな》を使った。

自身の覚悟のほどと、この命《めい》の重さを、家臣達に知らしめるためだ。

異を唱える者がいないことを、小さな間《ま》を置いて確かめ、源一郎は立ち上がった。

雨に打たれたままの密偵と、蓮泉寺の使者を労《ねぎら》い、休ませるように命じて、広縁へ出る。

「殿、どちらへ」

続こうとした佐十郎を、源一郎は振り向かずに止めた。

「誰も、ついてくるでない」

背中に、ただひとつ、射るような視線を感じながら、源一郎は評定の場を後にした。

振り返らなくても、察しがついた。

視線の主は、源一郎の「左腕」、沖《おき》右京助だ。

豪雨の中、源一郎は愛馬蒼星《そうせい》に無理をさせ、朔山を望む崖《がけ》までやってきた。

馬を降りた途端に、膝《ひざ》が砕けた。

言葉にならない叫びに乗せ、怒りと悲しみを吐き出した後に残ったのは、魂の半分がもぎ取られてしまったような心許《こころもと》なさと、焼けつくような苦しみ、氷の塊にも似た憎悪《ぞうお》だった。


――どうか、徳之進をよろしくお願いいたします。

ふいに、珠の声が蘇《よみがえ》った。

済まぬ。

源一郎は、心中呟いた。

珠、そなたとの約束、守れなんだ。

――どうか、徳之進を。
それでも珠の声は、繰り返す。
あの時と同じ穏やかさ、静けさで。
分かっている。これ以上、徳之進を傷つけさせはせぬ。無論、この国もだ。
――御前様。どうか。どうか。
源一郎は、天を振り仰いだ。
雨が、痛いほどの強さで額を、頬を打つ。
徳之進の額の痛みは、心の痛みは、比べようもなかったであろう。
珠。そなたはせめて少しでも、苦しまずに逝《ゆ》けたのであろうか。
ふいに、稲妻が朔山の真上で光った。
「珠。そこにおるのか」
再び、真っ直《す》ぐな黄金の線を描き、稲光が朔山の頂上へ降りる。
そうか。
源一郎は、ふ、と笑った。
立ち上がると、蒼星が寄り添い、鼻面《はなづら》を寄せてくる。
その首へ手を回し、宥《なだ》めるように軽く叩《たた》きながら、心の中で語りかける。
珠。

俺が一生をかけて、この雪州を、朔山を、傷ひとつつけずに護《まも》ったなら。

これ以上、傷も痛みも増やさず、徳之進を護ったなら。

その時には、そなたを護れなんだこと、少しは許して貰えようか。

稲光は既に収まり、変わらぬ強さの雨だけが、源一郎と愛馬を打ちつけている。

それでも、源一郎は再び笑んだ。

そうか。ならば二度と、済まぬとは言うまい。

為《な》すべきことを全うし、あの世でそなたに逢《お》うた折に、そなたの気が済むまで、幾度でも詫びるゆえ。

足許から、力が湧《わ》き上がってくるのが分かった。

自分には、為すべきことがある。

珠のために、珠が護りたかったであろう全てを、護る。

そして。

自らのために。

源一郎は、魂に刻み込むようにして誓った。

許さぬ。決して。

九章――墨炎の大戦

市松《いちまつ》は、ようやく主の姿を見つけた。

甲之介《こうのすけ》は、どこまでもなだらかに続く炎州《えんしゅう》の地を、高台から見下ろしている。

こちらは、墨州《ぼくしゅう》や雪州《せっしゅう》よりも梅雨明けが早い。

一昨日辺りから、空は抜けるように青く、強い夏の陽が、水を含んだ地や建物を片端から乾かし始めている。

もう、纏《まとま》った雨が降る心配はないだろう。

主の足許《あしもと》は切り立った崖《がけ》で、周りには遮るものが無い。背後には細い獣道《けものみち》が一本伸びているのみだ。

敵方に見つかり矢を射かけられたら。あるいは取り囲まれたら、逃げ場も盾にするものもなく、ひとたまりもないだろうに。

それでも主は、狙《ねら》われない、あるいは狙われても傷を負わない自信があるのだろう。取り立てて気を張り巡らせている様子もなく、ただゆったりとその場に立ち、間《ま》もなく我が物となるだろう地を眺めている。

あるいは、城の作りを確かめているのかもしれない。

これから、跡形もなく滅ぼすつもりの城だ。

今、甲之介は殆《ほと》ど黒に見える濃い鼠色《ねずみいろ》の戦装束で身を固めているが、この軍の大将であることを示す「杉木立《すぎこだち》」の紋が入った陣羽織を羽織ってはいない。本陣の床几《しょうぎ》に被《かぶ》せてあったのを、市松はここへ来る前に確かめている。

甲之介の顔を知らぬ者は、これが墨州領主、この戦を仕掛けた墨州方の大将であるとは気づかぬはずだ。それが、せめてもだった。

「殿」

市松は、控えめに声を掛けた。そのまま、甲之介が何か言うのを待つ。

ここで「危のうございます」だの「本陣にお戻りくだされ」だのと野暮を言っては、気難し屋の主は、臍《へそ》を曲げるだけでは済まないだろう。こういう時の主の思索を遮ってはならぬことを、市松は仕えてすぐの頃から察していた。

獣道の少し下ったところには、五人の兵を潜ませている。矢で狙われた時は、市松自身が盾になる覚悟だ。

じりじりとした思いで沈黙を耐え、どれほど経《た》ったろうか。

ようやく甲之介が「いち」と、呼んだ。

「は」

少し後ろに控えた市松を見ずに、甲之介が続ける。

「いつもの威勢は、どこへ行った」

「某《それがし》は、いつ、いつもしおらしゅうございまするが」

軽口で躱《かわ》したつもりだったが、甲之介は小さく鼻を鳴らして一蹴《いっしゅう》した。

「雪州へ行かせてからよの。お前の気鬱《きうつ》は」

「それは——」

気のせいだろうと言い掛けて、呑《の》み込んだ。通り一遍の言葉では繕えない。仕方なく、また軽口で逃れることにする。

「それは、戦場に参ったからにございます。い、いちめは血を見るのが苦手でございまするゆえ」

また、甲之介の息の音が聞こえた。今度は軽く笑ったらしい。

「源一郎《げんいちろう》への使者の任、抜かりなく務めて参ったであろうな」

ちくちくと痛む心の隅を宥《なだ》めながら、答える。

「は」

「朝《ちょう》からの沙汰《さた》は、雪州に届いたか」

「そのようにござりまする」

「とうとう、会わせて貰《もら》えなんだ源一郎の息子のことは」

「そちらも、時を同じくして」

小さな、間が空いた。

「源一郎は、さぞ嘆いておるであろう」

は、と応じるのに、市松は酷《ひど》く苦労した。

嫡男《ちゃくなん》の様子は分からなかったが、源一郎と正室は、見ているこちらの胸が温《ぬく》もるような、睦《むつ》まじい夫婦《めおと》だった。

源一郎は、側室を置いていない。都の「花廓《くるわ》」へも足を運んだことがないそうだ。

やがて、甲之介が何かを振り切るように頷《うなず》いた。

「後顧の憂《うれ》いは無くなった、ということか」

奥方を殺され、嫡男を踏みにじられ、これで雪州が寅緒《とらお》に付くことはなくなった。

甲之介は、そう言っているのだ。

戦が、いよいよ動き出した合図でもある。

後戻りはできないのなら、一刻も早く済ませたい。

ただそれだけを願い、戦嫌いの市松は体の隅々からありったけの力を集めて、甲之介に答えた。

「御意」

くるりと、甲之介が振り返る。

不敵な笑みを市松へ向け、「ようやく、威勢が戻ってきたな」と声を掛けた。

酷く、上機嫌だ。

「仕度は、できておるか」

「既に、商人達からの荷は、全《すべ》て届いておりまする」

浪生《はにゅう》の港に集められ、海路で密《ひそ》かに炎州の領地へ運び込んだ荷だ。

にっと、甲之介が白い歯を見せた。

墨州の山奥に棲《す》む狼《おおかみ》を想《おも》わせる貌《かお》だった。

「風向きもうってつけだ。今宵、動くぞ」

市松の傍らを過ぎ、獣道を下って行った主の後を、市松は一度きつく目を瞑《つぶ》り、迷いを胸の奥底に押し込めてから、急いで追った。

夥《おびただ》しい命が失われる戦は、今宵始まり、夜明け前には決するだろう。


夜陰に乗じて、工作兵が動いている。

甲之介は、大外堀のすぐ裡《うち》で暮らす農民、もうひとつ裡側、三の堀と二の堀の間の商人、職人には、一切手を出さなかった。

刀で脅し、言葉で宥め、墨州の兵を二の堀の手前まで、大人しく進ませた。

炎州の民の宥め役は市松が任されたが、さして難しいことではなかった。

寅緒は上道《じょうどう》に「偽《にせ》の検視使」という密偵を潜り込ませ、同じ武門の墨州を謀《たばか》った。

我等が炎州領地まで踏み込んでなお、上道や朝の兵が動かぬのが、寅緒謀反《むほん》の何よりの証《あかし》。

表立ってはそう説き、裏へ回っては、炎州の民や旅の芸人を装《よそお》った密偵に、こんな話を吹聴《ふいちょう》して回らせた。

——それにしても、何故《なぜ》だろう。炎州の民が敵方の刃に晒《さら》されているのに、碧水城《へきすい》からは兵ひとり出てこようとしない。

——寅緒様の御一族とご家来衆さえ無事であればいいと、考えておられるのではないだろうな。

——いやいや、殿様達は、ただ、雪州の助けを待っておいでなのだ。

——お前さん、何を呑気《のんき》なことを言っていなさる。都で聞いた話によると、寅緒様は雪州様の奥方様と御嫡男に酷《むご》い仕打ちをなさったそうだ。奥方様は非業《ひごう》のご最期《さいご》を遂げられたとか。雪州様にとって、寅緒一族は憎い仇《かたき》。それはお前さん方炎州の民も同じさ。墨州と一緒になって攻めてくることはあっても、雪州がこの国を助けてはくれまいよ。

炎州の民は、支配階級である寅緒一族と似ているところがあって、大仰に騒ぎ立てることを、恥だと思っている。

だから、色々な話を聞かされても、さあ一大事だ、と浮足立って騒ぐ真似《まね》はしなかった。ただ静かに、墨州の密偵が流した噂《うわさ》に少しずつ尾ひれを付けて、広めていった。

曰《いわ》く。

——復讐心《ふくしゅうしん》に燃えた雪州が墨州の加勢に来たら、お仕舞いだ。武人、民、女子供もお構いなしに、皆、殺される。

その噂をすっかり信じ込まされてなお、安穏な暮らし、都の側《そば》の美しい拝領地に住まうことに慣れてしまった炎州の民は、家や田畑、店を捨てて逃げる踏ん切りが付かない。

そこへ、市松が「気さくで慈悲深い」触れを出す。

今、墨州に下れば、民には傷ひとつつけぬ。今までと変わらぬ暮らしを約束しよう。

雪州の恐ろしい噂よりも早く、この触れは二の堀の外側に遍《あまね》く広まった。

「民の盾」が失われたと分かるや、炎州の武人は二の堀と一の堀の間、武人屋敷をあっさりと捨て、一の堀に囲まれた碧水城で籠城《ろうじょう》策をとった。

甲之介達は、弓矢一本失うことなく、一の堀のすぐ外まで進むことができた。

寅緒も墨州も動かぬまま四日が過ぎ、ようやく「雪州の動向」の詳細が市松にもたらされ、それを市松が甲之介に先刻伝えた。この午《ひる》のことである。

甲之介の言う通り、一の堀には水門が、水を抜くものと引き入れるもの、それぞれいくつも施されていた。

『俺とて、ただ源一郎の顔を見に、炎州へ出向いていたのではなかったのだぞ』

そう言って悪戯《いたずら》に笑った主の姿を思い出し、市松はちらりと笑んだ。

「お師匠様」

すっかり市松一の弟子のつもりになっている遠井《とおい》格之丞《かくのじょう》が、怪訝《けげん》そうに声を掛けてきた。

決行の時を前に、何をにやついているのだ、とでも言いたそうな眼をしている。

「堀はどうなっておる」

しかつめらしい顔を取り繕って、市松は格之丞に確かめた。

「はい。お指図通り、少しずつ堀の水を抜きながら、引き入れ用の水門を使って、件《くだん》のものを、水が抜けた分だけ注ぎ込んでおります。間もなく、元の堀の水が七分、注いだものが三分ほどになるかと」

「大釜《おおがま》の仕度は」

「後は、火に掛けて焚《た》くだけになっておりまする」

そうか、と答えた声が、つい重く沈んだ。

格之丞が、さらりと呟《つぶや》く。

「酷いことに、なりますでしょうね」

言葉に不似合いな軽い口調に、市松は傍らの格之丞を睨《にら》んだ。八つ当たりは百も承知だ。恐縮した様子も怯《ひる》んだ風も見せず、格之丞は正論をぶつ。

「殿のお指図なのですから、是非もありませぬ。『この策の酷さ』が大きな意味を持つのならば、なおのこと、致し方なし」

それでも返事をしない市松に、格之丞は溜息《ためいき》を吐《つ》き、どちらが師匠か分からぬ、諭すような物言いで「よろしいですか」と、言葉を繋《つな》いだ。

「これから起こる戦は、眼にはさぞ酷く映るでしょう。けれど、昔から行われてきた、ありふれた戦ならいかがです。何の関わりもない民が虐《しい》げられ、殺される。女は犯され、子供は兵の暇つぶしのためだけに嬲《なぶ》り者にされる。畑に塩を撒《ま》かれ、米は次の年の種籾《たねもみ》まで奪われる。そういった通り一遍の戦の方が、よほど中身は酷いのではありませんか。それをきつく戒めた殿を、それでもお師匠様は酷いと、お思いになられますか」

格之丞の言う通りだ。炎州の地と民を無傷で手に入れ、この戦の後始末に関して朝に口を挟ませぬためには、この策も、その前に施した策も、恐らく最善なのだ。

分かっている。けれど。

市松の横顔をじっと見ていた格之丞だったが、やがて柔らかな微苦笑交じりに「まったく」と呟いた。

「普段は、冷静沈着に考え、奇想天外な策を練り、隅々まで耳目を巡らせるすごいお方なのに。いざ、人の血が流れるとなると、どうしてこう童のように理屈が通じなくなるのか。まあ、そんなところもお師匠様の良いところなのでしょうが」

市松は、口をへの字に曲げ、不遜《ふそん》な弟子をちろりと見遣った。

「お前。お師匠様、お師匠様と儂《わし》を呼ぶ割に、ちっとも『師匠』に対する物言いになっとらんじゃないか」

「そうですか。それはご無礼申し上げました。以後気を付けまする」

さらりと、格之丞は嘯《うそぶ》いた。

格之丞と話したことで、往生際《おうじょうぎわ》の悪かった腹も、ようやく据わってくれたようだ。

この策に関しては、甲之介から全て任されている。

自分が動かなければ、始まらないし終わらないのだ。

それに、万が一風が変わるようなことがあれば、今度は墨州軍が危うくなる。

体から、すべての迷いを追い出すつもりで、市松は大きく息を吐き出した。

腹の底の息まで吐ききったせいで、頭がくらくらする。

少し息を整えてから、ぎゅっと目を瞑り、すぐに開いた。

自分がこれから発する言葉が、目の前の板塀の向こうにいる者の命を奪う合図になる。

格之丞を見ずに、市松はそれを告げた。

「動くぞ」

市松と兵達は、堀の外側、綺麗《きれい》に刈り込んである植木の陰に身を潜めていた。

一の堀を渡る橋は、全て城の側に跳ね上げられている。籠城の備えくらいは、太平惚《たいへいぼ》けの寅緒でもしていたらしい。

堀のすぐ裡に立てられた板塀の向こう側、碧水城では篝火《かがりび》が焚かれているようで、板塀の少し上あたりを、ぼんやりとした橙色《だいだいいろ》の光がかろうじて闇《やみ》を押しのけている。

これは墨州方《こちら》にとって、二重《ふたえ》の好都合となった。

塀の裡の灯りは、外の堀の闇をかえって濃くし、密かに動く者の影を隠してくれる。

そして、篝火を焚く、油と炎、木の燃える匂《にお》いだ。

市松の指図に合わせ、黒い半纏《はんてん》を羽織った兵達が、動いた。

市松は甲冑《かっちゅう》の上に、水を含ませた綿の刺子半纏を着るよう指図した。勿論《もちろん》重いの寒いのと、不平を言う者は誰ひとりいない。

自分達の身を護《まも》る仕度だと、皆が皆承知しているからだ。

寅緒達が気づかぬ間に、三分ほど水を入れ替えられた堀の水面は、心持ち重たげに揺蕩《たゆた》っている。

そこへ、いくつもの木片が流された。

ここが、この策初めの肝だ。

所在無げに浮く木片を、寅緒の物見が不審に思ったら、面倒なことになる。

物見台の見張り兵が、堀の方へ視線を落とした。

「お師匠様」

焦《じ》れたように、傍らの格之丞が市松を呼んだ。

「まだだ」

短い沈黙を置いて、再び、

「いち様」

と、急《せ》かしてくる。

「今少し」

未《ま》だ、早い。

自らの焦《あせ》りを往《い》なすように、格之丞は軽く笑った。

「しかし、よくこれだけの菜種油を集めましたね」

「一年分の商いの量と変わらないと、豪商共にぼやかれたぞ」

市松の呟きに、格之丞が応じる。

「ぼやきながらも、集めてくれた。浪生の海を手に入れた礼ですか」

浪生から墨州へ入る道が出来れば、豪商達は商船から小舟へ荷を載せ替えて綿辺《わたべ》へ向かう手間がなくなる。山賊の心配も、高い通行税も不要だ。

だがそれだけで、この夥しい量の菜種油を、無理をして手に入れてはくれない。

「だから、日頃から商人達とは懇意にし、また手厚く遇さねばならぬのだ」

「なるほど。巧《うま》く手《て》懐《なず》けた、という訳ですか」

格之丞め。だんだんと気安くなってきおって。ゆくゆくは、一人前の側仕えとなってもらわねばならぬのだ、少し手綱を引き締めた方がいいか。

考えたところで、「未だですか、お師匠様」と、三度《みたび》急かされた。

ゆらゆらと、堀に浮かぶ無数の板切れを、市松は目を眇《すが》めて確かめた。

そろそろ、良いだろう。見張り兵が、先刻から幾度も堀へ眼を落としている。

市松は、卵形の采配《さいはい》を無言で掲げた。

息を吸い「放て」の声と共に、振り下ろす。

合図は、碧水城を取り囲んだ兵達へ、瞬《また》く間に走った。

物見台が、異変に気付いたようだ。だが、こちらが速い。

寅緒の物見が動くのに先んじて、火矢が堀に射掛けられる。

――火矢だ。

――敵襲ッ。

――なんだ、奴《やつ》ら。どこを狙って矢を射ている。

――下手くそめ。木塀まで届かぬではないか。

炎州兵が囃《はや》し立てる声は、間もなく戸惑いに、そして怒号に変わった。

市松の兵が狙ったのは、塀ではない。堀に浮かぶ木片だ。

ぎりぎりまで待ち、菜種油を馴染《なじ》ませた、木片。

所在無げに浮いていただけの木片が、火矢に射ぬかれ、ぼぼ、と小さな音を立てた。

矢から木片に燃え移った火は、瞬く間に炎の塊となって、走った。

堀の上を。

——なんだ。

——ほ、堀が、堀の水が燃えているッ。

炎州兵の悲鳴を呑み込むように、木片の火が呼び水となって、炎は滑るように、堀に浮かんだ矢を呑み込み、火の点《つ》いていなかった木片を押し包み、堀中に広がった。

堀の上を走る毎《ごと》、炎の丈は高くなっていき、瞬く間に木塀へその手を伸ばした。

狼狽《うろた》えた炎州兵の叫びをかき消すように、木が大きな音を立てて爆《は》ぜ、塀が、そこから火を貰った物見台が、轟音《ごうおん》と共に、物見の兵を道連れにして崩れていく。

甲之介が、碧水城のためにいい選んだ策は、火攻めだった。

油は、水に浮く。できるだけ混ざらぬよう、寅緒に気づかれぬよう、堀の水を抜きながら、そっと菜種油を堀中に行きわたるまで注ぎ込んだ。

油といっても、灯りに灯心が要るように、それだけで火は点きにくい。だが、「燃える」切っ掛けさえ与えてやれば、瞬く間に炎は切っ掛けから離れ、油で自らを育てていく。そうなれば、上から水を掛けても火は消えぬ。

市松は、堀に木片を浮かべ、更に油が沁《し》みて火が点きやすくなるまで、待った。

堀は大きな炎の輪となって、碧水城に籠《こも》った寅緒一族とその家臣を、取り囲んでいる。

だが、甲之介の求めに応じて市松が講じた策は、まだ道のり半分、というところだ。

市松は、間もなく碧水城の中の敵がどんな動きをとるのか、読んでいた。

その一方で、「そうしてくれなければいい」とも、念じていた。

寅緒も武人の端くれなら、武人の妻子であるなら。せめて城内で自決する気概を見せて欲しい。自分の臆病《おくびょう》を棚に上げて、市松は切に願った。

けれど――。

「お師匠様」

格之丞が呼んだ。

「分かっている」

「橋が、降りてきます」

「分かっているッ」

市松は格之丞を怒鳴りつけ、橋の降りてくる先、丁度袂《たもと》になる辺りを睨みつけた。

次の仕掛け――城内が大混乱になった隙《すき》に、市松が火に掛けさせた大釜だ。

鎖と木が軋《きし》む音を立て、火の粉をまき散らしながら、既に焦《こ》げ始めている橋が、ゆっくりと降りてくる。同じことが、全ての碧水城の橋で起きているだろう。敵が待ち受けているのは承知。それでも、一か八か、橋が燃える前に一斉に討って出る。あわよくば、一斉反撃の混乱に乗じて、上道領に一番近い橋から、領主と嫡男を逃がそうという腹積もりだ。

市松は、目を閉じてしまいたくなる自らの心の弱さを叱咤《しった》した。

これは、甲之介に「炎は火攻めで陥《お》とせ」と命じられ、自分が考え出した策だ。見届ける責がある。

上げられていた目の前の橋が、軽い地響きと共に、燃え盛る堀の上に掛け直された。

待ちかねたように、騎馬の将と歩兵が、雪崩《なだれ》となって駆け出て来た。

大釜の縁に、小さな炎がちらちらと、見え始めている。

こちらも、いい頃合いだ。

市松は、皮肉交じりに考え、兵達に橋からの後退を命じた。

迎え撃つどころか、逃げ腰の墨州の兵を見て、敵方は戸惑った様子を見せた。

次に寅緒の兵達が眼にしたのは、目指す堀を渡った先、橋の向こう側で焚かれている大釜。

まるで、戦の合間か祭の炊《た》き出しのような場違いな眺めに、騎馬の足も歩兵の足も止まった。

格之丞の合図で、水袋を先端に付けた矢を、腕利《うでき》きの弓兵が大弓に番《つが》える。

先に我に返ったのは、騎馬の将だ。

「あの妙な大釜を退けよ。すぐに火を消せ。橋を燃やさせてはならぬ」

大音声《だいおんじょう》で、歩兵に命じ様《ざま》、自らは馬に鞭《むち》を打った。一足先に橋を渡り切り、待ち構える墨州の兵を蹴散《けち》らそうというのだ。

歩兵が、大釜に取りつく。その横を通り過ぎる騎馬の将。

その刹那《せつな》を、狙う。

市松の命じた通り、水袋を下げた矢が、一杯まで引き絞った大弓から放たれた。

矢は、唸《うな》りを上げて宙を走り、水袋を揺らしながら大釜の中に飛び込んだ。

沸き立った菜種油で満たされた大釜の、中に。

はじけ飛ぶような音と共に、大釜から火柱が上がった。

その火柱が、幾十、幾百の炎の塊に分かれ、今しも通り過ぎようとした将、大釜に取りついていた歩兵に降り注ぐ。

耳をふさぎたくなるような悲鳴が、敵兵から湧《わ》き上がった。

大釜から噴き出し、降り注いだ羽虫のような炎は、菜種油を巻き込んでいる。

それを被ったら、ひとたまりもない。

人も馬も、火だるまとなって橋の上を転がり、火の勢いが収まる気配のない堀へ落ちて行った。

続いて橋を渡ろうとしていた兵達は、言葉にならない叫びを上げながら、城内へ引き返した。

少し遅れて、橋も炎に包まれた。

ひとりでに火が点くほど煮立った油に水を注げば、水は瞬く間に湯気に姿を変え、飯を炊いた釜の蓋《ふた》を開けた時のように、上へ噴き出す。

煮立った油と炎を連れて。

降り注ぐ矢なら、怯む武人はいない。怯めば末代までの恥となる。

だが、火は違う。

炎は、人の奥底に眠る怖《おそ》れを揺り起こす。

あの火柱と、その後に続いた味方の惨状を目《ま》の当たりにしてなお、橋を渡ろうと思う強者《つわもの》は、そういまい。

もうすぐ、すべての橋が燃え落ちる。炎は、橋だけでなく木塀から四阿《あずまや》へ、庭を愛《め》でるための庵《いおり》、離れへ燃え移る。そして、四棟に分けられた御殿づくりの城を、瀟洒《しょうしゃ》な渡り廊下を伝って燃やし尽くすだろう。

火の勢いが弱まった時のための油も火矢も、まだ充分に残っている。

中の者は、城で焼け死ぬか、自決するか、二つにひとつしか残されていない。

市松の立てた策は、綺麗に当たった。

油と火の塊がどこまで飛ぶか分からなかったから、兵達を下がらせた。

この命を守っていれば、他の橋でも、味方の兵は損なわれていないはずだ。

市松自らが率いた兵達には、軽いやけどを負った者がいるくらいで、討死どころか大きな怪我《けが》をした者も皆無だ。

大勝利と言っていいだろう。

なのに、燃えさかる炎の紅に照らされてなお、墨州の兵達が顔色を失《な》くしているのが、よく分かった。

鬨《とき》の声ひとつ上がらぬ。

誰も口を開かぬ。

まるで、こちらが大敗を喫したようだ。

市松は、また皮肉に考えた。

見届けること、やるべきことは、まだ残っている。

女子供であろうと、投降は許さぬ。寅緒の血は、一滴も残すな。

甲之介の厳命であった。

姫君の語り部――陸《ろく》

炎州寅緒《えんしゅうとらお》一族滅亡。

その報《しら》せに、上道《しょうどう》も朝《ちょう》も、王族も、顔色を失《な》くした。揃《そろ》って、あっさり寅緒を切った癖に、今更何を狼狽《うろた》えることがあるのか。落ち着いておられるのは、王弟殿下のみ。上王《かみ》がどう思っておいでなのかは、相変わらずまったく伝わってこぬし。さて、この先どうなることやら。

渡《わたり》は、橘《たちばな》の屋敷、西の対屋《たいのや》へ向かいながら、他人事《ひとごと》のように考えた。

蟬《せみ》の声が、袖《そで》や首筋へ纏《まと》わりつくように響いている。

朝は、天領まで墨州《ぼくしゅう》が攻めてくるのではないかと、怯《おび》えるばかり。他の王族も似たようなものだ。

上道は相変わらず高飛車だが、寅緒と裏で繋《つな》がっていたことが公《おおやけ》にならないかと、内心はびくびくしている。

上道、朝が子飼いの寅緒に泣き付かれ、寅緒の家老を検視使《けんしし》に仕立てたこと。その家老が、躍起になって墨州の疵《きず》を探し出そうとしていたこと。それを、随行の、こちらは本物の検視使が見て見ぬふりをしていたこと。

纏めて墨州が全《すべ》てお見通しなのは、検視使が追い返された時の墨州領主の言い振りからして、間違いない。寅緒を瞬《また》く間に滅ぼした墨州が、どう出るか。

上道も王族も、眠れぬ夜を過ごしていることだろう。

だが、墨州は考えなしの野蛮な輩《やから》ではない。だからこそ、検視使が「寅緒の密偵」に「上道も朝も気づいていなかった」と言い訳できる隙《すき》を作り、その代わり、とばかりにささやかな取引を、持ちかけて来たのだ。

墨州の考えていることは、分からぬ。

元々雪州《せっしゅう》は頭の痛いことが多かったから否《いな》やはないが、なぜよりによって、雪州と懇意にしている墨州領主が、あんなことを求めて来たのか。

読めないのは、もうひとつ。

上王の住まう「双児《ふたご》島《じま》」に、天領から何かが運び込まれた形跡がある。

王弟橘も、あずかり知らぬ風に見える。

つまり、上王御《おん》自ら動かれた、ということだ。

八万遠《やまと》の統治をひとつ年下の王弟と朝に任せ、自分は「双児島」にひきこもったままの、若き上王。

何を望むでもなく、何を命じるでもなく。

ともすれば、本当にこの現世《うつしよ》におわすことさえ忘れられがちな、八万遠の頂点。

そのお方が信篤《あつ》い王弟殿下にも知らせず、何を望まれ、何を手にされたのか。

気になる。

渡は、庭の池に掛けられた太鼓橋から「双児島」の方角へ眼をやった。

「双児島」の動き、王弟殿下にお知らせするべきか。

否、と即座に断じる。

墨州の台頭、寅緒の滅亡。そして、静けさを保ったままの雪州。

考えねばならぬことは、山ほどある。

今、上王に不可解な動きをされては、橘様がそちらに取られてしまう。

「双児島」は、まず自分の手の者に探らせよう。

雪州がどう動くか、墨州の真意はどこにあるのか。せめてその二つが今少しはっきりするまで、橘様には、「墨炎の大戦《おおいくさ》」の後始末と無能な朝の大掃除に注力していただかねばならぬ。

それにしても。

渡は、爪《つめ》を噛《か》んだ。

曲者《くせもの》なのは、やはり雪州領主、巽源一郎《たつみげんいちろう》だ。

ぱちりと鳴った軽い音で、爪を嚙み切ってしまったことに気づき、顔を顰《しか》める。妻を殺され、嫡男《ちゃくなん》は辱《はずかし》めを受け、それでも動かぬ男。奴《やつ》は、今何を考えているのだろう。

軽く首を振って頭を切り替え、やれやれ、と声に出してぼやく。

「姫様をどう誤魔化そう。どれもこれも、お耳には入れられぬ話ばかりだぞ」

十章——戦の後

甲之介《こうのすけ》は、木片と骸《むくろ》の区別もつかぬほど焼き尽くした碧水城《へきすいじょう》を離れ、市松《いちまつ》ひとりを連れて城下、三の堀と二の堀の間の商人、職人が暮らす一角の視察に出ていた。

寅緒《とらお》一族の滅亡と、その無残な死に様《ざま》は、民達も承知している。慌《あわ》てて逃げ出す者こそいないものの、皆息を詰め、眼を逸《そ》らし、こちらの様子を気配だけで窺《うかが》っている。

怯《おび》え振りが哀れなので、敢《あ》えてこちらから民達へ視線を向けたり、話し掛けないようにした。

それにしても、寅緒め、愚かな真似《まね》をする。

改めて城下を眺め、まず甲之介は思った。

農民、商人や職人、武人。住まう地をひと処《ところ》に固めるのは、いい。

だがそれを区分けし、堀で遮り、橋を渡って行き来するのに、札《ふだ》が要るとは。

見た目は確かに、美しいのだろう。

初めの堀を渡れば、長閑《のどか》な農作地。その裡《うち》側は、商人と職人の賑《にぎ》やかな町。もうひとつ裡は、整然とした武人屋敷。

身分の違いを堀で区切ることで明らかにし、分を弁《わきま》えさせるのにもいいかもしれない。

だが、これでは町は、いずれ腐って死ぬ。

流れの滞った川が、淀《よど》み、虫や魚がいなくなり、やがて死ぬのと同じだ。

人の流れ、金の流れ、物の流れが滞れば、人の活気が失《う》せる。そして、町は死ぬ。

碧水城下は戦を仕掛ける前から、まるで虫の息のように甲之介の眼には映った。ひとつ短い息を吐き出し、傍ら、少し後ろを付いてくる市松へ、指図を出す。

「碧水城の始末が済んだら、堀を全《すべ》て埋めよ。どのみち、民の暮らしに使えなかった水だ。必要があれば、水路を新しく整える」

「は」

「新しき城は、そうさな、神湖《かむうみ》を望める南の丘が良い」

「あの丘は、上道《しょうどう》領に近うござりまするが」

「構わん。少しくらい脅してやれ。間違えても、平屋なぞにするなよ」

「畏《かしこ》まりまして」

雪州《せっしゅう》より戻ってから静かだった市松が、寅緒を滅ぼして以来、輪をかけて口数が少なくなった。

つまらぬ、とは思ったものの、血を見るのが嫌い、人の死を見るのが嫌いという市松の性分を考えれば、無理はないのかもしれぬ。

「碧水城の跡は、そうさな。寺にでもするか。寅緒の菩提《ぼだい》くらいは弔ってやろうぞ」

「では、手ごろな僧を見繕っておきまする」

「うむ。攻め入った者の務めとして、それくらいは領内を整えておかねば、次の領主殿に申し訳が立たぬだろう」

ふと立ち止まり、視線を感じた方へ眼をやると、男の童が屈託のない眼をこちらへ向けていた。

源一郎《げんいちろう》の嫡男《ちゃくなん》、徳之進《とくのしん》と同じ年頃だろうか。歳《とし》に似合わず、随分と大人びていると聞いたが。

そんなことを思い出しながら見返すと、蒼《あお》くなった女――恐らく母親だろう――が、慌てて童を抱きかかえ、眼を合わさぬまま幾度も頭を下げ、逃げて行った。

甲之介は、少し俯《うつむ》いて、市松にだけ分かるように笑った。

「殿」

問いかけた市松に、小声で答える。

「誰かひとりくらい、『御殿様の仇《かたき》』と叫んで、石でも投げつけてくるかと思うたが。やはり寅緒は民に慕われておらなんだと見える。それが可笑《おか》しくてな」

「炎州《えんしゅう》の民の気性も、ありましょう」

都に近いせいだろう、上品を旨《むね》とし、無様に騒ぐことをしない。

　ふん、と甲之介は市松の言を一笑に付した。

「寅緒の匂《にお》いが移っているだけのことよ。新しい領主が正しくこの地を治めさえすれば、すぐに本当の気性とやらが、見えてくる」

　それから市松を見ずに、続けた。暫《しばら》くは放っておいてやろうと思ったが、それではこの情の篤《あつ》い男は、重い荷を抱え、いつまでも萎《しお》れたままだ。

「いちらしくない、上辺《うわべ》の物言いだな。後ろめたさに、眼まで曇らせおったか。もとより、当主、武人とその妻子は、戦で命を落とす覚悟はできておるはず。でなければ、民の貢《みつぎ》で食い繋《つな》ぐなぞ、道理が通らぬ。勝った者は勝った者で、勝ち戦に胸を張ることが、敵方への餞《はなむけ》というものだ。殺《あや》めた者へ無用に心を残し、顔を上げられぬくらいなら、初めから戦などせねばよい。現に将兵共は皆、早速心裡《こころうち》を切り替え、戦勝に湧《わ》きかえっておる。そのことでは、弟子の方がいちより余程出来がいい」

　市松が身を硬くしたのが、気配で分かった。

「いち。顔を上げねば、民の様子も分からぬぞ。どうだ、俺達に怯えてはいるものの、民草にはひとりの人死にも出ず、田畑も燃やされず、皆ほっとしておる」

　市松は、何も答えない。

　我が側仕えながら、面倒な奴《やつ》よの。

口には出さずぼやいてから、甲之介は言を重ねた。

「しっかり、見てやれ。無事であった田畑、町中。童共の明るい顔を、な」

少し長い間《ま》を置いて、市松の動く気配がした。

振り返ると、この勝ち戦の立役者だったはずの側仕えは、今にも泣き出しそうに、顔を歪《ゆが》めていた。

「面白い顔だな」

甲之介は、思わず呟《つぶや》いた。

だしぬけに、市松が自らの両頰を、勢いよく掌《てのひら》で叩《たた》いた。二度、三度。

自分で叩いておいて、力加減が利《き》かなかったらしい。いたた、と情けない声を上げてから、市松が甲之介を見た。栗鼠《りす》を想《おも》わせる円《つぶ》らな瞳《ひとみ》には、まだ痛みの色が残っていたが、それでも強く明るい光が戻ってきている。

にっと笑って、市松が頭を下げた。

「面目次第も、ござりませぬ。ようやくいちめは、目が覚め申した」

「ならば、よい」

甲之介は言い置き、前へ向き直って再び歩き出した。市松が後を追いながら、「あの」と、声を掛けてきた。

「何だ」

「殿は、どなた様を炎州の新しき御領主にと、お考えで」

「それを決めるのは、上王《かみ》であり、朝《ちょう》だ。俺の出る幕はない」

そっけなく告げてから、にやりと笑んで続けた。

「もっとも、朝も上王の摂政であられる王弟殿下も、『墨州《ぼくしゅう》に任せる』と言ってくるであろうな。そのために、金も手間もかけて派手な戦にしたのだから」

「では」

甲之介は立ち止まり、振り返って市松を見た。すぐに眼を逸らし、綺麗《きれい》に晴れた青空を眺める。

「源一郎に任せるのが、最善ではある。軟禁されていたとはいえ、奴は炎州暮らしが長い。民共の心も巧《うま》くほぐすだろう。恨み骨髄の寅緒の後に入ってその地を治めれば、少しは溜飲《りゅういん》も下がる。源一郎自身のためにもなろうて」

「ですが」

異を唱えた市松に、甲之介もまた頷《うなず》いた。

「奴は、引き受けまい。ここは朔山《さくざん》から随分と離れておる」

「『左腕』と呼ばれていた腹心、沖右京助《おきうきょうのすけ》殿が、奥方様の訃報《ふほう》をきっかけに、出奔したと聞いております。他の拝領地をお引き受けになるゆとりは、お持ちでないかと」

あの、切れる男が源一郎の許《もと》を離れたか。主に心酔しているように見えたが。

甲之介は、束《つか》の間《ま》意外に思ったが、すぐに心を決めた。

「右京助を探させよ。源一郎と袂《たもと》を別《わか》ったのなら、あれは俺が貰《もら》う」

は、と返事をした市松の声が、僅《わず》かに弾んでいた。右京助とは気が合うようであったし、出奔した身を案じていたのだろう。

「暑いな」

ぽつりと、甲之介は良く晴れた夏の空を見上げた。市松が、言い返す。

「夏の間、良く晴れれば、秋の実りは豊かになりまする」

「その分、治水をしっかりせねばなるまい」

「はい。それくらいは領内を整えておかねば、次の御領主に申し訳が立ちませぬ」

甲之介は市松を、呆気《あっけ》にとられて見遣った。先刻甲之介が口にした言葉と、そっくり同じだ。

「こやつ。ふざけおって」

吐き捨ててから、甲之介は堪《たま》らず笑った。

市松も、笑った。

久しぶりに主従で交わす、屈託のない笑いであった。

結び――分水嶺《ぶんすいれい》

(一) 甲之介

白虎《びゃっこ》に跨《またが》り炎州《えんしゅう》から一路東へ。墨州《ぼくしゅう》に戻るべく共に出立した市松《いちまつ》を早々に置き去りにして、甲之介《こうのすけ》はひとり、雪州《せっしゅう》の白鷹《はくたか》城へ向かった。

炎州を発《た》った折には良く晴れていた夏の空が、雪州へ近づくにつれ、怪しくなっていく。大山脈を東へ越え陽州《ようしゅう》へ入った辺りからにわか雨に降られるようになり、雪州の西国境《くにざかい》、霞川《かすみがわ》へたどり着くと、鈍色《にびいろ》の空から銀糸のような間断のない雨に見舞われた。

普段は雪も泥道も砂埃《すなぼこり》も、全く意に介さない白虎も、いささかうんざりした様子である。

夏の長雨か。それとも、巫女《みこ》を喪《うしな》った朔山《さくざん》が嘆いているのか。

どちらにしても、辛気臭いことよの。

甲之介は、冷やかに考えながら、白虎の脚を緩めて霞川を渡った。

源一郎《げんいちろう》の妻、御珠《おたま》の方と逢《あ》った折、ひと目で確信した。

この女が、『朔山信仰』の要《かなめ》だ、と。

上道《しょうどう》言うところの「神通力」のようなものを感じた訳でも、不可思議な術を垣間見た訳でもない。甲之介は、「神」という存在を信じてはいない。

ただ、源一郎の「両腕」、右京助《うきょうのすけ》と佐十郎《さじゅうろう》の御珠の方へ向ける眼差《まなざ》しが、朔山を見上げるそれと似通っていることに、気づいただけだ。

御珠の方の落ち着き様、深く澄んだ瞳《ひとみ》も、そうだ。ごくまれに見かける、骨の髄まで敬虔《けいけん》な信心と誇りで出来ている上道達に、よく似ていた。

際立《きわだ》った才も容姿も持たぬ癖に、自信の塊のようだった女。

霞川の境守《さかいもり》も、白鷹城までの道々で行き合った巽《たつみ》の家臣共も、以前と変わらぬ穏やかさで、甲之介を迎えた。

皆揃《そろ》って、降りしきる雨と似た水気、雷と雨を孕《はら》んだ鋼色《はがねいろ》の雲のような昏《くら》さを、裡《うち》に抱えているようにも見える。

この国の者共は、源一郎を喪うのと、あの女を喪ったのと、どちらが痛手なのだろうな。

市松を伴っていたなら、そんな皮肉を口にしていただろうが、今は腹の裡のみに収めておいた。

大外門《おおそと》を潜り、螺旋《らせん》を描く長い坂を上り、二の郭の門にたどり着く。

待ち構えていたのは、いつもの案内役ではなかった。右京助が出奔したというのは、本当らしい。残った片腕、佐十郎がうやうやしく甲之介に頭を下げる。振る舞いは丁寧だが、その気配はひりひりとしたものを含んでいる。

「お待ち申し上げておりました」

穏やかに告げた佐十郎へ、甲之介は無造作に訊《き》いた。

「何だ、源一郎め。身内を失《な》くしただけでなく、腕も片方、もげたのか」

喧嘩《けんか》を売るなら、はっきり売れればいい。取り繕うなら面《つら》の皮一枚だけでなく、こちらが察せぬところまで取り繕え。

そんな苛立《いらだ》ちが売らせた、ちょっとした喧嘩だ。

けれど佐十郎は、変わらぬ気配のまま、黙して頭を下げたのみだ。

つまらぬ。これが右京助であれば、気の利《き》いた洒落《しゃれ》のひとつも返してくるだろうに。

心ない物言いに対する怒りや苛立ちを、しっかりと乗せて。

甲之介は、佐十郎に構うのをやめた。むっつりと「案内《あない》を」と促す。

重く沈んだ城内を、口も利かず、ただ歩くだけの道のりが、酷《ひど》く遠く感じられた。

やはり、いちを連れてくるのだったか。

ちらりと浮かんだ後悔を、すぐに打ち消す。

今の市松に、雪州方とやり合うだけの胆力は残っていない。だから、墨州へ帰したのだ。

甲之介が通されたのは、奥殿ではなかった。表殿の大広間に、逆戻りだ。

妻も息子もおらぬ奥殿に、源一郎自身、足を踏み入れる気にはならぬのやもしれぬ。

大広間で既に甲之介を待っていた源一郎は、抜け殻のようだった。

見た目はいつもの、物静かで鷹揚《おうよう》な「雪州殿」だ。

けれど、そのすぐ裡は、がらんどうめいて頼りなく、虚《うつ》ろだ。重く苦しい、湿ったものを抱え込んだ他の者達とは、対照的である。

「お忙しい最中《さなか》なのでは、ありませぬか」

穏やかな物言いで、源一郎が訊いた。甲之介は、いつもそうするように、明るく無造作に「おお」と受けた。

広間の隅に控えた佐十郎の佇《たたず》まいは、頑《かたく》なに変わらない。

「目の回る忙しさだぞ。州ひとつ陥《おと》すのも考えものだ。後が面倒で敵《かな》わぬ」

「炎には、東海林《しょうじ》殿がお残りですか」

源一郎が、訊いた。

「いや。いちは一旦《いったん》墨へ戻した。急場凌《しの》ぎだった海への道を整えねばならぬし、浪生《はにゅう》、綿辺《わたべ》の後始末もあるからな」

「では、あちらは、今」

「いちの弟子に、仕切らせておる。いちの教えがいいのか、元々頭の巡りがいいのか、なかなか使える奴《やつ》だ」

「そうで、ござりましたか」

源一郎の受け答えに、まったく手応《てごた》えが感じられない。甲之介は微《かす》かに苛立《いらだ》った。

「炎が、気になるか」

困ったように、源一郎が笑った。返事はない。甲之介が続ける。

「気になるであろうな。奥方を焼き殺し、息子を『遊び女《め》』のように扱った、仇《かたき》の末路だ」

ぴりりと、佐十郎の気配が尖《とが》って、すぐに凪《な》いだ。源一郎は変わらぬ。

煽《あお》るように、甲之介は言い募った。

「だから、寅緒《とらお》の奴らは火攻めで滅ぼした。有難く思え。お主がいつまでも出てこぬから、俺が仇を討ってやったんだ」

「寅緒の滅亡は、某《それがし》ゆえだと、仰《おお》せか」

がらんどうだった源一郎の裡で、何かが小さく揺らいだ。勢い込んで、甲之介は切り出した。

「お主、炎を治めぬか」

源一郎が、甲之介を見返した。

「朝《ちょう》から、寅緒の後釜に誰を据えるかは、墨州に任せると言われておる。良き治世を布《し》き、民達に寅緒より慕われるもよし。圧政で溜飲《りゅういん》を下げるもよし。城は俺が建ててやる。城下も整えさせている。お主は、新しい炎に入るだけでいい。どうだ、源一郎。『仕上げの一手』のつもりで、引き受けぬか」

ふっと、源一郎が笑った。

雪州領主の裡で揺らいでいたものが跡形もなく消え、元のがらんどうに戻った。

甲之介の苛立ちが、増した。

だから、あの女、最初《はな》から気に入らなかったのだ。

御珠の方の白い顔を思い浮かべながら、甲之介は内心で吐き捨てた。

あの女は、源一郎を駄目にする。甲之介の野心の邪魔になる。

あの女がいては、源一郎をこちら側へ引き寄せることは、出来ない。

だからこそ——。

「有難いお申し出なれど、ご遠慮申し上げる」

甲之介の思案を遮るように、源一郎は、あっさり断ってのけた。酒や食い物を「要らぬ」と言うように、無造作に。

甲之介は、腹の底まで見透かすつもりで、源一郎を見遣った。

源一郎が、不躾《ぶしつけ》な視線を気にした風でもなく、言い添えた。

「某は雪州で手一杯、いえ、身内さえ護《まも》れぬ者に、他国を治めることなぞ、できませぬ」

その言葉には、どんな痛みも自嘲《じちょう》も、見出《みいだ》せない。

俺は――。

甲之介は、喚《わめ》きたい衝動を、かろうじて堪《こら》えた。

俺は、お主が取り乱す様を見たかった。怒りや憎しみに我を忘れ、国を守ることを忘れ、ただ、闇雲《やみくも》に刀を振るう姿が、見たかったのだ。

それでこそ、友として俺の傍らにいるべき男だから。

だから、お主の妻子を。

御珠の方と徳之進《とくのしん》を、朝へ売った。

火刑となったのも、俺が進言したからだ。

あの女さえ葬《ほうむ》れば、『朔山信仰』はいずれ崩れる。あの女を捨て置けば、いずれ「朔山の一族」は、上道に反旗を翻《ひるがえ》す。

そう唆《そその》かし、寅緒の仕業に見せかけ、俺が雪州を陥《おとし》れた。

まかり間違っても、お主が寅緒に付くことのないように。

お主を、俺が覇道を行くための味方に付けるには、『朔山信仰』の要であるあの女とその血を色濃く引いているという息子が、邪魔だった。

冴《さ》えた頭が考え出した理屈は、幾つもある。

けれど、なにより俺は見たかったのだ。

むき出しの感情に身を任せる、源一郎の姿を。

「甲之介殿」

怪訝《けげん》な顔で、源一郎がどうしたのかと、訊いてくる。

ふわりと、甲之介は笑った。

「お主は断るだろうと、思うておった」

その理由《わけ》が、がらんどうの腑《ふ》抜《ぬ》けになってしまったゆえ、とは思わなんだが。

「気にするな。後釜は既に考えてある。あるいは、と思うて訊いてみたまでよ」

俺は、諦めぬぞ。源一郎。

甲之介は、立ち上がった。

「邪魔をした。身体《からだ》をいとえよ」

見送りに出ようと立ち上がった佐十郎を軽く制し、一度立ち止まる。源一郎へ振り返らずに、告げた。

「炎は、いちの奴に任せることにした。まだ直《じか》に命じてはおらぬが、な」

少し間を空け、源一郎が応じた。

「東海林殿を手放されるか。寂しゅうなりまするな、甲之介殿」

寂しい、か。どこまでも腑抜けてしまったものよの、源一郎。

腹の裡のみで呟《つぶや》いて、甲之介が言い返す。

「お主も、右京助を手放したではないか」

源一郎の答えはない。甲之介は、大股《おおまた》で大広間を後にした。


雨は、上がっていた。

束の間《つかま》の日差しが、眩《まぶ》しい。

白鷹城の大外門を出、堀を渡ったところで、甲之介は白虎に跨った。愛馬に疾駆の合図を送る前に、今出て来たばかりの美しい城を馬上から仰ぎ見る。

「源一郎」

小さく声に出して、呼ぶ。

周りに人の気配はない。

「お主の妻子の仇が俺だと知ったなら、お主のがらんどうは、何で満たされる。憤怒《ふんぬ》か、哀《かな》しみか。憎悪《ぞうお》か」

頭上を舞う鷹が、甲之介を威嚇《いかく》するように甲高く鳴いた。

真実を、いつ、どうやって伝える。それとも、源一郎が気づくのに任せるか。分かれ道は幾筋もある。

甲之介は、馬首を墨州、故郷《ふるさと》へ向けて巡らせた。

どの道を行くのか決めるのは、まだ先でいい。源一郎の、一番良い顔が、見たい。

「その時が、楽しみだ。それまで息災でおれよ。がらんどうのまま、な」

言い様《ざま》、白虎の腹を蹴《け》る。

風を切り水しぶきを上げ、爽《さわ》やかな夏の景色を置き去りにして、白虎は走り出した。

(二) 市松

市松は、岩雲城《いわくもじょう》の奥深くに作られた座敷牢《ざしきろう》へ、急いだ。

愚図愚図していては、甲之介が雪州から戻ってきてしまう。

その前に、何としても済ませておきたいことがあった。

手燭《てしょく》を手に、ひとり地下へ降り、座敷牢入口の番人を下がらせ、奥へ向かう。

そこから、更に鍵《かぎ》を開けながら格子戸《こうしど》を三つ、通り抜ける。

座敷牢最奥、たったひとつ、住まう者がいる部屋の前で市松は立ち止った。

取り分け頑丈につくられた格子戸が、それより先へ進むことを、拒んでいた。

天井近くに穿《うが》たれた、猫がようやく通れるほど小さな明り窓——ここにも鋼の柵《さく》が嵌《は》まっている——から差し込む光が、畳の端を四角く切り取っている。

その光を避けるように座す男の横顔が、闇の中ぼんやりと浮かんでいた。

市松は、手燭を格子の向こうへ掲げた。

部屋の主が、眩しそうに顔を歪《ゆが》めた。

この闇と格子さえなければ、細かいところまで行き届いた小書院のようだ。

もっとも、そう差配《さはい》しているのは、市松自身なのであるが。

「大殿。お久しゅうございまする」

市松は、甲之介の父——先代墨州領主、奥寺良右衛門《おくでらりょうえもん》に向かって、声を掛けた。

「何用じゃ」

少し掠《かす》れてはいるが、生きる力に満ちた、静かな応《いら》えだ。

市松が答える前に、良右衛門が続ける。

「せがれが、野垂れ死にでもしおったか」

「殿が、海を手に入れられました」

挑むように、市松は告げた。

ごく短い間《ま》の後、先代が口を開いた。

「それが、どうした」

「大殿が強くお望みになって、それでもお手にされること叶《かな》わなんだ、海でございまする」

「儂《わし》に悔しがれとでも、申すつもりか。簒奪者《さんだつしゃ》のせがれめに、してやられた、口惜しい。そう泣き喚け、と」

この方は、本当に殿を厭《いと》うお心しかお持ちではないのだろうか。だからこちらも、同じように大殿を憎んでいる、と。ざまをみろ。せいぜい悔しがるがいい。そう、嘲《あざけ》りに来たとしか、お考えになれぬのか。

市松は、鈍い胸の疼《うず》きを堪えて、静かに良右衛門を質《ただ》した。

「殿を悪《あ》し様に仰せの割に、せがれとお呼びになるのは、親子の情がおありになるからでは、ありませぬか」

乾いた口調で、良右衛門は言った。

「親子なればこそ、疎《うと》ましいのよ。出来損ないのせがれがな」

「認めていただけませぬか」

市松は、声を張った。その勢いのまま、ひと息に続ける。

「せがれと、お呼びになるなら。我殿を、奥寺の当主である。簒奪者ではなく、墨州を束ねて然《しか》るべきお方である、と」

お認め、いただけませぬか。

最後のひと言は、絞り出すような囁《ささや》きになった。

ゆっくりと、良右衛門が首を巡らせ、市松を見た。

「海を手に入れたから、と申すか」

今度は市松が黙る番だった。

思いもよらないことを言われた。良右衛門は、そんな顔をしていたから。

ふっと、慈愛に満ちた笑みが、虜囚の顔に浮かび、市松はたじろぐ。

「猿真似《さるまね》ではないか」

市松の鳩尾《みぞおち》が、厭《いや》な音を立てて軋《きし》んだ。

良右衛門が優しい顔、声のまま畳み掛ける。

「儂が望んだ海だから、手に入れた。良之丞《りょうのじょう》ばかりを慈《いつく》しむ父を振り向かせとうて、剣術、槍術《そうじゅつ》を磨き、それでも父に疎まれ続けたから、弟を消した。儂がしがみついていた『墨州殿』だから、奪い取った。そこに、せがれ自身の望みはあったのか、市松よ。あ奴自身が海を欲しいと思うたのか。剣術、槍術を楽しいと思うたゆえの鍛錬か。『墨州殿』と呼ばれ、せがれ自身は、嬉《うれ》しがったか。どうじゃ」

「大殿――」

「所詮《しょせん》、あ奴は猿真似しかできぬのだ。誰かの持っているものを羨《うらや》み、猿真似で手に入れようとし、それが叶わなければ奪う。未《いま》だに、そんなことを繰り返しておるのだろう」

市松は、声を荒げたい衝動をすんでで抑えた。

どうして、そこまでお分かりになっていて、殿を受け入れて下さらぬのか。いや、大殿はお分かりになっていない。一体どなたが、戦を制し、国を束ねる大きな才をお持ちの殿を、あのようにしてしまわれたのか。駄々をこねる、童のような「求め方」しか出来ぬようなお方に。

軽く目を伏せ、ゆっくりと息を吐き、心を落ち着かせる。

市松がこうも揺さぶられたのは、良右衛門の言葉が図星だったからだ。

源一郎への甲之介の仕打ち――朝を嗾《けしか》け、奥方を葬り、嫡男《ちゃくなん》を酷《むご》い手段で廃嫡に追い込んだ――は、先代の指摘通りの理由《わけ》、餓《かつ》えからなのだ。

墨州領主の座に就いても、側妾《そばめ》をおいても、子を儲《もう》けても、源一郎との差は開くばかり。

簒奪者と正当な継承を経た者。

気まぐれに愛した側妾と、初恋の相手で、国を治める盟友でもある正室。

凡庸な姫と、神童の誉れ高い嫡男。

いくらその背を追ってみても、同じものは手に入らぬ。

ならば、いっそ奪ってやれ。そうすれば源一郎も、自分と同じ「持たぬ者」になる。

甲之介は、自身の本心に気づいていないかもしれない。気づいたとしても、気づかぬふりを貫くだろう。

そして、源一郎を追い詰めていく。

それを止めたかった。

あの源一郎と雪州を追い詰めれば、甲之介も墨州も、いずれ無傷では済まなくなる。

だから市松は、こうして良右衛門に逢いにきたのだ。

せめて今からでも、ほんの少しでも、実の息子を受け入れてくれと、頼むために。

そうすれば、甲之介の餓えは和らぐ。源一郎への無茶な「求め」を止められるかもしれない――。

「猿真似でないところを、見せてみよ」

ふいに良右衛門に言われ、市松は我に返った。

「大殿」

問いかけた市松へ、良右衛門は楽しげに告げた。

「そうさな。上道、いや、上王《かみ》よりも高きところまで昇《や》ってみよ。上王よりもせがれが崇《あが》められるようになれば、簒奪者と呼ぶことは止める。せがれよ、よくやったと褒めてやろう。平伏してやっても良いぞ」

逃げるようにして座敷牢を離れ、表に出た市松は、外の眩しさに、軽い眩暈《めまい》を感じた。眩しいといっても長雨の季節、雨は束の間止んでいるが、空は、厚い雲に覆《おお》われている。

それでも、「明るい場」へ戻った心地に、知らず安堵《あんど》の溜息《ためいき》が零《こぼ》れた。

どちらが、ましなのだろう。

市松は、疲れた頭で考えた。

甲之介が源一郎を道連れに堕《お》ちてゆくのと、上道と王族に代わる高みを目指し、血塗られた覇道をゆくのと。

「そんなこと、分かるものか」

自らの問いに対する答えを、市松は吐き捨てた。

甲之介の進む方角を、自分ごときが変えようと考えたのが、おこがましかったのだ。

そうして、心に決める。

甲之介がどの道を行こうとも、付いて行く。決して堕ちさせはしない。滅ぼさせもしない。

甲之介も、市松の故郷、墨州も。

市松の決心を嘲笑《あざわら》うように、良右衛門の楽しげな声が、いつまでも耳の奥で木魂《こだま》していた。

（三）徳之進

雨が、降っている。

静かだけれど、途切れることのない音を立てて。

こんな、湿気の多い日は、額に刻まれた印が、重く痛む。

そっと指で触れると、僅《わず》かに熱を孕《はら》んでいた。

徳之進は、その熱を手掛かりに、額の刻印の輪郭をそっと辿《たど》ってみた。

もっとも、熱は酷くぼんやりとしていて、それが、「八弁の花」の形をしているのか、定かではなかった。

額に刻まれた折、鏡で見せられたあの形から、何ひとつ変わるはずもないのだけれど。

そう思うと、今更「八弁の花青《かせい》」の形を確かめようとした自分が可笑《おか》しくて、つい、笑いが零れた。

『いかが、なさいましたか』

隣室で控える蓮泉寺《れんせんじ》の僧、流達《りゅうたつ》が、早速聞きとがめた。

流達は表向き、見習い僧である徳之進――出家時に、徳瑛《とくえい》という名を貰《もら》ったが、寺の僧達は、未だに「若様」「徳之進様」と呼ぶ――の教育係ということになっている。けれど、本当は徳之進の護衛として、常に隣室に控え、境内を出歩く折は影のように従ってくれる。流達は、蓮泉寺随一の剛の者なのだそうだ。

強請《ねだ》れば法話など聞かせてくれるが、読経《どきょう》や修行、掃除、普通の僧がやるべきことは、一切やらせてもらえない。

『若様。御加減でも』

重ねて問うてきた流達に、徳之進は慌《あわ》てて答えた。

「いえ。何でもありません」

ほっとした声が、襖《ふすま》の向こうから返ってくる。

『では、何かありましたら、お声をおかけください』

「はい。ありがとうございます」

徳之進は、明るい声音を作り、礼を言った。零れそうになった溜息を、そっと呑《の》み込む。

何より困るのは、こうして気を遣われることだ。

息が詰まる訳ではない。この部屋からは『御山《おやま》』が良く見える。故郷より小さい分、かえって美しい曲線が際立っている。息抜きに境内を歩くこともできる。書物はいくらでも読ませてもらえるし、時折流達が剣術の指南もしてくれる。

息が詰まっているのは、恐らく僧達の方だ。それが申し訳ない。

また、溜息を吐きかけ、徳之進は息を詰めた。

徳之進の額の「傷」や、母を喪った哀しみに触れぬよう。少しでも穏やかに、安らかに過ごせるよう。

僧達は皆、悔いている。徳之進を守り切れなかったこと。額に「傷」を負わせたこと。

私は、何ともないのに。

声に出さず、徳之進はぼやいた。言葉に出せば、「我等を気遣って、無理をされている」と、かえって僧達を苦しめるから。

この刻印のせいで胸が痛むのは、確かだ。

それは、自分の誇りが傷つけられたからとか、口惜しいとか、そういうことではない。身体に何を刻まれようとも、どんな姿になろうとも、自分が変わる訳では、ない。朔山から向けられる、変わらぬ「慈しみ」や「親しみ」が、徳之進をそう思わせてくれた。

ただ、僧達と同じように、いや、それ以上に、故郷の父や家臣達が、さぞ歎《なげ》いているだろう。苦しんでいるだろう。

それがどうにも申し訳なく、切ない。

辛《つら》いことは、もうひとつある。

徳之進は、そっと立ち上がり、広縁に立った。

高台にあるこの寺で取り分け見晴らしのいい部屋から見える朔山は、雨でほんのり霞んでいるものの、松林の濃い緑と白い砂浜、穏やかな海によく似合って、飛び切り美しい。晴れていれば、海の碧《あお》と空の青を映して、眩《まばゆ》いほどだろう。

その『御山』が、教えてくれた。

自分でも、確かな息遣いを感じる。

徳之進は、逸《はや》る気持ちを懸命に堪えた。

取り乱せば、流達が心配する。手練《てだ》れの僧は、気配を読むことにも優れているのだ。

一度目を閉じ、再び朔山を見遣る。

やはり、幾度確かめても「答え」は同じだ。

母は、生きている。

何故《なぜ》、死んだと伝えられているのか。どこにいるのか。それは分からない。

けれど、確かに生きているのだ。

そのことを、父や家臣達、徳之進を気遣ってくれる僧達に伝えられないのが、辛かった。

徳之進も悩んだのだ。

僧達も、父の文を携えて訪ねてくれた佐十郎も、皆辛そうに、母の死を徳之進に伝えた。初めそれを徳之進は、酷く奇異に思った。

お亡《な》くなりになったと、私は感じないのに。『御山』も御存命を伝えて下さっているのに。母上は、確かに生きておられるのに。

一刻も早く、母が生きていることを知らせようとした。大きな悲しみと怒りの中にいる大切な人々を、救いたかったから。

けれど、徳之進は考えた。

もし、父上がお知りになったら、どうなさるであろうか。

家臣達は、どうするだろうか。

すぐに、答えは出た。

きっと、どんな危険を冒しても、命に代えても。王族、上道と刃を交えることになっても。父と家臣達は、母を救おうとする。

徳之進は、口を噤《つぐ》んだ。

重く、苦しい秘密だった。自分ひとり安堵している申し訳なさで、涙が滲《にじ》んだ。

告げてはいけない。

父や雪州を、危うくしてはいけない。

誰よりも母が、それを望まない。

徳之進は、故郷の父に向かって、心中で詫《わ》びた。

父上。お許しください。今は母上のご無事を、お知らせすることができませぬ。

そうして、どこにいるとも分からない母へ向かって、念じる。

母上。父上に代わって、この徳之進が母上を、必ずお救い申し上げます。それまでどうか。

どうか、お健やかに。

(四) 珠

珠は、生まれて初めて、心の底から湧《わ》き上がってくる恐怖を、味わった。

上道領に着いて早々、何の詮議もないまま、「そなたは火刑に処せられる」と聞かされた時、恐ろしさで身体が震えた。

源一郎、徳之進と、このまま二度と会えなくなる。

自分が火刑で命を落としたと知れば、源一郎や雪州の人々は黙っていない。朔山を頂く美しい雪州が、戦火に包まれる。

それが、恐ろしくてたまらなかった。

こうなってようやく、珠は自分の浅はかさに気づいた。

少し考えれば、分かったはずなのに。なぜ、自分ひとりを差し出せば事が収まると、思い込んだのだろう。

甲之介に逢う。そしてそれが、ひとり雪州を離れ、都へ上ることに繫《つな》がる。

それは、『御山』から知らされていた。

何故なのか。それは何を意味するのか。雪州はどうなるのか。自分は再び戻れるのか。

何をどう問いかけても、朔山からは答えをもらえなかった。

甲之介に逢うこと。ひとり都へ行くこと。

ただそれだけを、強く、繰り返し、伝えられた。

その後のことが、何も視《み》えてこない。

こういう時は、決して抗《あらが》えないものが行く先に待っている。その中で最善を尽くすしかないのだと、珠は知っていた。

だから、都《ここ》で為《な》すべきことをする。

けれどせめて。

自分の身に何が起きても、戦はならぬと、『御山』の言葉と偽ってでも伝えてくればよかった。胸が引き裂かれそうなほど、悔やんだ。

その夜更《よふ》け、珠は雪州から付き従ってくれた二人の側仕え、咲《さき》と琴《こと》と共に、籠《こ》められていた一室から連れ出された。

問い質す間も抗う間もなく、猿轡《さるぐつわ》を噛《か》まされ、漆に螺鈿《らでん》を施した、花嫁道具のような豪奢《ごうしゃ》な長持《ながもち》に、ひとりずつ押し籠められた。そこからは闇の中、いつ終わるとも知れぬ揺れに、ひたすら耐えるしかなかった。

その間、幾度か揺れの質が変わったことを、珠は感じ取っていた。

人の足取り、荷車、そして、船。川や湖ではない。海の揺れだ。

水も食べ物も与えられず、光のひと筋も差し込まぬ。咲と琴が、いつまで保《も》つか。

いよいよ心配になった時、ようやく揺れが止み、長持の蓋《ふた》が開かれた。

眩しさよりもまず、強い潮の香りを感じた。波の音が、少し離れたところで響いている。

手を添え、長持から出るのを手伝ってくれたのは、咲と琴。二人が無事だったことに安堵する。けれど青い顔の女衆を労《ねぎら》ってやることは、出来なかった。

息が詰まる。

眩暈がする。

なんという、大きな気。

よろめいた身体を、咲が支えてくれた。

ここは、双児島《ふたごじま》だ。

すぐに悟った。

だが、これは、この地の持つ気ではない。

圧倒的な気の持ち主を、珠は見遣った。

御簾《みす》も、浜床《はまゆか》——一段高く設《しつら》えられた座所もない、がらんとした広間に、その人は立っていた。

息を呑む程整った顔立ち、深く黒い瞳、紅い唇。

光を弾《はじ》く極上の絹の直衣《のうし》、指貫《さしぬき》は揃いの漆黒。艶《つや》やかな髪は髷《まげ》を結わず、首の辺りでひとつに纏《まと》め、背に垂らしている。

紅い唇が、音曲に似た言葉を奏《かな》でた。

「よう、参ったな。無茶な真似を許せ。『天神《てんしん》』ではない神を頂く巫女とやらに、逢《お》うてみたかったのだ」

詰まりそうになる息を整え、眩いほどの気に押しつぶされそうになりながら、珠はその場に額《ぬか》ずき、やっとの思いで口を利いた。

「上王《かみ》。貴方《あなた》様は、女王《ひめみこ》でおわしましたか」

咲と琴が、驚いたように顔を見合わせ、慌てて平伏した。この二人には「気」を感じる才がない。だから平気な顔をしていたのだと、今更ながら思い当る。

男の王族の姿をした女性《にょしょう》――上王《しょうおう》は、涼やかに笑った。

「ほう。よう、余《よ》が女子《おなご》だと、分かったの」

珠は、悟った。

自分が甲之介と逢い、ここへやって来た理由《わけ》を。

この御方は、墨州様と、芯《しん》のところでよう似ておいでだ。似過ぎておられる分、きっと相容《あいい》れない。

そして、この「相容れなさ」は、八万遠《やまと》に騒乱を呼び起こす。

「止めるため」なのか、「手を貸すため」なのかは、まだ分からない。

けれどこれだけは、確かだ。

珠は、腹を据えた。

わたくしは、この御方を「救うため」に、この地へ遣わされたのだ。

（五）源一郎

甲之介が訪ねてきた翌日、佐十郎は源一郎の側近くに控え、もの問いたげな視線を送り続けていた。

知らぬ振りを決め込もうとしたものの、佐十郎の強い眼差しに、源一郎が折れた。

午《ひる》過ぎ、政務をとる表殿の小書院でのことだ。書物へ眼を落としたまま、声を掛ける。

「言いたいことがあるなら、言えばよい」

応えが無いので、苦笑交じりに言い添える。

「佐十のせいで、昼食《ちゅうじき》の味も分からなんだ」

少し長い間をおいた後、ようやく「右腕」が口を開いた。

「炎州を、いっそ貰っておかれた方が、よろしかったのではござりませぬか」

「あのような遠方の地、頂戴《ちょうだい》して何とする」

「奥方様の一件、事の次第をくまなく調べられましょう」

「寅緒の一族は滅んだ。最早真実は闇の中だ」

佐十郎が、また黙った。視線の強さは変わらない。

「まだ、ありそうだな」

「右京助めを、いかがいたしましょう」

「捨て置け」

「ですが――」

「好きにさせてやれ」

御意、と答えるまで、また間が空いた。

源一郎は、軽く佐十郎を促した。

「他になければ、下がってよい」

「いえ、某は殿のお側に」

「佐十の剣術指南を心待ちにしている者が、おろう。ここで欠伸《あくび》を嚙み殺している暇があるなら、相手をしてこい」

背中に感じる佐十郎の視線の色合いが、変わった。

「そう気遣わしげにせずとも、心配は要らぬ」

源一郎の言葉に、佐十郎は「承知しております」と応じた。静かに続ける。

「墨州様にお見せになった抜け殻のごときお姿は、ただの見せ掛け。洞《うろ》の更に裡で、殿が固いお覚悟をされていること、この佐十めが気づかぬとお思いか」

今度は、源一郎が黙る番だった。すぐに軽く笑ってぼやく。

「だから、佐十は面倒なのだ」

「お褒めのお言葉と、受け取らせていただきます」

珠の仇を討つ。徳之進が受けた恥辱を晴らす。

自分から二人を奪った者は、誰であろうと、許さぬ。

それには何者が、どう関わったのか、まずは知らねばならぬ。

口には出さなかった。

出すまでもない。佐十郎は分かっている。

右腕が、頭を下げる気配がした。

鷹《たか》が、高く長く、ぴーい、と鳴いた。見上げると、梅雨の晴れ間の青空が眩しかった。

長雨も、そろそろ終わるようだ。

源一郎は、再び読みかけの書物へ眼を落とした。

この作品は平成二十七年五月新潮社より刊行された。

田牧大和著
陰陽師 阿部雨堂
金の悩みも恋の望みも、私がまとめて引き受けましょう。粋で美形、ほんのり胡散臭い陰陽師只今参上！ お江戸呪《まじな》いミステリー。

乾 緑郎著
機巧のイヴ
幕府VS天帝！ 二つの勢力に揺れる都市・天府の運命を握る美しき機巧人形《オートマタ》・伊武《イヴ》。SF×伝奇の嘗てない融合で生れた歴史的傑作！

上橋菜穂子著
狐笛のかなた
野間児童文芸賞受賞
不思議な力を持つ少女・小夜と、霊狐・野火。森陰屋敷に閉じ込められた少年・小春丸をめぐり、孤独で健気な二人の愛が燃え上がる。

小野不由美著
魔性の子
―十二国記―
孤立する少年の周りで相次ぐ事故は、何かの前ぶれなのか。更なる惨劇の果てに明かされるものとは――「十二国記」への戦慄の序章。

小田雅久仁著
本にだって雄と雌があります
Twitter文学賞受賞
本も子どもを作る――。亡き祖父の奇妙な主張を辿ると、そこには時代を超えたある〈秘密〉が隠されていた。大波瀾の長編小説！

堀川アサコ著
たましくる
―イタコ千歳のあやかし事件帖―
昭和6年の青森を舞台に、美しいイタコ千歳と、霊の声が聞えてしまう幸代のコンビが事件に挑む、傑作オカルティック・ミステリ。

遠田潤子著
月　桃　夜
日本ファンタジーノベル大賞受賞

奄美の海で隻眼の大鷲が語る、この世の終わりを待つ理由。それは甘美な狂おしさに満ちた、兄妹の禁じられた恋物語だった――。

吉川英治著
三　国　志（一）
―桃園の巻―

劉備・関羽・曹操・諸葛孔明ら英傑たちの物語が今、幕を開ける！　これを読まずして「三国志」は語れない。不滅の歴史ロマン巨編。

隆慶一郎著
影武者徳川家康
（上・中・下）

家康は関ヶ原で暗殺された！　余儀なく家康として生きた男と権力に憑かれた秀忠の、風魔衆、裏柳生を交えた凄絶な暗闘が始まった。

雪乃紗衣著
レアリアⅠ

長年争う帝国と王朝。休戦派の魔女家の少女は帝都へ行く。破滅の〝黒い羊〟を追って――。世代を超え運命に挑む、大河小説第一弾。

船戸与一著
風の払暁
―満州国演義一―

外交官、馬賊、関東軍将校、左翼学生。異なる個性を放つ四兄弟が激動の時代を生きる。満州国と日本の戦争を描き切る大河オデッセイ。

仁木英之著
僕　僕　先　生
日本ファンタジーノベル大賞受賞

美少女仙人に弟子入り修行!?　弱気なぐうたら青年が、素晴らしき混沌を旅する冒険奇譚。大ヒット僕僕シリーズ第一弾！

知念実希人著
天久鷹央の推理カルテ
お前の病気《ナゾ》、私が診断してやろう――。河童、人魂、処女受胎。そんな事件に隠された〝病〟とは？　新感覚メディカル・ミステリー。

田辺聖子著
新源氏物語（上・中・下）
平安の宮廷で華麗に繰り広げられた光源氏の愛と葛藤の物語を、新鮮な感覚で「現代」のよみものとして、甦らせた大ロマン長編。

篠原美季著
迷宮庭園
―華術師　宮籠彩人の謎解き―
宮籠彩人は、花の精と意思疎通できる能力を持つ。彼が広大な庭から選ぶ花は、その人の運命を何処へ導くのか。鎌倉奇譚帖開幕！

桜庭一樹著
青年のための読書クラブ
山の手の名門女学校「聖マリアナ学園」。謎と浪漫に満ちた事件と背後で活躍する読書クラブの部員達を描く、華々しくも可憐な物語。

里見　蘭著
大神兄弟探偵社
気に入った仕事のみ、高額報酬で引き受けます――頭脳×人脈×技×体力で、悪党どもをとことん追いつめる、超弩級ミッション！

越谷オサム著
いとみち
相馬いと、十六歳。人見知りを直すため始めたのは、なんとメイドカフェのアルバイト！思わず応援したくなる青春×成長ものがたり。

新潮文庫最新刊

佐伯泰英著
故郷はなきや
新・古着屋総兵衛 第十五巻
越南に着いた交易船団は皇帝への謁見を目指す。江戸では総兵衛暗殺計画の刺客、筑後平十郎を小僧忠吉が巧みに懐柔しようとするが。

吉田修一著
愛に乱暴（上・下）
帰らぬ夫、迫る女の影、唸りを上げる×××。予測を裏切る結末に呆然、感涙。不倫騒動に巻き込まれた主婦桃子の闘争と冒険の物語。

安東能明著
総力捜査
捜査二課から来た凄腕警部・上河内を加えた綾瀬署は一丸となり、武闘派暴力団と対決する——。警察小説の醍醐味満載の、全五作。

あさのあつこ著
ゆらやみ
どんな客に抱かれても、私の男はあの人ただ一人——。幕末の石見銀山。美貌の女郎と銀掘が落ちた宿命の恋を描く長編時代小説。

森 美樹著
主婦病
R-18文学賞読者賞受賞
新聞の悩み相談の回答をきっかけに、美津子は夫に内緒で、ある〈仕事〉を始めた——。生きることの孤独と光を描ききる全6編。

高殿 円著
ポスドク！
月収10万の俺が父親代行!? ブラックな日常でも未来を諦めないポスドク、貴宣の奮闘を描く、笑って泣けるアカデミックコメディー。

イラスト　睦月ムンク
デザイン　團夢見 imagejack

八《や》万《ま》遠《と》

新潮文庫　た－97－21

平成三十年一月一日発行

著者　田《た》牧《まき》大和《やまと》
発行者　佐藤隆信
発行所　株式会社新潮社
郵便番号　一六二―八七一一
東京都新宿区矢来町七一
電話　編集部(〇三)三二六六―五四四〇
読者係(〇三)三二六六―五一一一
http://www.shinchosha.co.jp

価格はカバーに表示してあります。

乱丁・落丁本は、ご面倒ですが小社読者係宛ご送付ください。送料小社負担にてお取替えいたします。

印刷・錦明印刷株式会社　製本・錦明印刷株式会社

ISBN978-4-10-180115-5 C0193